LE VOILE DE MADELEINE

LES CHRONIQUES DE MADELEINE
TOME TROIS

GARY MCAVOY

Traduction par
SARAH CHANTEAU

Édité par
JANIQUE JOUIN-DE LAURENS

LITERATI
EDITIONS

ISBN (imprimé) : 978-1-954123-41-0
ISBN (ePub) : 978-1-954123-40-3

Publié par :
Literati Editions
PO Box 5987
Bremerton WA 98312 USA
Courriel : info@literatieditions.com
Visitez le site Web de l'auteur : www.garymcavoy.com

DU MÊME AUTEUR

Le secret Madeleine

Le Reliquaire de Madeleine

PROLOGUE

De part et d'autre de la Via Dolorosa, une foule indisciplinée s'époumonait. Certains badauds criaient, d'autres crachaient, beaucoup versaient des larmes en se lamentant pour le Juif de Nazareth condamné qui, une grande croix en bois sur le dos, était en route pour la colline de Golgotha située au nord-ouest de Jérusalem, hors de l'enceinte de la ville, où son voyage prendrait fin.

Alors qu'il se frayait un chemin à travers la cohue, le visage gonflé et ensanglanté d'avoir essuyé les coups des soldats romains lors de son procès quelques instants plus tôt, une jeune femme prit pitié de cet homme qu'elle connaissait. Elle s'avança, ôta son voile de byssus et le lui tendit pour qu'il puisse y essuyer le sang et la sueur de son fardeau.

L'homme porta le voile à son visage, humant l'odeur de myrrhe qui émanait du doux tissu diaphane et, après un moment de répit, rendit à la jeune femme le linge souillé que l'on appelait un *sudar*. Baissant les yeux sur ce dernier, elle fut stupéfaite d'y voir la figure de l'homme imprimée dans les moindres détails : la forme de sa tête, ses traits torturés, les taches de son sang. Pendant un instant, elle crut se trouver devant un tableau peint avec une grande délicatesse. Elle en conclut qu'il devait s'agir d'un miracle.

Se tenant à l'écart de la horde de badauds, elle suivit l'homme tandis qu'il continuait son chemin, et croisa la route de quelqu'un qu'elle connaissait, quelqu'un qu'elle avait cherché et qu'elle savait être la plus proche disciple de l'homme : une femme qui pleurait toutes les larmes de son corps.

— Marie Madeleine, dit-elle avec douceur. Je partage ton chagrin pour Jésus. Regarde mon voile et tu y verras son visage imprimé sur le *sudar*. Je te le donne.

Marie Madeleine accepta le présent avec gratitude et la remercia.

— *Sas efcharistó*, Berenikē, pour ce geste d'une infinie bonté. Je le placerai dans la tombe de mon Seigneur.

Trois jours après la crucifixion, Marie Madeleine fut la première à découvrir que le tombeau était vide. Bien vite, les apôtres Pierre et Jean vinrent eux aussi constater que le corps du Christ n'était plus dans le sépulcre. (Jean 20:3). Là où il s'était trouvé précédemment gisaient désormais deux linges : un grand ayant servi à recouvrir le corps du Seigneur et un second, ensanglanté, roulé en boule à côté d'une pierre.

Reconnaissant le *sudar* qui lui avait été offert par son amie Berenikē, Marie Madeleine s'en empara et emporta avec elle l'image de son visage, le seul souvenir qui lui restait de son bien-aimé Jésus.

RENNES-LE-CHÂTEAU, FRANCE, 1937

Alors que les grondements menaçants d'une guerre mondiale imminente tonnaient sur une part considérable de l'Europe, l'agitation de l'Allemagne nazie enflait, guidée par l'insatiable désir d'expansion et de domination d'Adolf Hitler.

Parmi les objectifs du *Führer* émergeait l'instauration par-delà les frontières d'une race aryenne dont l'origine historique, selon lui, remontait aux anciens Israélites, descendants d'Abraham, de Jacob et d'Isaac. Il allait jusqu'à qualifier Jésus Christ de « combattant aryen » s'étant dressé contre « le pouvoir et les prétentions des vicieux Pharisiens » et le matérialisme juif pour défendre ses valeurs spirituelles.

Afin de soutenir la mission aryenne d'Hitler, le SS *Reichsführer* Heinrich Himmler, architecte de l'Holocauste, entreprit des fouilles archéologiques à grande échelle qui durèrent plusieurs années, majoritairement en France mais également dans des lieux bien différents comme l'Islande, puisqu'il était de notoriété publique que les races nordiques étaient elles aussi aryennes.

Obsédé par les forces occultes, Himmler était animé par un désir ardent de posséder les deux objets sacrés les plus légendaires de toute l'Histoire : l'Arche d'alliance et le Saint Graal. À cette fin, il fit appel à Otto Rahn, un écrivain quelque peu connu à l'origine du livre *Croisade contre le Graal,* œuvre qu'Himmler avait dévorée avec une ardeur réservée aux âmes jumelles.

Rahn était passionné par les mythes de Cathare, des

légendes rapportant les faits et gestes d'un ordre insignifiant et pacifique bien qu'influent, dont les croyances et traditions rejetaient celles de l'Église de Rome. La ligne directrice de Rahn dans sa quête du Graal lui venait de l'épique poème *Parzival* de Wolfram von Eschenbach, dans lequel il avait découvert que la dernière forteresse de Cathare encore existante, perchée de façon stratégique sur le majestueux piton rocheux de Montségur dans les Pyrénées françaises, constituait le lieu le plus susceptible d'abriter l'objet sacré.

Financé par Ahnenerbe, le groupe de réflexion de Himmler, et de mèche avec un mystérieux ordre nazi clandestin nommé la société Thulé, Rahn fouilla la zone de fond en comble des années durant : ses églises, villages, et même le dédale de grottes qui serpentaient à travers le Languedoc, mais sans succès. Il ne trouva jamais le Saint Graal.

Mais lorsqu'il mit au jour une pièce dissimulée ensevelie sous l'église de Sainte Marie Madeleine à Rennes-le-Château en France, une paroisse à la tête de laquelle se trouvait, seulement deux décennies auparavant, un mystérieux abbé catholique nommé Bérenger Saunière, Rahn fit une découverte de la plus haute importance. Il s'agissait d'un objet antique tout particulier, disposé dans un étroit contenant blanc en albâtre, lui-même protégé par un fermoir antique en bronze. À l'intérieur de la boîte reposait un vieux voile délicat tissé en byssus rare, aussi connu sous le nom de soie marine, sur lequel se dessinait le visage intégral d'un homme. Ses traits révélaient des traces de coups, ses joues et son front laissaient entrevoir des plaies récentes, et il arborait des *peyes,* ces mèches bouclées que les hommes juifs portaient sur les tempes au premier siècle. Sur le verso se trouvait une image identique, bien qu'inversée.

Rahn était convaincu qu'il avait percé la légende du voile de Véronique, dont la tradition orale prétendait qu'il avait été offert à Marie Madeleine alors que Jésus était en route pour Calvaire, où il serait crucifié par la suite.

Excité par sa découverte et persuadé qu'il avait en sa possession un bien d'une valeur inestimable à présenter à son maître, il retourna chez Himmler, dans la forteresse du château de Wewelsburg à Büren, en Allemagne. À son arrivée, il brandit la boîte en albâtre et la tendit au subordonné de Himmler, le SS Colonel Walther Rausch. Celui-ci la transmit sur-le-champ à son destinataire, qui rangea précieusement l'objet dans le caveau secret du château. En dehors de son usage lors de cérémonies organisées par la mystérieuse société Thulé, il n'a plus jamais été revu.

CHAPITRE
UN

Michael Dominic essuya la fine couche de sueur qui perlait sur son front tandis qu'il courait le long du sentier d'argile rouge qui longeait la Sarthe, dans le Nord de la France. Des chants méditatifs grégoriens de moines bénédictins s'élevaient de l'abbaye Saint-Pierre de Solesmes, à quelques centaines de mètres de là.

Cela faisait maintenant dix jours qu'il s'était retiré dans cette abbaye et le répit qu'il avait trouvé dans le silence et la prière était exactement ce qu'il lui fallait pour contrebalancer la rigueur de son travail en tant que préfet des archives du Vatican. Son ami et prédécesseur, le frère Calvino Mendoza, avait pris sa retraite sept mois plus tôt, laissant le jeune Dominic à la tête de l'immense collection de manuscrits, livres et registres historiques qui s'étaient amoncelés dans les archives officielles de l'Église depuis plus d'un millénaire. Connues depuis le jour de leur création sous le nom des archives secrètes du Vatican, elles venaient d'être renommées les archives apostoliques par le pape, prétendument afin d'en démystifier l'objectif, le mot « secret » ayant, depuis des siècles, enveloppé son contenu dans une aura de non-dits et de conspiration, parfois à raison. Au moment de sa nomination, Dominic était arrivé à un point de sa carrière où il estimait être suffisamment équipé pour mener sa mission à bien : il parlait couramment plusieurs langues et possédait de vastes connaissances en histoire. Pourtant, ces deux dernières années avaient révélé des aspects qu'il n'aurait jamais imaginés en prenant son poste de préfet. Il avait dû faire face à des dangers et des différends, au cours desquels l'hérésie et la vérité s'étaient télescopées. Cette retraite était l'occasion rêvée pour se recentrer sur lui-même.

Les chants mystiques se firent de plus en plus audibles alors que Dominic approchait de l'abbaye, leur écho se réverbérant à travers les jardins du monastère et sur les arbres environnants. Il ralentit sa course et se mit à marcher en atteignant la prairie de coquelicots et de fleurs sauvages menant à l'édifice. Les derniers rayons du soleil couchant paraient le paysage printanier d'une lumière chaude ambrée dans laquelle virevoltaient quelques papillons. Comparée au chaos de Rome, l'ambiance semblait presque irréelle. Pas de klaxons, pas de pots d'échappement, pas de touristes bruyants. Rien que la sérénité des sons de la nature au milieu du silence.

Demain, sa retraite prendrait fin et il irait à Paris pour rendre visite à son amie Hana Sinclair, journaliste de profession, avant de rentrer à Rome. Il avait bien l'intention de profiter un maximum des derniers moments qui lui restaient.

— Excusez-moi, le héla une voix masculine au fort accent allemand dans son dos. Vous ne seriez pas le père Dominic, par le plus grand hasard ?

Le prêtre pivota.

— Si, c'est moi.

— Ah, parfait. On m'a dit que je vous trouverais sûrement ici, près du sentier.

Dominic examina l'homme qui se tenait devant lui. D'une trentaine d'années, tout comme lui, il était grand et bien bâti, avec des cheveux blonds et des traits anguleux, de type aryen. Il ne souriait pas mais ses yeux d'un bleu fixe semblaient indiquer qu'il portait un lourd fardeau.

— Je peux vous aider ? demanda-t-il au nouveau venu. Je suis étonné que vous m'ayez trouvé. Peu de gens savent que je suis ici.

— Pardonnez-moi, mon Père, répondit son interlocuteur en rougissant, visiblement mal à l'aise. J'ai fait des pieds et des mains pour vous localiser car je suis persuadé que personne d'autre que vous ne peut m'aider dans ma tâche. Je me suis entretenu avec votre assistant aux archives du Vatican. C'est lui qui m'a dit où vous trouver. Mais où ai-je la tête ? Je me présente, je suis Jacob Rausch.

Dominic serra la main que lui tendait son interlocuteur et désigna un banc. Il fit signe à Rausch de le suivre et s'y assit, puis attendit que ce dernier prenne la parole.

— Par où commencer ? murmura Rausch en laissant son regard dériver au loin, l'air pensif. Ce que je m'apprête à vous dire va peut-être vous paraître étrange, mais c'est la pure vérité. Si vous le permettez, je vais tout vous expliquer. Pendant la Seconde Guerre mondiale, mon grand-père, le colonel Walther Rausch, était membre de haut rang du parti nazi. Il faisait partie des *Schutzstaffel*, plus communément connu sous le nom des SS. C'était loin d'être un exemple à suivre et il a commis de nombreuses atrocités pendant la guerre. Encore aujourd'hui, j'ai honte d'en parler. Au cours de sa carrière, il a été promu au rang d'assistant personnel du commandant SS Henrich Himmler qui, comme vous le savez certainement, était l'architecte en chef de l'Holocauste et l'un des plus proches confidents d'Hitler. Himmler éprouvait une véritable fascination pour tout ce qui avait trait à l'occulte et à son influence présumée sur la prise de décision tactiques contre l'ennemi. Il avait même fait recruter des milliers de tireurs de cartes à Berlin pour en apprendre plus sur les stratégies militaires des Alliés. Cela semble parfaitement ridicule, avec le recul, mais Himmler prenait tout cela très au sérieux.

Rausch prit une petite inspiration calme.

— Pour en revenir à ce qui m'amène ici, Himmler a fait l'acquisition d'un immense château dans la ville allemande de Wewelsburg pour y abriter sa vaste collection d'accessoires mystiques d'une part, mais également pour servir de foyer spirituel à l'empire nazi grandissant.

Des nazis ? Des tireurs de cartes ? L'esprit auparavant paisible de Dominic était en pleine ébullition. Pourquoi était-il en train d'écouter ces inepties ? Il aurait été bien mieux dans la chapelle, entouré des chants des moines. Il en avait découvert suffisamment sur les atrocités commises par Hitler deux ans plus tôt, lorsqu'il avait aidé Hana Sinclair dans ses recherches visant à établir le lien entre l'Église et l'or nazi. La dernière chose dont il avait envie, c'était bien de se retrouver de nouveau plongé dans les secrets sombres et dangereux du passé. Néanmoins, cet homme s'était démené pour le trouver. Il décida donc de l'écouter… du moins pour le moment.

— En tant que bras droit de confiance d'Himmler, mon grand-père, Walther, avait été nommé responsable de sa collection et du château de Wewelsburg tout entier. Il ne s'y passait rien sans qu'il ne le sache. En novembre 1937, un homme qu'Himmler appréciait énormément, un écrivain et chercheur médiéviste du nom d'Otto Rahn, s'est présenté au château de Wewelsburg avec dans ses bagages un artefact qu'Himmler lui-même décrit comme la relique religieuse la plus importante de toute l'histoire de l'humanité. Himmler avait en effet versé des millions de reichsmarks à Rahn et avait placé sous ses ordres toute une équipe d'archéologues ainsi que des forces de sécurité, afin qu'il se lance à la recherche de ce genre d'objets sacrés, principalement aux alentours de Montségur et de Rennes-le-Château, dans le Sud de la France. Apparemment, Rahn aurait découvert quelque chose d'exceptionnel et se serait empressé de le ramener à Himmler qui était absolument enchanté d'avoir pris possession de cette relique mais avait fait jurer à mon grand-père de n'en parler à personne. Son existence devait rester secrète.

Le château de Wewelsburg abritait une pièce spéciale nommée la chambre des généraux, dans laquelle le nombre douze était particulièrement présent. Douze chaises avaient été placées autour d'une grande table ronde à l'image de celle du roi Arthur et douze piédestaux entouraient la table, chacun surmonté d'une urne contenant les cendres de camarades tombés. Himmler avait également promu douze officiers SS au rang de disciples personnels. Des apôtres, en quelque sorte.

— Pourquoi me racontez-vous tout cela à moi ?

demanda Dominic, perplexe. Quel est cet objet que Rahn a découvert ?

Rausch le fixa droit dans les yeux.

— Personne ne le sait vraiment, répondit-il d'un ton neutre, mais à mon avis, il ne peut s'agir que d'une seule chose : le Saint-Graal.

DEUX

Dominic dévisagea Rausch d'un air circonspect. Cet homme avait-il toute sa tête ?

— Je crains de devoir rentrer à l'abbaye, Monsieur Rausch, dit-il en se levant après avoir jeté un coup d'œil à la montre TAG Heuer attachée à son poignet. Il est presque l'heure de la messe.

— Je me doutais que vous réagiriez ainsi, mon Père. Mais, voyez-vous, vous êtes déjà impliqué.

Rausch avait désormais toute l'attention de Dominic, aussi perplexe fût-il.

— Déjà impliqué ? Que voulez-vous dire par là ? C'est la première fois que j'entends cela.

— Loin de moi l'idée d'insinuer que vous êtes personnellement mentionné dans les documents à l'origine de ma venue ici. Permettez-moi de tout vous expliquer.

Dominic se rassit sur le banc, sa curiosité étant piquée.

— Mon père est décédé récemment et, en tant que seul et unique héritier de ses biens, je me suis vu cédé, entre autres, des papiers et propriétés de mon grand-père, mort en 1984 à Santiago, au Chili. Celui-ci a dédié ses vingt-six ans d'exil dans ce pays à la politique ainsi qu'à l'espionnage, et malgré les tentatives répétées de l'Allemagne et d'Israël pour le faire extrader pour crimes de guerre, il est parvenu à être exempté d'expulsion devant la cour de justice grâce à sa proche relation avec le dictateur chilien Augusto Pinochet. Je m'excuse par avance pour les propos que je vais tenir, mais Walther était un véritable démon et méritait amplement la condamnation dont il a été dispensé. Inventeur des chambres à gaz, il était personnellement responsable de l'extermination d'une centaine de milliers de Juifs, tziganes et autres ennemis de l'État allemand pendant la guerre.

Jacob s'interrompit et Michael vit son front se plisser sous le poids des remords de ces actions commises par quelqu'un de sa lignée. Après une petite inspiration, il reprit.

— Je me suis rendu au Chili quelques mois plus tôt pour prendre possession des biens de Walther et régler quelques problèmes que mon père n'avait pas pris le temps de résoudre au fil des années. Durant mon séjour, j'ai découvert qu'il avait conservé des économies conséquentes ainsi qu'un coffre-fort à Santiago, dans la filiale d'une grande banque suisse ayant fait affaires avec les nazis avant même que la guerre n'éclate. Armé des preuves justificatives nécessaires, je suis allé réclamer les actifs de Walther. Mais ce que j'ai trouvé dans le coffre-fort était à la fois choquant et, je dois l'avouer, plutôt excitant. Il se trouve que mon grand-père était un écrivain prolifique qui a secrètement couché sur le papier bon nombre de ses missions d'espionnage réalisées à différentes périodes pour le compte de l'Allemagne de l'ouest et le gouvernement chilien. Il écrivait également en abondance sur son association avec Heinrich Himmler au château de Wewelsburg et les événements singuliers qui se déroulaient dans la chambre des généraux : étranges rituels, séances privées et autres cérémonies mystiques au cours desquelles l'objet découvert par Rahn était révéré, un peu comme les catholiques vénèrent le calice et l'hostie durant la messe. Mais les cérémonies d'Himmler, évidemment, étaient plutôt de nature païenne et consacrées aux principes aryens.

Discuter de questions occultes ne plaisait pas tellement à Dominic.

— Tout cela est très intéressant, Jacob, dit-il avec sérieux, mais une fois de plus, en quoi cela me concerne-t-il ?

— Vous êtes le préfet des Archives privées, n'est-ce-pas ? demanda Rausch.

— Oui, des Archives Apostoliques comme vous devez sûrement le savoir.

— Mon grand-père, voyez-vous, était un proche collaborateur, et même un bon ami, de l'évêque catholique autrichien Alois Hudal, assigné au Vatican. Ce dernier a participé à la mise en place de chemins d'évasion ODESSA qui ont servi de réseau de fuite aux officiers nazis souhaitant échapper aux poursuites judiciaires, dont Walther faisait partie. À la fin de la guerre, alors que les Alliés étaient à deux doigts de capturer les dirigeants nazis, mon grand-père a confié à l'évêque Hudal le carnet personnel d'Himmler dans lequel il décrivait les pouvoirs incroyables de cette relique, qu'il qualifiait de véritables miracles, et l'emplacement où elle était dissimulée. Selon le journal de bord de Walther, ces notes se trouveraient désormais dans les Archives apostoliques du Vatican, où Hudal, sous les ordres du pape Pie XII, les aurait secrètement rangées. Il nous faut désormais les retrouver.

Un éclair de lucidité illumina le visage du prêtre Dominic, qui avait jusque-là fait preuve de patience en écoutant l'histoire de Rausch en silence.

— Attendez... Vous dites que le pape Pie XII a personnellement ordonné à cet évêque d'archiver le carnet d'Himmler au Vatican ? En soi, cela me semble assez étrange que le pape lui-même soit impliqué dans un archivage aussi insignifiant, quel qu'en fût l'auteur. Je dois vous avouer que cela éveille d'autant plus ma curiosité.

— Je suis ravi d'avoir piqué votre intérêt, mon Père, déclara Rausch, encouragé par le changement d'attitude de Dominic. Alors ? Comment allons-nous procéder pour dénicher ces notes ?

— Doucement, Jacob, le mit en garde Dominic.

Il avait enquêté sur d'autres théories par le passé et savait que la fiction était emplie de contes du Saint-Graal dénués de toute réalité. Il ne connaissait même pas cet homme, et rien ne lui prouvait la véracité de ses propos.

— Serait-il possible que je voie d'abord le journal intime de votre grand-père de mes propres yeux ?

— Bien sûr. Il est chez moi à Paris, dans mon appartement.

— Il se trouve que je vais à Paris demain pour rendre visite à un ami avant de rentrer à Rome, répondit Dominic. Seriez-vous disponible en fin de semaine ?

— En réalité, je pars également pour Paris demain.

Jacob donna à Dominique l'adresse d'un bistrot parisien où ils se rencontreraient le jour suivant. Ils se quittèrent et Dominique poursuivit sa route vers l'abbaye à travers les jardins. Il avait trouvé la paix et le bien-être qu'il était venu chercher cette semaine. Mais la tournure étrange qu'avaient pris les événements lors de ce dernier jour de retraite le laissait penseur. Quel impact cela allait-il bien pouvoir avoir sur les jours à venir ?

CHAPITRE

TROIS

Assise à une table pour deux personnes dans l'allée pavée au charme désuet de la brasserie Procope, Hana Sinclair faisait face à Michael Dominic. Installé sur la Rive gauche depuis 1686, Le Procope était le plus ancien café de Paris, idéalement situé près de l'appartement d'Hana dans le quartier Saint-Germain-des-Prés du 6e arrondissement, et où elle prenait le temps, chaque matin, de commencer sa journée.

Son serveur préféré, un Parisien séducteur nommé Sébastien, lui apporta deux cafés au lait fumant accompagnés de croissants chauds, tout en prenant soin de lui faire un clin d'œil avant de retourner dans la boutique, son uniforme près du corps ne laissant pas la jeune femme indifférente.

— Aussi fou que cela puisse paraître, Hana, ce gars, Rausch, paraissait très sérieux. Je lui ai demandé de voir le journal de bord de son grand-père et il a accepté de me le montrer. Tu veux te joindre à nous ? Ça pourrait t'intéresser.

Hana avala une toute petite gorgée de son café brûlant.

— Michael, tu ne crois quand même pas qu'Himmler a réellement trouvé le Saint-Graal. Ne penses-tu pas qu'on en aurait entendu parler depuis une éternité, si ça avait été le cas ? Il aurait été impossible de garder un tel secret depuis tout ce temps.

— Je suis d'accord avec toi, répondit Dominic, mais cela ne s'applique que si l'objet découvert par Rahn a été vu par d'autres personnes. Si ça se trouve, il est toujours dans le château de Wewelsburg. Quelle que soit la nature de cet artefact, Himmler l'a jugé suffisamment important pour faire construire un caveau secret rien que pour lui.

— Tu sais quoi, dit Hana pensivement, le regard perdu au bout de l'allée qui s'étendait au loin, mon éditrice me pousse depuis quelque temps à écrire un nouvel article sous un angle plus historique. Ce serait là le sujet idéal. Saint-Graal ou non, le vieux nazi devait avoir des choses captivantes à raconter dans son journal de bord. Alors je suis partante. Quand as-tu rendez-vous avec Jacob ?

Dominic sourit, ravi d'avoir deviné en amont l'intérêt que son amie porterait à éclaircir une partie sombre de l'Histoire.

— On se voit cet après-midi. Mon intuition m'avait déjà incité à l'informer de ta présence...

Il dévisagea Hana avec hésitation, espérant qu'elle ne s'offenserait pas devant l'audace dont il avait fait preuve.

— Bon pressentiment, le rassura-t-elle, un sourire espiègle aux lèvres.

Non loin de la Gare du Nord, la principale gare de Paris, le quartier du Canal Saint-Martin abritait un mélange éclectique d'artistes, de musiciens, d'écrivains bohémiens et autres Parisiens préférant les rues calmes et les jolis canaux du 10ᵉ arrondissement aux quartiers plus touristiques de la ville.

Assis à l'une des tables en terrasse du bistrot Chez Prune, Jacob Rausch attendait Dominic et Hana, tandis qu'un jeune homme installé sur le mur du canal jouait de la guitare sous un vieux tilleul, dont les feuilles vert foncé en forme de pique offraient de l'ombre en ce chaleureux après-midi printanier, accentuant le cadre forestier déjà omniprésent.

Rausch sirotait une bière artisanale de la région lorsque le prêtre et son amie s'approchèrent de la table.

— Bonjour Jacob, salua Dominic tout en se dirigeant vers l'Allemand.

Une fois les présentations faites et les salutations effectuées, ils prirent tous deux place à table et Hana leur commanda deux tangos, de la bière artisanale avec une touche de grenadine, une boisson comptant parmi les préférées des Français.

— Je suis ravi que vous ayez pu venir tous les deux, déclara Jacob avec enthousiasme. Pourquoi avez-vous tenu à être présente, Hana, si ce n'est pas indiscret ?

— Je suis journaliste d'investigation pour *Le Monde*, répondit-elle.

Rausch la dévisagea un long moment, puis son visage s'illumina.

— Mais oui ! Je me disais bien que le nom de Sinclair m'était familier. Je me souviens d'une histoire que vous avez écrite, il y a peut-être un an de ça, au sujet de l'or nazi présent dans de nombreuses Banques centrales européennes, un article qui a déclenché plusieurs enquêtes sur leurs activités d'après-guerre. Il me semble que vous aviez même reçu un prix pour ce travail, est-ce exact ?

Flattée par cette reconnaissance inattendue, Hana sentit ses joues se teinter de rouge et précisa :

— Oui, en effet. Le prix Albert-Londres. Vous avez une mémoire affûtée, Jacob.

— Je suis un incorrigible lecteur, admit-il timidement. Deux journaux par jour et un livre ou deux par semaine, en général. Je suis un fan d'histoire inconditionnel depuis tout jeune, ce qui explique pourquoi il me tarde tant que vous me rejoigniez dans cette aventure.

Hana lança un regard interrogateur à Dominic.

— Attendez une minute, répliqua Dominic en faisant signe de ralentir. N'allons pas plus vite que la musique. Nous n'avons encore rien décidé pour le moment. J'ai invité Hana car elle aussi est fan d'histoire et elle pourrait nous éclairer sur certains passages du journal de votre grand-père. Elle possède notamment de solides connaissances sur la Seconde Guerre mondiale, et plus particulièrement sur certaines activités financières et ésotériques des nazis.

— Il est vrai que leur poursuite insatiable de l'occulte peut être qualifiée d'ésotérique, fit remarquer Rausch.

— Soyons clairs, l'interrompit Hana, le parti nazi lui-même n'adhérait pas entièrement à l'ésotérisme. Seul un grand nombre de ses hauts responsables ainsi que de ses membres le partageait, notamment Heinrich Himmler, Rudolf Hess, Alfred Rosenberg et beaucoup d'autres, qui ont d'ailleurs formé la société Thulé. Son objectif était de confirmer les origines de la race aryenne. Hitler, quant à lui, n'a jamais montré grand intérêt pour les activités de la société, même s'il était attiré par d'autres recherches pseudo-scientifiques.

— Oui, mon grand-père faisait également partie de la société Thulé. Il en parle dans son journal de bord. Comme vous pouvez l'imaginer, je suis assez impatient d'obtenir davantage de réponses quant à ces activités dans le carnet d'Himmler et d'enfin découvrir la nature de la trouvaille d'Otto Rahn. Quel défi de taille, n'est-ce pas Père Michael ?

Dominic laissa échapper un rire.

— Ce sera comme chercher une aiguille dans une botte de foin, rétorqua-t-il. Il y a des millions de documents non répertoriés dans les Archives apostoliques. Nous n'avons plus qu'à trouver un indice qui nous indiquera la direction à suivre. Peut-être que le journal de bord de Walther nous sera utile. Êtes-vous prêt à nous y conduire ?

— Bien sûr. Finissons nos bières et je vous y emmène. J'habite juste au coin de la rue.

QUATRE

Situé sur la rive nord-ouest du canal Saint-Martin, sur le quai de Valmy, l'appartement luxueux de Jacob Rausch reflétait le bon goût et l'opulence. L'œil expert d'Hana en matière de prospérité examina rapidement les caractéristiques essentielles du bien, qui désignait son propriétaire comme un homme fortuné : peintures à l'huile de vieux maîtres, statue blanche en albâtre, jolies tapisseries, bouquets de fleurs fraîches, et le plus évident, des centaines, voire des milliers de livres rangés sur de grandes étagères recouvrant les murs de cette habitation à deux étages surplombant le canal ombragé par les arbres.

— Vous possédez un très bel appartement, Jacob, dit-elle. Depuis combien de temps vivez-vous ici ?

— Depuis peu, quelques années seulement. Quand il nous a quittés, mon grand-père m'a laissé une petite fortune, et pour être tout à fait honnête, j'ai toujours eu quelques doutes sur sa provenance. Je sais qu'il a travaillé comme espion en Allemagne, en Italie et au Moyen-Orient, et qu'il a même une fois occupé le poste de gérant d'une conserverie de crabe royal à Punta Arenas, sur la côte sud du Chili. Mais ces activités justifient difficilement la richesse dont nous avons hérité, mon père et moi. Maintenant que Walther est décédé, bien sûr, plus personne ne questionne son origine. Mais étant donné son étroite collaboration avec les nazis, il n'est pas impensable qu'il ait obtenu cet argent de façon immorale. Je porte le poids d'une certaine culpabilité à ce sujet désormais, bien que je ne sache pas trop comment l'expliquer puisque, de toute manière, je ne dispose d'aucune preuve. C'est assez étrange.

Dominic et Hana demeurèrent silencieux sur la question, nourrissant chacun leurs propres soupçons quant à la façon dont de telles sommes avaient pu être accumulées par certains hauts responsables du régime nazi. Il n'était pas rare pour ces derniers d'éviter les poursuites judiciaires et de s'emparer de ce dont ils pouvaient avant de sauter dans le premier vol international, et plus particulièrement à destination de l'Amérique du Sud, où, comme le savait si bien Hana, les banques suisses avaient effacé les dépôts conséquents et douteux des réfugiés nazis, sans poser de questions.

Tandis que ses deux invités prenaient place dans le salon, Jacob alla chercher le journal intime de son grand-père et le posa sur la table, en face d'Hana. C'était un vieux carnet en cuir bordeaux foncé portant sur sa couverture le nom de Walther Rausch et l'insigne runique des SS, symbolisé par deux éclairs en dorure à la feuille d'or.

Un frisson parcourut Hana quand elle y posa les yeux

et elle s'en empara d'une main tremblante. De nombreuses bandes de papier y avaient été insérées en guise de marque-pages.

— Les marque-pages étaient-ils déjà présents, Jacob, ou bien avez-vous repéré certains passages ? s'enquit-elle.

— J'ai pris note des parties que j'ai estimées pertinentes. La plupart de son journal est rempli de réflexions sur son travail et ses missions, au cours desquelles il se plaint de ses supérieurs et des conditions déplorables durant la guerre. Ses observations sur les Juifs dans les camps de concentration sont intéressantes, mais elles n'ont pas de lien avec ce qui m'intéresse personnellement, à savoir la découverte d'Otto Rahn.

Hana feuilleta les passages marqués par Jacob, tout en admirant l'écriture manuscrite de l'ancêtre de Rausch, une calligraphie Sütterlin aux formes précises mais difficiles à lire. Dominic s'adossa dans le canapé, Jacob assis en face d'eux dans un fauteuil. Hana nota dans l'air un léger parfum plaisant d'eucalyptus. Seul lui parvenait aux oreilles le tic-tac distant du pendule de l'horloge de parquet, dans le hall d'entrée.

Elle se mit à lire les extraits à voix haute en les traduisant simultanément de la version originale allemande vers le français.

Wewelsburg, 12 octobre 1937

Télégramme reçu du SS-Obersturmführer Otto Rahn de Montségur en France. Il pense être proche de la découverte du Graal. Himmler est ravi, pressé d'acquérir n'importe quelle relique mais particulièrement le Graal. De mon côté, je trouve la perspective absurde, mais Rahn a toute la confiance d'Himmler et sa passion pour la chasse ne fait aucun doute.

…

Wewelsburg, 23 octobre 1937

Himmler a ordonné que l'on installe un caveau secret dans la chambre des généraux pour y ranger des artefacts sacrés, dont bon nombre se trouvent déjà sur place. « Les Douze » tiennent régulièrement des cérémonies secrètes avec bougies, vêtus de robes et de masques. J'ai fait le nécessaire pour les organiser, mais je ne suis pas autorisé à y participer. On entend leurs chants depuis l'extérieur. Quel étrange comportement.

…

Wewelsburg, 4 novembre 1937

Rahn a rendu compte d'une découverte de la plus haute importance dans un télégramme urgent. Conformément aux instructions d'Himmler en raison des risques d'interception, Rahn n'a pas précisé la nature de sa trouvaille. Il revient au château dans quatre jours, escorté par une unité de Gestapo lourdement armée.

…

Wewelsburg, 9 novembre 1937

L'objet que Rahn a rapporté avec lui est incroyable... Je dirais même impressionnant ! Himmler en est resté bouche bée (ce qui n'est pas peu dire). Les Douze se sont rassemblés une nouvelle fois cette nuit pour lui rendre hommage. Un Voile de secret. Même moi, je suis troublé par l'émerveillement qu'il suscite.

— C'EST CURIEUX, fit Hana, les sourcils froncés par la préoccupation. L'objet n'est pas identifié ici. Peut-être que votre grand-père devait respecter certaines règles pour ne pas révéler sa vraie nature par écrit.

— C'est ce que je me suis dit, répondit Rausch. C'est pourquoi je crois qu'on en apprendra davantage grâce au carnet d'Himmler dans les Archives du Vatican.

— Il y a autre chose que je trouve étrange, ajouta Hana en revenant sur un passage qu'elle avait lu plus tôt. Les notes de sont claires et fluides tout le long du journal, sans raccourcis ni abréviations. Mais cette partie ici ne colle pas avec le reste. Il est simplement écrit « Un Voile de secret », une expression isolée comme une phrase à part entière. C'est totalement hors-contexte, sans aucun lien avec les mots qui l'entourent. Et « Voile » commence par une majuscule. Pourquoi cela ? On dirait qu'il essaye d'exprimer un point essentiel, ici.

Dominic leva les yeux vers Hana, impressionné par sa capacité à lire entre les lignes quelle que soit la situation, à creuser là où la plupart des gens aurait continué à avancer sans prêter attention. Elle poursuivit sa lecture.

Wewelsburg, 13 novembre 1937

Ce samedi soir, un gros événement aura lieu. Le Führer en personne sera présent ! L'excitation est à son comble ici et chacun s'empresse de tout ranger. La boîte en albâtre d'Himmler et l'artefact qu'il contient seront déposés sur un socle d'honneur dans la chambre des généraux. Otto Rahn sera là, ainsi que Goebbels, Eichmann, von Ribbentrop, Göring, Speer, Boorman, Eva Braun... Là où va Hitler suivent ses disciples. Le château est sous la plus haute surveillance.

...

Wewelsburg, 14 novembre 1937

Himmler a été missionné par le Führer *de garder la relique sacrée quoi qu'il en coûte ; elle serait d'une valeur inestimable en cas de négociation avec le Vatican. Je n'ai aucun doute sur le fait que le pape Pie XII ferait n'importe quoi pour mettre la main sur le* ■ ■ ■ ■.

— Il s'agit donc d'une relique sacrée, conservée dans une boîte en albâtre. Sa taille n'est pas mentionnée cependant, excepté le fait qu'elle tiendrait sur un socle ou un piédestal, synthétisa Hana. Mais les derniers mots sont biffés. Il a dû mentionner ce que c'était, avant de revenir sur sa décision. Et merde ! Je dois avouer que c'est effrayant d'en apprendre plus sur la présence d'Hitler par quelqu'un qui était réellement sur place. Jacob, sauriez-vous à quoi servait le château de Wewelsburg et qui étaient « Les Douze » ?

Rausch se repositionna sur sa chaise, impatient de transmettre ce qu'il savait sur l'étrange centre de l'activité des Schutzstaffel.

— Le château de Wewelsburg a été construit au 17e siècle à Büren, une petite ville située dans l'état allemand de Westphalie. Aujourd'hui, il fait office d'auberge de jeunesse et de musée, mais sous les forces SS en 1934, soit avant la guerre, Himmler avait pris le contrôle du château afin de le convertir en école pour les officiers SS. Mais il l'envisageait également comme le quartier général de l'Ahnenerbe, une branche des SS dévouée à la promotion de la doctrine nazie stipulant que les Allemands contemporains descendaient des anciens aryens et étaient biologiquement supérieurs aux autres races. L'Ahnenerbe, dont la signification d'origine est « héritage ancestral », a réalisé de grandes campagnes de propagande pour soutenir les théories raciales d'Hitler et mettre en marche de nombreuses fouilles archéologiques visant à chercher des preuves de cette lignée d'ancêtres aryens, afin de légitimer l'expansion allemande à travers l'Europe. Ces soi-disant preuves ont été pour la plupart fabriquées par l'Ahnenerbe afin de justifier l'Holocauste et l'extermination brutale des Juifs et autres « indésirables » pendant la guerre et les années qui ont précédé. En ce qui concerne la chambre des généraux, elle était située dans la tour nord du château. Il s'agissait d'une énorme chambre circulaire avec un sol en contrebas sur lequel reposait une gigantesque table ronde en chêne, entourée de douze sièges à l'allure de trônes. Comme je l'ai dit au Père Michael, pensez au roi Arthur et à ses chevaliers légendaires, et vous aurez une idée assez précise de ce qu'Himmler a tenté d'imiter. En-dessous de cette chambre ronde, Himmler avait construit une crypte où les cendres des soldats SS tombés au combat devaient être enterrées. Mais il a également ment construit un caveau secret quelque part dans le château pour y conserver le Saint Graal et autres reliques trouvées. Autant que je sache, ce caveau n'a jamais été découvert. Je ne suis même pas sûr que beaucoup de personnes étaient au courant de son existence après la guerre.

Rausch prit une profonde inspiration et partit chercher un verre d'eau, qu'il but en quelques grandes gorgées, avant de poursuivre. Transportés par son histoire, Hana et Dominic n'avaient pas bougé.

— « Les Douze » faisait référence aux officiers SS les plus haut gradés d'Himmler. Ils restaient près du château lorsqu'aucune autre mission ne leur était confiée. Mais il y avait des membres de la société Thulé à tous les échelons militaires allemands. La mission commune des Douze consistait à acquérir le Graal, qu'Himmler était convaincu de pouvoir découvrir et ramener au château de Wewelsburg. Après avoir lu son livre, Croisade contre le Saint-Graal, Himmler avait secrètement donné rendez-vous à Otto Rahn et, peu de temps après l'avoir enrôlé dans les SS, l'avait chargé de la quête du Graal. Il ne faut pas oublier, continua Rausch, que les nazis ont fourni un effort considérable pour prouver que Jésus était aryen et non juif, et qu'il descendait d'une longue lignée de prétendus aryens, dont Abraham, Isaac et Jacob eux-mêmes, le dernier étant d'ailleurs à l'origine de mon prénom car mon grand-père y tenait fortement.

Hana était hypnotisée par la captivante leçon d'histoire que lui contait Jacob. Son instinct, qu'elle était de plus en plus encline à suivre, lui fit sentir le potentiel d'un bon article.

— Ce carnet personnel d'Himmler dont vous parlez, comment Walther en a-t-il pris possession ? l'interrogeat-elle. Et comment s'est-il retrouvé au Vatican ? Et qu'en est-il de cet « Ahnenerbe » ? Qu'est-il devenu ?

— En tant que bras droit d'Himmler, mon grand-père conservait ses dossiers confidentiels ainsi que beaucoup de ses effets personnels au château. Lorsque la défaite allemande est apparue inéluctable, Himmler a rendu une dernière visite à Hitler en avril 1945 à Berlin. Le *Führer* avait décidé de rester dans la capitale où, comme vous le savez, il s'est ensuite donné la mort, alors que tous ses lieutenants les plus hauts gradés fuyaient l'Allemagne grâce aux chemins d'évasion franciscains et autres moyens, afin d'échapper aux poursuites judiciaires lancées par les Alliés. Un mois plus tard seulement, Himmler a été capturé par les Anglais, et juste avant son interrogatoire, il a croqué dans une capsule de cyanure dissimulée dans sa bouche. Il est mort en quelques minutes. C'est ainsi que Walther s'est retrouvé seul avec les dossiers les plus sensibles de son chef, du moins ceux qui n'avaient pas été brûlés par les SS. Comme je l'ai dit au père Michael lors de notre rencontre à l'abbaye, mon grand-père était un ami proche de l'évêque catholique autrichien Alois Hudal, un collaborateur secret des nazis et organisateur en chef du réseau de chemins d'évasion. Walther explique un peu plus loin avoir confié le carnet d'Himmler à l'évêque, qui l'a remis en main propre au pape Pie XII. Je n'ai aucune idée de ce qui a poussé Hudal à agir ainsi, peut-être était-ce dû à un certain sentiment de culpabilité ou à de la flatterie mal placée, mais j'ai appris plus tard que le pape a rapidement enfoui le carnet quelque part dans les Archives. Peut-être son contenu révélait-il son supposé soutien envers les nazis. Je ne sais pas, c'est difficile à dire. Concernant l'Ahnenerbe, conclut-il avec détachement, je pense que leur groupe a été dissous après la guerre.

Hana fixa Jacob un moment, en pleine réflexion. Puis, elle reprit le carnet et sauta les pages jusqu'aux parties suivantes marquées par Jacob, datées de quelques années plus tard.

Wewelsburg, 4 décembre 1944

Himmler est en froid avec le Führer *pour plusieurs raisons, dont l'anéantissement des Juifs et la démolition des camps, ils ne se font plus confiance, et l'Allemagne se dirige droit vers la défaite. La situation est critique. Himmler met tout en œuvre pour protéger la relique des autres : Göring, Speer, et même Hitler.*

...

Wewelsburg, 23 avril 1945

Himmler a caché l'artefact dans un lieu secret, laissant seulement une énigme écrite sur trois bouts de papiers différents pour indiquer sa localisation. Il m'a donné un de ces trois fragments codés et l'évêque Hudal m'a dit qu'il en avait reçu un autre, mais seul Himmler sait où se trouve le dernier. Ce qui est écrit dessus ne me dit absolument rien. Qu'est-ce qui lui prend ? L'homme que je connaissais si bien semble perdre la tête.

...

Milan, Italie, 7 juin 1945

La guerre est terminée. Hitler et Himmler y ont tous les deux laissé la vie. Pour l'instant, je reste caché sous la protection de l'évêque Hudal, à qui j'ai confié le carnet d'Himmler. Avant de quitter le château de Wewelsburg, les SS ont brûlé l'ensemble des documents restants qui appartenaient au Reichsführer, comme il convenait de le faire en cas de capitulation.

...

Milan, Italie, 17 juillet 1945

Hudal m'a dit qu'il avait offert le carnet d'Himmler au pape, qui est un ami proche.

...

Santiago, Chili, 12 août 1958

La mission secrète qui m'a été attribuée en collaboration avec les services de renseignement de l'Allemagne de l'Ouest est un véritable défi. Mais le Mossad est toujours à mes trousses. Des amis me couvrent, mais la menace continue de flotter au-dessus de ma tête.

…

Bariloche, Argentine, 22 janvier 1959

J'ai passé un merveilleux moment en compagnie de mes amis de longue date Erich Prager et Johann Kurtz, qui vivent désormais tous deux ici, à Bariloche, un joli village allemand qui me rappelle chez moi. Lui aussi est traqué par les Israéliens.

…

Santiago, Chili, 23 mai 1960

Le Premier ministre israélien a annoncé aujourd'hui la capture d'Eichmann à Buenos Aires ! Je plains ce pauvre Adolf, ils ne vont pas être tendres avec lui. L'étau se resserre. Avec mes confrères, nous sommes constamment sur nos gardes.

Anna referma le journal de bord. Dans la pièce, tout était silencieux hormis le tic-tac de la pendule provenant de l'horloge du hall.

— Il y a tellement à démêler dans tout ça, dit Hana avec un regard songeur. Walther a donc travaillé pour les renseignements d'Allemagne de l'Ouest ?

— Oui, répondit Rausch, pendant trois ans environ. Il a aussi collaboré avec les services secrets du président chilien Pinochet, deux emplois qui reposaient sur son expérience gagnée aux côtés d'Himmler au sein de l'Office de la sûreté du Reich.

— Et qui est cet ami de longue date Erich Prager à qui il a rendu visite ?

Rausch prit une pause avant de répondre.

— Prager n'était rien de plus qu'un interprète de la

Gestapo basé à Rome, où il gérait les échanges des nazis avec le Vatican.

Hana baissa les yeux sur le journal fermé sur ses genoux, pensive, et même légèrement troublée.

— Et qu'en est-il de cette note datant d'avril 1945 évoquant les fragments codés d'une énigme ? Il est dit que Walther lui-même s'en est vu attribuer un. L'avez-vous déjà découvert Jacob ?

Rausch tourna la tête vers la fenêtre, le regard fuyant.

— Non, je n'ai rien trouvé de tel dans les affaires de mon grand-père.

Percevant le mensonge, Hana prit un instant avant d'exprimer le fond de sa pensée.

— Si nous étions amenés à vous aider, Jacob, il nous faudrait communiquer honnêtement les uns avec les autres sur tout ce que l'on sait. Même les détails les plus insignifiants peuvent nous permettre d'avancer. N'êtes-vous pas d'accord ?

Rausch se leva et se tourna vers Hana.

— Oui, je comprends tout à fait. Je vous ai dit tout ce que je savais, répondit-il avec une légère contrariété dans la voix.

— Quoi qu'il en soit, je crains d'être d'accord avec Jacob, Michael, déclara Hana. Les chances de trouver ce carnet sont peut-être infimes, mais nous nous devons d'essayer. Malgré les habitudes occultes d'Himmler, cet objet semble avoir attisé l'intérêt en haut lieu. N'es-tu pas curieux d'en savoir plus sur la trouvaille de Rahn ? En ce qui me concerne, je sens que cette histoire a du potentiel. Mais imagine un peu ce que cela pourrait signifier pour l'Église.

— Évidemment que je suis curieux, avoua Dominic.

Mais ce qui m'intrigue, c'est surtout l'implication du pape Pie XII en personne, ce qui, mis à part sa présumée complicité avec les nazis, me semble des plus étranges. Ma curiosité a été piquée au vif et tu sais ce qui arrive quand c'est le cas.

Hana sourit. La chasse était désormais ouverte.

CINQ

— On commence par où ? demanda Rausch avec une impatience renouvelée.

Dominic ouvrit la bouche mais Hana répondit avant qu'il n'ait eu le temps de prononcer le moindre mot.

— Si vous le permettez, je pense qu'il est important de clarifier les implications de cette affaire pour Michael, et pour le Vatican de manière générale, s'il devait prendre part à ce projet.

— J'allais le dire, ajouta Dominic. Je travaille pour le compte de l'Église, après tout, et les Archives ne sont pas ouvertes à n'importe qui. Il s'agit de la bibliothèque personnelle privée du pape. Si je participe à cette recherche, tout ce que nous trouverons sur la base de documents conservés au Vatican reviendra de droit à l'Église. Est-ce que vous acceptez cette condition ?

Visiblement, Rausch avait réfléchi à cette question car il accepta immédiatement.

— Bien sûr. Je vous demande simplement le droit d'être le premier à consulter le journal d'Himmler.

— *Le premier ?* répéta Hana, surprise par une telle requête. Pourquoi cela ?

Rausch rougit et balbutia en cherchant ses mots. Il mit quelques secondes avant de se reprendre.

— Eh bien, étant donné que c'est moi qui vous ai apporté le carnet de mon grand-père, j'ai pensé que je serais impliqué dans cette découverte.

— Je ne peux pas vous garantir que vous serez le premier à le lire, Jacob, répondit Dominic. Obtenir l'accès aux salles de lecture des Archives est un processus complexe, mais je ferai de mon mieux. Si je peux vous y faire entrer, vous aurez l'occasion de le lire. Quant à votre question, je compte commencer nos recherches par l'évêque Hudal et sa correspondance avec le pape Pie XII. Cela risque de prendre du temps. Vous serez à Paris, dans les jours qui viennent, au cas où j'aurais besoin de vous contacter ?

— Non, je retourne passer quelques jours au Chili, cette semaine. J'ai encore quelques affaires à régler suite au décès de mon grand-père. Mais je peux vous rejoindre à Rome quand j'aurai terminé. En attendant, vous pouvez me joindre sur mon portable ou par courriel.

Rausch et Dominic échangèrent leurs coordonnées.

— J'ignore où ces recherches vont nous mener, mais je vous suis reconnaissant de m'avoir approché. C'est tout à fait le genre d'aventure qu'Hana et moi aimons démêler, dit-il en décochant un regard entendu à Hana qui sourit. Mais tout d'abord, je dois rentrer à Rome. Merci de nous avoir accordé de votre temps, Jacob. Je suis impatient de voir où toute cette histoire va nous conduire.

Après avoir pris congé, Hana et Dominic sortirent de l'immeuble et longèrent le canal à pied à la recherche d'un taxi pour retourner à l'appartement d'Hana.

— Michael, il y a quelque chose qui cloche mais je n'arrive pas à mettre le doigt dessus. Jacob nous cache un truc, cela ne fait aucun doute, et je trouve que ses motivations personnelles ne sont pas très claires. Je ne suis pas certaine qu'on puisse lui faire confiance.

— Il est vrai qu'il était mal à l'aise quand on a abordé la question du fragment de l'énigme, acquiesça Dominic. Quoi qu'il en soit, je sais qu'il est préférable que je me fie à ton instinct. Gardons l'œil bien ouvert. Au fait, tu viens avec moi à Rome ?

Hana réfléchit un moment.

— Je dois d'abord faire quelques recherches à la Bibliothèque nationale de France et au Mémorial de la Shoah. Leurs archives sur les nazis et l'Holocauste sont absolument inégalables. Quand j'y aurai trouvé des informations dignes de ce nom, je te rejoindrai à Rome pour en discuter avec toi. Qu'en dis-tu ?

— C'est exactement ce que je voulais entendre. Excellente idée ! Quant à Jacob, on pourra lui faire part de nos découvertes une fois qu'on aura une idée un peu plus précise de ce dans quoi on s'embarque.

Un taxi s'arrêta sur le bord de la route et ils grimpèrent à l'intérieur. Une question restait néanmoins en suspens dans l'esprit de Dominic. *Pourquoi Jacob voulait-il être le premier à lire le journal d'Himmler ?*

CHAPITRE
SIX

Richelieu, à la Bibliothèque nationale de France, un site néoclassique grandiose au cœur du 2e arrondissement de Paris, regroupe plus de 225 000 manuscrits datant du Moyen-Âge, dont un recueil conséquent de livres et de documentation datant de l'époque nazie.

Après avoir trouvé ce dont elle avait besoin pour commencer dans le catalogue — quelques biographies d'Heinrich Himmler, des copies des archives de l'évêque Alois Hudal et des enregistrements ainsi que des correspondances du colonel SS Walther Rausch — Hana s'installa dans son lieu préféré : la salle Labrouste, connue pour son architecture légendaire. En plus de ses piliers de fer forgé en forme de tonnelle, de ses dômes de terre cuite et de ses fresques murales, elle arborait également des peintures détaillées de nuages, d'arbres et d'écureuils surplombant des rangées de tables de lecture recouvertes de cuir noir. Son plafond vitré baignait la pièce d'une lumière naturelle.

Hana tourna les pages de la première biographie d'Himmler à la recherche d'informations concernant le château de Wewelsburg et le penchant du commandant SS pour l'occulte. Elle marqua une pause sur les multiples photos du château : son empreinte triangulaire inhabituelle sur le paysage de la petite ville, ses nombreuses chambres mystiques et plus particulièrement la grande tour menaçante à l'extrémité nord. Une image en particulier attira son attention : une vaste mosaïque runique représentant un soleil noir, incrustée dans le sol de marbre de la chambre des généraux dans la tour nord, symbole sombrement connu comme étant celui de la confrérie aryenne. Elle sortit discrètement son portable de son sac et prit une photo.

PLUS LOIN DANS SA LECTURE, elle fut surprise et troublée de découvrir que ce symbole SS de plusieurs décennies était toujours vénéré dans les mouvements néonazis et la suprématie blanche moderne. Elle allait devoir en apprendre plus sur le sujet pour mener à bien la tâche qui l'attendait, mais appréhendait ce qu'elle risquait de découvrir lors de ses recherches.

Elle apprit qu'Himmler avait été catholique toute sa vie durant, mais avait quitté l'Église romaine pour adopter le mouvement allemand *Gottgläubig,* qui méprisait les institutions religieuses pour favoriser la croyance d'un pouvoir plus grand ; Dieu en tant que créateur divin. Les adeptes du *Gottgläubig* pensaient que dans Sa grande sagesse, Dieu avait placé le *Führer* et son Troisième Reich au pouvoir, élevant la nation allemande à un niveau moralement supérieur aux autres. Himmler avait conservé sa foi en Jésus-Christ mais ne reconnaissait pas l'influence de l'Église sur les questions spirituelles. Il avait même décrété que tous les membres du personnel SS — soit près d'un million de soldats à leur apogée — devaient renoncer à leurs affiliations avec une quelconque église sous peine d'être expulsés des rangs de l'élite *Schutzstaffel.*

Mais ce fut l'étrange Ahnenerbe et ce qu'elle apprit sur son pouvoir phénoménal qui captiva réellement son attention ; elle allait devoir en parler avec Michael. Malgré sa mission exotique et pourtant invraisemblable, l'Ahnenerbe avait exercé une influence considérable sur le Troisième Reich. C'était à se demander comment aurait été la vie aujourd'hui si l'Allemagne avait gagné la Seconde Guerre mondiale.

Une fois son travail à la bibliothèque terminé, Hana héla un taxi pour une course de dix minutes, direction le Mémorial de la Shoah, où se trouvaient le musée et la bibliothèque de l'Holocauste. Entourée de plus de trente millions de documents digitaux et de centaines de milliers de photographies d'origine dépeignant un des événements les plus sombres de l'Histoire, elle était certaine d'en apprendre plus sur Himmler et peut-être même, avec un peu de chance, sur l'évêque Alois Hudal, son vil collaborateur et protecteur de l'après-guerre.

Alors qu'elle se dirigeait vers l'entrée de la bibliothèque de la Shoah, Hana traversa le parvis labyrinthique sur les murs de pierre blanche duquel étaient gravés les noms des 76 000 Juifs qui avaient été déportés de France et sauvagement mis à mort en l'espace de deux ans entre, 1942 et 1944, dans les camps de concentration les plus célèbres tels qu'Auschwitz-Birkenau, Sobibor, Lublin, Majdanek et Kaunas/Reval. Elle remarqua quelques personnes pleurant les noms sur le mur, en majorité des femmes âgées vêtues de noir et de foulards, se balançant d'avant en arrière en priant, leurs mains serrant des fichus blancs mouillés de larmes. Émue à la vue de tant de vies humaines perdues inutilement, Hana sentit sa détermination redoubler. Elle avait une mission à accomplir. Justice devait être faite.

Une fois à l'intérieur du mémorial, elle se dirigea vers les archives, où elle parcourut l'index informatique à la recherche des contenus dont elle avait besoin tout en prenant note des titres et des codes d'emplacement à transmettre au libraire.

— Bonjour, dit-elle en s'approchant de l'employé à l'accueil, un homme d'un âge avancé coiffé d'une kippa noire ornée d'une bordure blanche en cascade. Je voudrais consulter ce livre et cette liste de documents, s'il vous plaît.

Le libraire examina attentivement la liste à travers ses lunettes bifocales, puis se dirigea silencieusement vers le fond des rayons. Quelques minutes plus tard, il revint avec seulement le livre à la main et le posa sur le bureau. C'était un vieil exemplaire usé de la biographie de 1976 de l'évêque Alois Hudal : *Journaux de Rome. Confessions sur la vie d'un vieil évêque.*

— Voilà le livre que vous vouliez, mademoiselle, mais les autres documents sont disponibles dans nos archives digitales. Vous pouvez utiliser les ordinateurs de la salle multimédia, dit-il en lui faisant signe de se diriger vers la droite.

— Merci, monsieur, affirma-t-elle avant de s'éloigner.

Sa quête d'un ordinateur dans cet espace des plus solennels la mena à travers la galerie d'exposition principale où étaient affichés toutes sortes d'objets commémoratifs en lien avec l'Holocauste : des photos macabres de corps empilés, de nombreuses lettres des victimes à leur famille dont beaucoup jamais envoyées, des centaines d'images d'enfants déportés. Cette réalité tragique lui brisa le cœur.

Quand Hana finit par trouver le centre multimédia, avec ses rangées de table en séquoia sur lesquelles reposaient quelques postes informatiques, un sentiment de tristesse s'était emparé d'elle.

Dans le moteur de recherche de la bibliothèque, elle tapa « Heinrich Himmler » et « Walther Rausch ». Le nombre de résultats était phénoménal, alors elle décida de recentrer ses recherches à l'aide de mots-clés de longue traîne tels que « Heinrich Himmler + Walther Rausch », ce qui lui donna 124 résultats. C'était déjà mieux.

La plupart étaient de vieux clips de propagande nazie :

les photos de deux hommes assistant ensemble à des cérémonies officielles, une autre où ils se tenaient sur le soleil noir de marbre de la chambre des généraux au château de Wewelsburg, une autre des deux mêmes hommes arpentant une scène du camp de concentration d'Auschwitz, avec en arrière-plan des dizaines de prisonniers juifs décharnés alignés le long de la clôture de fil barbelé les séparant des nazis ventripotents. Sur le cliché, les gardes souriaient et pointaient les prisonniers du doigt, comme s'ils étaient en train d'admirer des animaux dans un zoo, contraste cruel de la dignité humaine.

Hana parcourut les derniers résultats mais ne trouva rien en rapport avec un quelconque artefact religieux ou la mention d'une découverte unique en son genre. Elle dénicha néanmoins de plus amples informations concernant l'Ahnenerbe, l'étrange organisation dont Jacob avait parlé, qu'elle lut attentivement tout en complétant les notes prises à la bibliothèque.

Après en avoir fini avec l'ordinateur, elle se déconnecta, prit son sac et le livre d'Hudal, et alla s'installer dans l'un des sièges les plus confortables de la salle de lecture.

En ouvrant le livre, elle prit note qu'il avait été publié à titre posthume, en 1976, après la mort d'Hudal en 1963. Qui avait bien pu prendre le temps et faire l'effort de le publier treize ans après la mort de l'évêque ? Et dans quel but ?

Autant qu'elle sache, Hudal n'était pas le genre de figure historique qui méritait l'honneur d'une œuvre posthume.

Elle vérifia la table des matières à la recherche de quelque chose en rapport avec Otto Rahn et le château de

Wewelsburg. N'ayant rien trouvé non plus, elle continua de feuilleter le livre, balayant quelques inscriptions.

Même si elle était consciente du réseau d'exfiltration déplorable d'Hudal et de sa collaboration avec les nazis, sans mentionner ses différends avec les dirigeants du Vatican pour des raisons de désaccords politiques, une grande partie de ce qu'elle lut était impénitent, voire exaspérant. Un passage sur les propres mots d'Hudal la rendit malade de dégoût lors de sa lecture :

« Je remercie Dieu de m'avoir ouvert les yeux et permis de rendre visite et de réconforter plusieurs victimes dans leurs prisons et dans les camps de concentration et [de les avoir aidés] à s'échapper avec des faux papiers d'identité. »

Les « victimes » qu'il mentionnait ici étaient néanmoins des prisonniers de guerre *nazis*, et leurs « camps de concentration » étaient des camps de détentions des Alliés. Hudal n'accordait que peu, voire pas, d'importance aux Juifs, mais était un défenseur éhonté des nazis.

À la moitié du livre se trouvait un encart de plusieurs pages montrant des photographies sur du papier blanc vernis. Au fur et à mesure, la plupart semblait être d'un banal intérêt, elle remarqua que l'éditeur avait inclus de nombreux objets souvenirs nazis trouvés parmi les biens de l'évêque, y compris quelques exemples de lettres qu'il avait écrites.

En tournant une page, elle rencontra un élément assez étrange. Il y avait dessus une simple feuille de papier à la forme d'un insigne SS, sur laquelle avait été écrites quelques phrases incomplètes en calligraphie Sütterlin allemande, où les longs *f* étaient des longs *s* et où d'autres lettres avaient des ligatures amassées et des marques diacritiques. Elle était tentée par l'envie d'arracher la page pour l'emmener avec elle tant c'était fascinant, mais ce lieu sacré regorgeait déjà assez de culpabilité et de remords. Au lieu de cela, elle sortit son téléphone et prit une photo.

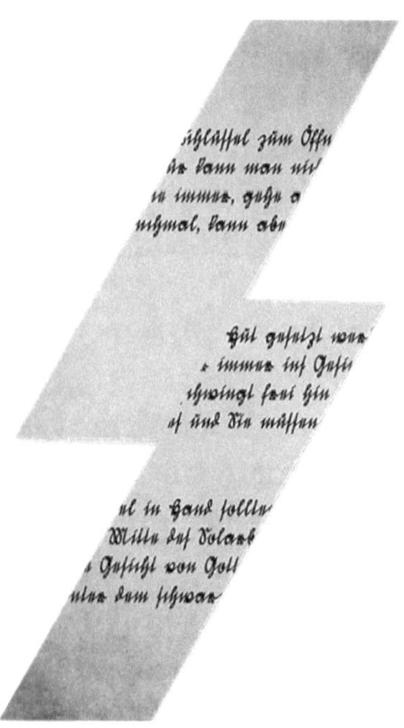

Hana l'étudia avec attention, curieuse de connaître la raison de sa présence dans le livre, puisqu'il n'y avait aucune inscription en dessous mis à part le fait qu'il avait été trouvé parmi la collection commémorative d'Hudal. Le fait qu'il avait la forme d'un symbole SS était un peu effrayant selon elle. Elle parvint à traduire ce qui était écrit dessus, mais ne pouvait y donner un sens.

...clé pour ouv...

...secrète ca...
...marche sans jamais...
...chante sans jamais...

...tronc mais pas...
...qui ne piquent...
...sein la clé...
...et maintenant...

...en main, tu...
...centre du parterre...
...visage du fils...
...sous la noire...

Elle conclut qu'il s'agissait d'une sorte de trois quatrains, trois strophes.

Mais pourquoi le couper d'un côté et de l'autre et de manière si étrange ? Peut-être y avait-il d'autres fragments qui complétaient les deux côtés, de sorte que le message puisse être lu dans son intégralité. Cela semblait logique. Pourtant il y avait là quelque chose de familier... Elle réfléchit un instant, puis elle comprit. *Il devait s'agir d'un des fragments codés d'Himmler dont Walther Rausch parlait dans son journal !*

Le fait qu'elle soit tombée dessus si innocemment l'avait à la fois ébranlée et ravie. Elle avait hâte de partager cela avec Michael lorsqu'ils compareraient leurs notes.

SEPT

Après être sorti de l'ascenseur menant aux Archives apostoliques souterraines sous la cour Pigna du Vatican, Michael Dominic se dirigea vers l'accueil. Au-dessus de sa tête, des lampes s'allumèrent automatiquement en détectant sa présence, éclairant son chemin de flaques de lumière ambrée le long des 85 kilomètres linéaires de l'imposante section connue sous le nom de Galerie aux étagères métalliques, avant de s'éteindre dans son dos en absence de mouvement. Il savait désormais qu'il devait continuer à avancer, sous peine de se retrouver dans l'obscurité totale de la chambre souterraine où, pendant des années, les archives de l'Église avaient été conservées sans que la lumière naturelle ne vienne polluer leur fragile inventaire.

Il s'assit devant l'ordinateur, alluma la lampe de bureau puis lança une recherche sur l'évêque Alois Hudal. S'il y avait quoique ce soit au sujet de cet homme dans ces archives, ou plutôt, si les écrits le concernant avaient été correctement répertoriées, puisque des millions de documents étaient scellés dans des milliers de caisses n'ayant toujours pas été classées, il le trouverait ici. Les chances étaient de son côté ; la plupart des documents sur la Seconde Guerre mondiale ayant déjà été répertoriés depuis lors.

Les résultats de la recherche étaient encourageants. Dominic trouva de nombreuses correspondances entre Hudal et certains membres de la curie. Rien d'étonnant sachant que la carrière de l'évêque avait été politiquement mouvementée, surtout pendant et après la guerre. Hudal vantait publiquement Adolf Hitler et ses desseins quant au Troisième Reich et n'était guère discret concernant ses oppositions contre les règles du Vatican. Néanmoins, en tant que représentant de l'Église catholique autrichienne, il pouvait compter sur un large réseau de membres du clergé influents et de leaders politiques, ce qui avait largement contribué à la conservation de son poste.

Même à ce jour, beaucoup de membres de l'Église défendaient encore Hudal, arguant que la Commission d'assistance pontificale avait constitué un effort légitime visant à fournir une sorte de programme de miséricorde papale envers les socialistes nationaux et les fascistes. Dans ce cadre, on avait porté secours à des centaines de milliers de réfugiés légitimes, et certains criminels de guerre nazis en avaient tout simplement profité, s'infiltrant dans le programme à l'insu d'Hudal. Michael trouvait cela difficile à croire compte-tenu des documents écrits par Hudal lui-même sur son engouement et son soutien au mouvement nazi.

Hudal était particulièrement proche du SS *Reichsführer* Heinrich Himmler et le conseillait régulièrement sur des questions politiques et stratégiques importantes tant aux yeux du Vatican qu'à ceux du Parti nazi. Après la défaite de l'Allemagne, il lui avait permis d'échapper aux poursuites des Alliés en le faisant passer par les réseaux d'exfiltration franciscains.

Au détour d'une page de la correspondance, Dominic découvrit une lettre datée de septembre 1946 et adressée au pape Pie XII qui attira son attention. Dans celle-ci, Hudal faisait cadeau au pape du dernier journal personnel d'Himmler, un an après la mort de ce dernier. Aucune raison ne justifiait ce geste, à la grande surprise de Dominic. Il devait pourtant bien y avoir une explication. Mais laquelle ? Hudal avait certainement une idée derrière la tête.

Au bas de la lettre, sous la signature ratatinée d'Hudal, se trouvait une note papale en latin, vraisemblablement destinée au secrétaire du Saint Père : « *Locus diurna in Riserva* », c'est-à-dire « Placez le journal dans la *Riserva* ». Dessous se trouvait la délicate signature du pape en personne, « Pius pp. XII »

La *Riserva* avait longtemps été une zone fermée et énigmatique des Archives secrètes où les documents les plus sensibles du Vatican étaient conservés. Personne n'avait le droit de pénétrer dans la *Riserva* sécurisée, du moins sans la présence du préfet, à savoir Dominic, même si le secrétaire d'État en exercice possédait une autre clé. Il s'agissait actuellement du cardinal Enrico Petrini, qui s'avérait également être le parrain et mentor de Michael Dominic depuis ses débuts.

Dominic se leva et se dirigea vers les confins de la Galerie, suivant les flaques de lumière qui s'allumaient automatiquement sur son chemin jusqu'à la lourde porte de bois de la *Riserva*. Il porta une main à sa nuque et tira le cordon de cuir noir autour de son cou auquel était attaché la clé, puis déverrouilla la porte blindée, l'ouvrit et alluma la lumière.

La chambre forte mesurait environ 200 mètres carrés, avec des étagères métalliques le long des murs et un gigantesque *armadio* du XVIIe siècle en peuplier, placé contre le mur du fond. Le sol, les murs et le plafond étaient en béton cellulaire harmonieux, et deux luminaires suspendus à faible incandescence éclairaient la pièce. Une bouche d'aération dans le mur maintenait un léger flux d'air conditionné et une jauge près de l'interrupteur indiquait une humidité relative de 35 %, soit un environnement idéal pour conserver des archives.

Seuls les documents les plus précieux, les plus secrets ou potentiellement controversés étaient conservés dans la *Riserva*. C'était là que Dominic avait été chargé par le pape de dissimuler le papyrus scandaleux de Marie Madeleine, à peine un an auparavant, et qu'il avait trouvé, tout à fait par hasard, les documents phares de sa découverte. C'était une pièce qu'il connaissait bien, l'endroit le plus précieux à ses yeux dans tout le Vatican.

Hormis l'*armadio*, les contenus étaient généralement classés par année, puis par ordre alphabétique. Débutant par les étagères, Dominic entama la section étiquetée « MCMXLVI », 1946 en chiffres romains car le Vatican utilisait encore beaucoup le latin, et commença à feuilleter de vieux classeurs et d'épaisses reliures à la recherche du journal d'Heinrich Himmler.

Après une trentaine de minutes passées à examiner les objets empilés sur l'étagère de 1946, il ne trouva rien ressemblant de près ou de loin à un journal. Ce qu'il cherchait se trouvait donc probablement à l'intérieur de l'*armadio*.

Le grand meuble en bois de peuplier, portant les armoiries de la maison Borghèse en bas-relief-doré en raison des liens historiques étroits de cette noble famille avec le Vatican, dont un pape et de nombreux cardinaux, contenait les documents les plus secrets de l'Église. Si le journal d'Himmler se trouvait là, il devait forcément être très spécial.

Les deux portes adjacentes s'ouvrirent en grinçant puis, Dominic tira un escabeau posé contre le mur pour l'aider à atteindre les étagères les plus hautes. Dans la partie inférieure se trouvait une douzaine de larges tiroirs de huit centimètres de haut chacun, empilés les uns sur les autres, dans lesquels étaient rangés de grands documents plats tels que des cartes, des feuilles larges, de longs palimpsestes et des documents de grande taille. Parmi ces archives surdimensionnées figurait le parchemin envoyé en 1530 par les membres de la Chambre des Lords d'Angleterre au pape Clément VII pour appuyer le divorce du roi avec Catherine d'Aragon. Ce parchemin d'un mètre sur deux était accompagné de 80 sceaux de cire rouge, autant que le nombre de lords ayant apposé leur signature pour confirmer la demande du roi, que le pape avait finalement rejetée. Ce fut cette action qui mena le roi Henri à rejeter l'autorité de l'Église et à s'ériger à la tête de l'Église d'Angleterre. Dominic était toujours ému de voir, et surtout de tenir entre ses mains, ce magnifique document historique, rarement montré au public.

Il chercha, en commençant par l'étagère du haut, tout ce qui pouvait ressembler à un journal datant de la Seconde Guerre mondiale, parmi les autres livres ayant de toute évidence appartenu à la curie et les liasses de documents reliés portant des marques sans rapport.

Ce ne fut que lorsqu'il atteignit la troisième étagère qu'il aperçut un volume rigide en cuir noir, relié par trois trous, ressemblant à un registre. Il le sortit des profondeurs de l'armoire et le tourna face vers le haut. Là, estampillé en feuille d'or, se trouvait le nom tristement célèbre : « H. Himmler. »

Bien qu'habitué à voir toutes sortes d'objets enivrants, Dominic sentit ses cheveux se dresser sur sa nuque lorsqu'il reconnut ce qu'il tenait entre les mains. Il retira le livre de l'*armadio* et le posa sur la table en bois de la pièce qui se révéla être bancale, puis s'installa sur une chaise de même facture, prêt à explorer les dernières années d'existence de ce nazi de haut rang.

CHAPITRE
HUIT

Assis sous une lumière tamisée, Dominic souleva la couverture en cuir noir et s'attarda premièrement sur les différentes parties structurant le carnet : ses pages jaunies dont les marges comportaient des dates et des remarques, la calligraphie précise et surprenante d'Himmler, avec une cursive nette de haut en bas plutôt qu'inclinée d'un côté ou de l'autre, écrite au stylo plume avec de l'encre de Chine noire. Himmler était de ceux qui savaient pertinemment que leur importance perdurerait au fil des décennies, bien que ce soit en tant que démon que les historiens se le remémoraient. Les hommes en général, et plus particulièrement les magnats de la guerre, de la politique et de l'industrie, couchaient avec fierté sur le papier leurs réussites, la façon dont ils percevaient le monde et l'influence qu'ils avaient sur lui ; tandis que les femmes tenant des journaux intimes encraient plutôt des nuances subtiles et sensibles de leur vie et des personnes qui en faisaient partie. Celui d'Himmler était rempli d'accomplissements audacieux et de réflexions essentiellement tournées vers son pouvoir absolu et sa domination des autres.

Himmler avait commencé à tenir un journal intime à l'âge de dix ans seulement, avec pour but d'y inscrire les prouesses qu'il accomplirait dans sa vie qui fut relativement courte, puisqu'il décéda à l'âge de 44 ans. Dominic avait ouï dire que la plupart de ces carnets avaient été dispersés par le vent et prenaient désormais la poussière dans des collections privées ou des archives. Les plus récents à avoir refait surface avaient été découverts en 2013 dans les archives militaires russes, où ils avaient été conservés pendant 70 ans à l'insu de tous, l'Armée Rouge les ayant confisqués à la fin de la guerre. Ces carnets imprimés avaient été transcrits par les secrétaires d'Himmler et rendaient compte de ses activités officielles aux alentours des mêmes années que le journal que Dominic tenait présentement entre les mains, à savoir entre 1937 et 1945. Dans une note, la dictée d'Himmler, ou plutôt la transcription de ses assistants, passait en un clin d'œil d'une scène joviale dans laquelle il partageait des collations avec ses hommes dans un camp de concentration à une autre, quelques instants plus tard, où il ordonnait l'extermination massive de nombreux Juifs. Dans un autre passage, il exigeait que de jeunes chiens de garde capables de déchirer les gens en lambeaux soient postés à Auschwitz. Les mots laissés dans ces journaux étaient tout bonnement répugnants.

Mais le carnet qui reposait sur le bureau devant Dominic avait été écrit par Himmler lui-même, comme il pouvait l'affirmer au style d'écriture de l'homme qu'il avait étudié en amont de ses recherches : des lignes montantes serrées et de larges descentes plus souples, régulièrement espacées. Il ne faisait aucun doute que ce coup de crayon était celui d'Himmler.

Dominic débuta sa lecture, traduisant de l'allemand vers le français. Pour une raison qui lui échappait, de longues périodes de temps espaçaient les dates couchées sur le papier, et la plupart des notes traitaient soit d'architecture soit de ses expéditions. Alors qu'il parcourait rapidement les pages, plusieurs passages lui sautèrent aux yeux, nombre d'entre eux écrits alors qu'Himmler résidait dans son château de Wewelsburg qu'il aimait tant.

Quartier général de Berlin, 2 février 1935

Rencontre avec Otto Rahn. C'est un écrivain brillant qui en sait long sur les légendes du Graal, en particulier sur Parzival *de Wolfram von Eschenbach. Je l'ai intégré à mon équipe pour mener des fouilles archéologiques.*

...

Château de Wewelsburg, 21 avril 1936

J'ai envoyé Rahn en Islande avec 20 troupes de SS pour étudier les Eddas norrois. Ces recueils du 13ᵉ siècle sont indispensables à pour prouver la confrérie aryenne.

...

Château de Wewelsburg, 12 octobre 1937

J'ai promu Otto Rahn au poste d'Untersturmführer. Je l'ai renvoyé à Montségur et Rennes-le-Château dans le Languedoc français, avec pour mission de trouver le Graal.

...

Château de Wewelsburg, 9 novembre 1937

Rahn est revenu de son voyage dans le Languedoc, où il a découvert le voile sacré de Véronique, amené en France par Marie Madeleine en personne ! On dit qu'il posséderait des vertus extraordinaires comme rendre la vue aux

aveugles et même ressusciter les morts ! Il provient certaine-
ment de la tombe du Christ lui-même (Jean 20 :3-7).

...

Château de Wewelsburg, 22 octobre 1938
La reconstruction du château avance à grand pas, effec-
tuée par des prisonniers juifs du camp avoisinant de Sach-
senhausen. Les trois salles de la tour nord revêtiront une
importance considérable ; celle des colonnades et celle des
défunts valeureux compteront chacune 12 colonnes de
marbre symboliques. Et le centre de la chambre des géné-
raux arborera notre symbole runique, le Schwarze Sonne. Le
voile est désormais en lieu sûr dans mon caveau secret.

Dominic se leva subitement, interrompant sa lecture. Un frisson le parcourut. Le voile sacré de Véronique ? L'idée même était stupéfiante. Il connaissait évidemment la légende de Véronique et du voile qu'elle avait offert à Jésus pour qu'il y essuie le sang et la sueur qui perlaient sur son visage tandis qu'il portait la croix sur la route de Calvaire. *Était-ce donc cela que Rahn avait découvert à Rennes-le-Château ? Ces légendes étaient-elles vraies ?*

Notant la référence à l'Évangile de Saint-Jean, il partit chercher sa bible, tourna les pages jusqu'au Nouveau Testament et lut le passage marqué, chapitre 20, versets 3-7.

« Pierre et l'autre disciple sortirent, et allèrent au sépulcre.
Ils couraient tous deux ensemble. Mais l'autre disciple
courut plus vite que Pierre et arriva le premier au sépulcre ;
s'étant baissé, il vit les bandes qui étaient à terre, cependant
il n'entra pas. Simon Pierre, qui le suivait, arriva et entra
dans le sépulcre ; il vit les bandes qui étaient à terre et le

linge qu'on avait mis sur la tête de Jésus, non pas avec les bandes, mais plié dans un lieu à part. »

Serait-il possible que le voile en possession d'Himmler soit réellement un des linges trouvés dans le tombeau ? Dominic avait également entendu parler de la légende de l'étoffe funéraire, que beaucoup supposent être le suaire de Turin, bien que sa véracité puisse être remise en cause au vu des derniers résultats de datation au carbone.

Reportant son attention sur le carnet, il lut rapidement les notes restantes, dont la plupart traitaient d'annotations opérationnelles et autres informations de ce genre, toujours séparées par de longues périodes de temps, jusqu'à ce qu'il atteigne le dernier écrit.

Berlin, 24 avril 1945

Négociation secrète en cours avec les Anglais pour ma capitulation. Hitler délire complètement, démettant ses généraux les plus hauts gradés de leur fonction, y compris moi. Tout le monde s'enfuit. Pour assurer ma sécurité, j'ai confié trois fragments codés à Walter Rausch, l'évêque Alois Hudal et Erich Prager, respectivement, indiquant la localisation du voile. Ils doivent être lus ensemble pour décoder l'énigme. J'ai demandé à mes amis de prendre soin de ma famille s'il devait m'arriver quelque chose.

Dominic était complètement subjugué. Décidément, les choses devenaient de plus en plus étranges.

Il savait qu'Himmler allait mourir le mois suivant : suicide au cyanure en mai 1945, alors qu'il était aux mains des Anglais. Ces mots écrits, susceptibles d'être les derniers, étaient à la fois fascinants et abjects, mise à part la brutale et inattendue mention du voile.

Il y avait beaucoup d'informations à digérer dans ces lignes. Il allait devoir en apprendre plus et en parler avec Hana et son vieil ami Simon Ginzberg. Bien que les chances soient minces, il désirait plus que tout retrouver ces fragments codés.

Il ferma les portes de l'*armadio*, coinça le journal sous son bras et verrouilla la porte de la *Riserva* avant de se diriger vers l'ascenseur à travers les zones de lumière ambrée, l'excitation guidant chacun de ses pas.

CHAPITRE
NEUF

Décorée et lumineuse, la salle de lecture des Archives apostoliques « Pius XI », ou « Pio », était surmontée d'une haute coupole blanche et comprenait de longues rangées de tables brésiliennes en bois de cerisier, accueillant chacune deux lecteurs. À l'étage inférieur de cette longue pièce rectangulaire, les murs étaient recouverts de files de livres et de dossiers, sur lesquels des lampes diffusaient, à travers les étagères, une nuance irisée de jaune, comme si les personnes présentes étaient assises dans un gantelet de cloisons dorées.

L'un de ces individus, un homme dont la petite tête était parsemée de cheveux blancs et fins mais arborait tout de même une barbe Van Dyke parfaitement taillée, était installé devant son travail qu'il lisait grâce à d'épaisses lunettes de vue perchées sur son nez aquilin.

Dr Simon Ginzberg, professeur émérite en recherches médiévales à l'université de Teller près de Zagarolo, venait régulièrement dans les archives du Vatican depuis près d'une décennie. Il faisait partie des rares chercheurs à qui l'accès aux trésors des archives n'était jamais refusé. Son principal sujet d'étude, surtout dernièrement, portait sur le plaidoyer ambigu du pape Pie XII à l'égard des nazis durant la Seconde Guerre mondiale, son objectif n'étant pas de réprimander le rôle de l'Église dans l'histoire sous le règne de Pie mais plutôt de le mettre en lumière.

Alors qu'il était assis là, plongé dans ses pensées face à un ensemble de documents récemment publiés sur Pie, le bruit de pas sur le sol de marbre lui parvint aux oreilles. Il leva les yeux, puis ses lèvres s'étirèrent en un grand sourire lorsqu'il mit un nom sur le visage de son visiteur.

— Michael ! Que c'est bon de te voir, mon ami !

Le père Dominic tira une chaise et prit place tout en plaçant ses mains sur le carnet personnel d'Himmler qu'il venait de déposer sur la table.

— Ravi de voir que tu es toujours là-dessus, Simon, dit-il. Comment ça avance ?

— Il est bien trop tôt pour se prononcer. À ce stade, je n'ai encore rien de concret, répondit Ginzberg. Mais il est certain que Pie a vécu un règne intéressant en tant que pontife, durant des périodes de troubles. À vrai dire, j'admire énormément cet homme, même si, d'après ce que je vois, il va devoir expliquer beaucoup de choses. Comme pour toutes les grandes questions historiques, le temps nous le dira, hein ? Maintenant, que me vaut l'honneur de ta visite aujourd'hui ?

— J'ai rencontré un jeune homme lors d'une retraite en France, il y a quelques jours… commença Dominic avant de relater l'histoire de Rausch, le rôle de son grand-père dans le parti nazi, le journal de bord de Walter Rausch et le carnet d'Himmler dans les archives du Vatican depuis la guerre. Il est enfermé dans la *Riserva* depuis que Pie XII l'y a enfoui, Simon, et je viens seulement de mettre la main dessus. Je me suis dit que tu trouverais son contenu fort intéressant.

Dominic avait piqué l'intérêt de Ginzberg en mentionnant l'implication du pape Pie XII au sujet du carnet d'Himmler. Le vieux chercheur haussa les sourcils d'un air intrigué et se pencha en avant.

Dominic ouvrit le carnet aux pages qui abordaient le château de Wewelsburg ainsi que le voile, et le tourna vers Simon, de l'autre côté de la table, qui fit courir un index décharné sur les lignes à mesure de sa lecture, avant d'ouvrir grand les yeux. Son regard jongla plusieurs fois entre Dominic et le carnet.

— C'est une découverte extraordinaire, Michael ! Bien sûr, le journal en lui-même est remarquable d'un point de vue historique. Mais crois-tu sincèrement qu'Himmler possédait le voile reflétant la véritable image du Christ ? Ce serait incroyable ! D'après mes souvenirs, continua-t-il avec enthousiasme, trois voiles de ce genre existent, mais chacun fait l'objet d'incertitudes quant à sa provenance. Le premier, un vêtement sacré que les Italiens appellent *il Volto Santo*, le voile sacré représentant la Sainte Face, est conservé dans la minuscule église des capucins de la ville de Manoppello, dans la région italienne des Abruzzes. Il s'y trouve depuis quatre-cents ans environ et l'image qu'il arbore ressemble trait pour trait à celle révélée sur le suaire de Turin, dont l'authenticité est également remise en question. Le second est le fameux suaire d'Oviedo, abrité par la cathédrale de San Salvador en Espagne. Si sa datation au carbone estime son origine aux alentours de l'an 700, des témoignages historiques de sa présence le font apparaître bien plus tôt, vers l'an 570, mais pas avant.

Pour finir, le dernier se situe à Rome, ici, dans la basilique Saint-Pierre. Mais la provenance de celui-ci reste douteuse, si ce n'est plus, et la majorité des gens le considèrent comme un faux. En effet, beaucoup pensent que le voile original, auparavant possédé par le Vatican, a été volé il y a des centaines d'années et est aujourd'hui celui que l'on peut trouver à Manoppello. Ces trois voiles sont tous entourés de mystère. Ils sont passés entre de nombreuses mains au fil du temps, entre deux conflits militaires ou autres escapades suspectes. L'Histoire regorge d'individus désireux d'acquérir des iconographies religieuses. Cependant, j'ai lu des travaux de recherche décrivant la légende d'une femme prénommée Berenikē, qui aurait essuyé le sang et la sueur qui perlaient sur le visage de Jésus tandis qu'il portait la croix sur la Via Dolorosa et, sachant que Marie Madeleine était la disciple préférée de Jésus, elle aurait donné le voile à cette dernière. Ce n'est pas exposé dans les chants de l'Évangile bien sûr, mais des histoires similaires apparaissent dans les apocryphes. Vraisemblablement, aucune personne du nom de Véronique n'apparaissait. En fait, le plus célèbre vêtement affichant trait pour trait le portrait de Jésus était appelé en latin *vera icon*, soit « véritable image ». Au fil du temps, le jargon populaire l'a interprété, à tort, comme le nom d'une personne. C'est pourquoi, selon de nombreuses traditions dans différents pays, *vera icon* est devenu « Véronique ». Cependant, si nous parlons ici du linge trouvé dans le tombeau vide par Sainte Madeleine, et n'oublions pas qu'elle aurait très bien pu l'avoir placé là elle-même quand Jésus fut enterré, alors ce mystère particulièrement insoluble n'est que renforcé. Mais imaginer qu'il ait pu finir entre les mains d'un monstre tel qu'Himmler est inadmissible ! Il est certain qu'il possédait un zèle fanatique pour la collection d'artefacts religieux, comme le prouve son association avec l'allemand médiéviste Otto Rahn, et ses fouilles archéologiques financées par l'Ahnenerbe et la société Thulé. Néanmoins, ces efforts ont été entrepris pour soutenir l'audacieuse revendication d'Hitler stipulant que Jésus était aryen, et non juif.

— Et qu'en est-il de ces Eddas norrois mentionnés par Himmler ? demanda Dominic. De quoi s'agit-il ? Et quelle est leur signification ?

— Rien de lié au voile en soi, mais la mythologie nordique est un des fondements du troisième Reich. Hitler s'est approprié le symbolisme de l'ancien norrois avec notamment la croix gammée et même l'insigne runique SS des Schutzstaffel, les deux étant dérivés de l'ancienne symbologie nordique à l'époque des Vikings, un peuple fort et résistant connu pour son invasion et sa conquête à grande échelle de l'Europe. Ces qualités ont tant impressionné le *Führer* qu'il a remué ciel et terre pour établir des liens entre les Allemands et ces nobles hommes nordiques. Les Eddas sont un ensemble de deux livres qui datent du 13 e siècle et traitent des mythologies du perfectionnisme idéaliste dans la culture scandinave. La raison pour laquelle Himmler aurait voulu les étudier est très claire : pour appuyer la glorieuse vision aryenne du monde d'Hitler.

Comme toujours, Dominic était fasciné par la richesse des connaissances historiques de Simon. Ses yeux chassieux étincelant d'intrigue, Ginzberg retira ses lunettes et se pinça l'arête du nez tandis que son esprit absorbait les informations qu'il venait de lire.

— Ces fragments codés de l'énigme... As-tu une idée

d'où ils pourraient se trouver ? Ton jeune M. Rausch t'a-t-il donné des indices sur celui de son grand-père ?

— Je crains qu'il n'ait été assez évasif sur ce point, avoua Dominic. Hana pense qu'il en sait plus qu'il ne le prétend, mais nous ne sommes pas en mesure d'expliquer pourquoi. Pour le moment, du moins.

Ginzberg lança un regard interrogatif au jeune prêtre, puis sourit.

— Je sens que tu te prépares déjà pour une nouvelle aventure, pas vrai ?

Les joues en feu, Dominic laissa échapper un léger rire.

— Tu me connais, Simon. Ce n'est pas quelque chose qu'Hana ou moi allons laisser filer, à ce stade. Avec cette intrigue, elle tient une bonne histoire, et puis s'il n'y a ne serait-ce que la moindre chance que je puisse trouver le véritable voile donné à Marie Madeleine, comme tu le sais, je vais la saisir. Hana devrait bientôt me rejoindre ici. Nous verrons bien ce qu'elle a à ajouter.

Dans l'appartement parisien d'Hana, le téléphone en mode silencieux qui reposait sur son bureau vibra, affichant un appel entrant. Un coup d'œil à l'écran lui apprit que Michael tentait de la joindre. Elle décrocha avec un sourire.

— J'étais justement sur le point de t'appeler, répondit-elle. Tu ne...

— Tu ne devineras jamais ce que j'ai trouvé ! déballa Dominic à toute vitesse.

Tous deux s'esclaffèrent.

— Je suppose que tu allais dire la même chose ?

— Tout à fait, dit Hana. Si ça te va, je prends le premier vol pour Rome demain. On a un tas de choses à passer en revue.

— Tu peux déjà commencer à réfléchir sur un truc d'ici
là : Himmler avait apparemment en sa possession le
fameux voile de Véronique, le légendaire suaire reflétant
l'image du Christ ! C'est ça, l'artefact qu'il avait dissimulé
dans son caveau secret au château de Wewelsburg, pas le
Saint-Graal. Après avoir lu le carnet d'Himmler, carnet que
j'ai trouvé, d'ailleurs, j'ai longuement discuté avec Simon.
J'ai un tas de choses à te raconter, Hana.

— Attends, attends... Tu veux dire le vrai voile ? Tu
crois que... Enfin bref, on parlera de tout ça plus tard. Mon
grand-père ne va pas tarder. Mais je suis impatiente d'entendre ce que tu as à dire et de partager mes découvertes
avec toi. On se voit demain vers midi ?

— Pourquoi je ne te récupérerais pas à l'aéroport ? On
pourra se rendre directement à ton hôtel après, proposa
Dominic. J'ai pris quelques jours de congés.

— Encore mieux ! répondit Hana, toute joyeuse. C'est
le vol Air France 1104, arrivée à Fiumicino à 11 h 35. À très
vite.

DIX

Le grand-père d'Hana, le baron Armand de Saint-Clair, possédait, depuis des années déjà, une suite au Cavalieri Waldorf Astoria, l'un des hôtels les plus luxueux de Rome. Dans le cadre de ses affaires dans le domaine de la finance, il se rendait souvent dans la Ville éternelle et, en tant que membre de la *Consulta* d'élite du pape, il rencontrait régulièrement le souverain pontife lors de ses séjours.

Malgré l'absence de ce dernier occupé ailleurs, Hana pouvait résider dans la suite Palermo du Cavalieri lorsqu'elle était de passage dans la capitale italienne. Dominic l'avait récupérée à l'aéroport et l'y avait conduite à bord d'une voiture appartenant au parc de véhicules du Vatican. Pendant que le bagagiste déchargeait les valises d'Hana du chariot à bagages, Dominic prit place à la table de l'élégante salle à manger et étala le fruit de ses recherches devant lui : le journal d'Himmler qu'il avait sorti des archives apostoliques et les courriers qu'il avait trouvés dans le dossier de l'évêque Hudal.

— Je t'offre un verre, Michael ? proposa Hana.

— Juste un verre d'eau, merci. Mais évitons de poser des verres pleins à côté des documents, dit-il en relevant les yeux vers elle.

Dominic prenait toujours des précautions lorsqu'il examinait des objets rares. Hana le savait. Aussi, elle s'assit en face de lui et posa son propre verre sur la console derrière elle.

— Qu'avons-nous là ? demanda-t-elle en fixant avec intérêt le nom d'Himmler en dorure sur journal en cuir noir. Ça m'a l'air d'une histoire passionnante.

Dominic ouvrit le cahier au premier marque-page et le fit glisser devant Hana pour qu'elle puisse le lire. Tout comme Simon avant elle, elle passa de modérément intéressée à tout bonnement captivée.

— La légende est donc vraie : Otto Rahn a effectivement trouvé quelque chose à Rennes-le-Château ou à Montségur. J'imagine que le secret a été bien gardé durant toutes ces années. Rahn est mort en 1939, soit seize mois après sa découverte, et visiblement, il n'a jamais mentionné cette trouvaille à quiconque. Tout du moins, la nouvelle n'a pas été rendue publique, que je sache.

—J'imagine que les nazis devaient y être pour quelque chose, fit remarquer Dominic. S'il a mis la main sur le voile, Himmler a probablement fait en sorte que l'information reste secrète, sous la menace de la mort si nécessaire. Par la suite, Himmler ne faisait plus confiance à Rahn, ce qui a peut-être précipité le décès de ce dernier sur les pentes glacées d'une montagne autrichienne. Il venait de démissionner des forces SS. Mais les SS, c'est comme la mafia : on ne peut pas les quitter sans en subir les conséquences.

— Je ne me souviens pas très bien de l'histoire du voile de Véronique, dit Hana. Il s'agit de l'étoffe que Véronique a utilisée pour éponger les blessures du Christ avant sa crucifixion, non ?

— Pas selon Simon, non, répondit Dominic avant de lui raconter en détail la théorie de Ginzberg au sujet de tous ces voiles prétendument authentiques et de la déformation du prénom Berenikē lors de la transmission orale de l'histoire au fil des ans.

Il appuya ses dires en lui montrant la référence biblique dans l'Évangile de Jean.

— C'est pourquoi aucune de ces reliques ne peut être considérée comme la véritable image de Jésus, du moins pas sans les avoir examinées de plus près, mais toutes sont gardées sous étroite surveillance. La foi étant bien plus influente que l'intérêt scientifique, dans notre cas, il est peu probable qu'une telle analyse ait lieu de sitôt. Mais si nous parvenons à mettre la main sur le voile d'Himmler, et je concède que les chances sont minces, nous veillerons à l'examiner sous toutes les coutures.

Hana reporta son attention sur le journal et se remit à lire. Arrivée à l'entrée d'octobre 1938, elle s'arrêta net et releva les yeux en se souvenant brusquement de quelque chose.

— Michael ! Il parle d'un grand symbole runique. C'est le *Schwarze Sonne* ! Le Soleil noir en allemand. Au cours de mes recherches à la Bibliothèque nationale de France, j'ai trouvé une biographie d'Himmler avec des photos du château de Wewelsburg, et l'une d'entre elles montrait un soleil noir runique incrusté sur le sol en marbre de la salle des généraux.

Elle plongea la main dans son sac pour en sortir son

iPhone et montra à Dominic l'étrange photo du soleil noir qu'elle avait prise dans le livre.

— Et ce n'est pas tout, ajouta Dominic en feuilletant le journal jusqu'à la dernière entrée qu'il montra à Hana.

Hana lut le passage dans lequel d'Himmler distribuait trois fragments codés, puis elle bondit sur sa chaise, faisant sursauter Michael. Ce n'était pas la réaction à laquelle il s'était attendu.

— J'ai trouvé l'un de ces fragments ! Je suis sûre que c'est ça, s'exclama-t-elle.

Elle fit défiler les photos sur son téléphone jusqu'à celle du symbole SS et la montra à Michael.

— Cette image était dans la biographie d'Hudal, à côté des clichés de sa vie et de ses effets personnels. Je l'ai prise en photo parce qu'elle m'a paru étrange mais j'ignorais ce que c'était. Heureusement que je l'ai fait !

Dominic examina la photo, les sourcils froncés.

— Qu'est-ce que ça veut dire ? Et pourquoi le texte a une forme aussi bizarre ?

— J'ai transcrit ce que j'ai pu. Tiens, regarde.

Elle sortit un carnet de sa poche et le tendit à Michael qui lut rapidement le texte sans queue ni tête qui s'y trouvait.

— Il va nous falloir les autres fragments, si l'on veut comprendre la signification de tout ce charabia, dit-il. C'est incroyable que tu aies trouvé le fragment d'Hudal. Il ne nous reste plus qu'à mettre la main sur ceux de Rausch et de Prager qui sont encore quelque part dans la nature.

— Je suis convaincue que Jacob en sait plus sur le fragment de son grand-père qu'il ne veut bien nous le dire. Je te parie même qu'il l'a déjà trouvé parmi les objets dont il a hérité. Ce que je n'arrive pas à comprendre, c'est pourquoi il ne nous dit pas la vérité alors qu'il est venu nous demander notre aide. Cela n'a aucun sens.

Elle fixa la photo du fragment sur son téléphone un moment tout en réfléchissant.

— J'ai l'impression qu'il s'agit du morceau du milieu ; il manque des mots avant et après. J'en conclus que nous avons là le fragment le plus important des trois. Mais sans les deux autres, nous ne pourrons jamais combiner l'énigme. Sans parler de la déchiffrer.

— Je vais appeler Jacob et lui poser la question de front. C'est le matin, à Santiago. Il doit être levé.

CHAPITRE
ONZE

Au pied de la cordillère des Andes, au bord du lac glaciaire Nahuel Huapi, se trouve la ville pittoresque de San Carlos de Bariloche, un joyau de la Patagonie argentine.

Connue pour son architecture charmante dans un style alpin suisse et pour ses stations de ski de notoriété mondiale, Bariloche abrite des oies des montagnes et des vanneaux huppés, des bières artisanales locales et des chocolats raffinés, ainsi que des *lengas* cuivrés qui surplombent des eaux cristallines et de vastes vallées couvertes de fleurs sauvages printanières.

Elle a également accueilli, à la fin de la Seconde Guerre mondiale, quelques 9 000 nazis qui ont fui les poursuites des Alliés et dont les familles peuplent encore cette région d'Amérique du Sud, en grande partie allemande.

Le résident nazi le plus célèbre, outre les rumeurs de longue date selon lesquelles Adolf Hitler lui-même aurait fui l'Espagne à bord d'un sous-marin, est sans doute le SS-*Hauptsturmführer* Erich Prager, commandant en chef du tristement célèbre massacre des Fosses ardéatines à Rome en 1944. En protégeant leur ville, les habitants italiens avaient tué 33 membres de la police SS allemande, et Hitler avait juré de riposter en exécutant dix italiens pour chaque allemand tué. Sur ordre du *Führer*, Prager ordonna le massacre de 335 civils italiens en guise de vengeance, dont deux qu'il abattit personnellement d'une balle dans la tête.

Après la guerre, Prager, aidé par les bonnes grâces de l'évêque autrichien Alois Hudal, s'enfuit au Vatican où ce dernier lui fournit de faux papiers pour se rendre en Argentine. Installé à Bariloche, Prager, l'un des nazis les plus recherchés au monde, y vécut en homme libre pendant plus de cinquante ans.

La Cervecería Patagonia accueillait une foule animée de touristes, allemands pour la plupart, lorsque Jacob Rausch et Christof Prager s'installèrent à une table haute près de la fenêtre donnant sur le lac. Ils avaient chacun commandé une bière locale et quand le serveur les déposa sur la table, de la mousse blanche s'écoula le long des parois des chopes et tomba sur leur dessous de verre en carton.

— Je leur en ai peut-être déjà trop dit, Christof, dit Jacob en regardant son associé d'un air inquiet. L'amie du père Dominic est journaliste pour *Le Monde*. Elle a appelé ce matin et laissé un message ; elle voulait discuter. La dernière chose dont nous avons besoin, c'est bien de publicité. Tu aurais dû voir comment ses yeux ont brillé d'intérêt quand je lui ai exposé l'histoire. Peut-être n'aurais-je pas dû mentionner l'Ahnenerbe en des termes aussi crus et négatifs. Qu'est-ce que tu me conseilles de lui dire quand je vais la rappeler ?

Christof prit une longue gorgée de bière en écoutant son ami, indifférent à la curiosité de la journaliste.

— Tu t'inquiètes pour rien, Jacob, répondit-il les yeux rivés sur le lac. L'Ahnenerbe a toujours existé et existera toujours. Nous sommes implantés tout autour du globe et nous continuerons de nous développer. Je doute que *Le Monde* considère cela comme un scoop. Rappelle-la et vois ce qu'elle a à dire. Entre-temps, nous devons trouver les fragments manquants de l'énigme d'*Herr* Himmler. Le morceau que tu as trouvé dans le journal de ton grand-père est inutile sans les deux autres. Ce sont les chaînons manquants qui nous conduiront jusqu'au Graal d'Himmler, ou quoi que ce soit d'autre, et c'est le seul moyen que nous avons de financer notre mission de manière conséquente. Je connais un acheteur qui paierait une somme faramineuse pour un tel artefact, si nous parvenons à mettre la main dessus. Si Hitler lui-même le désirait tant, d'autres collectionneurs avisés le voudront aussi.

Jacob joua nerveusement son téléphone, ses pouces glissant sur l'écran noir tandis qu'il réfléchissait à ce qu'il devait faire.

—Je reviens tout de suite.

Il se leva, attrapa sa veste de ski et se dirigea vers la porte. En sortant sur le trottoir à l'extérieur du bar, il releva son col pour se protéger du vent froid de Patagonie qui soufflait sur le lac. Il composa ensuite le numéro de téléphone indiqué dans le message vocal.

Hana Sinclair répondit au bout de deux sonneries.

— Hana ? Jacob Rausch à l'appareil. Vous m'avez appelé.

— Bonjour Jacob, merci de me rappeler. Si vous avez quelques minutes à m'accorder, j'ai une question. Mais commençons par une bonne nouvelle : le père Dominic a trouvé le carnet d'Himmler dans les archives du Vatican.

Jacob faillit sauter sur place tant cette information le remplit de joie.

— C'est fantastique ! Quand est-ce que je pourrai le voir ?

—Malheureusement, il craint que ce ne soit pas possible à cause des restrictions d'accès imposées par le Vatican, du moins pour le moment. Nous y avons trouvé de nombreuses informations, dont la plupart sont tout à fait convaincantes. Mais il y a autre chose : j'ai découvert l'un des fragments de l'énigme d'Himmler, celui qu'il a donné à l'évêque Hudal.

Durant la longue pause qui suivit, le visage de Jacob se figea dans une expression d'exaltation et d'effroi. Sa bouche s'ouvrit et son souffle chaud créa un nuage brumeux dans l'air froid. Il se tourna vers Christof, assis à l'intérieur. Leurs regards se croisèrent et ce dernier comprit immédiatement que quelque chose d'important venait de se produire.

— Et... Qu'est-ce qu'il dit ? demanda Jacob avec hésitation.

— Il est impossible de le transcrire sans les deux fragments manquants, et c'est notre prochaine mission : trouver le morceau de votre grand-père et celui qui a été confié à cet « Erich Prager » qu'il mentionne dans son journal. Ma question est donc la suivante : êtes-vous sûr de les avoir cherchés partout ? C'est sur du papier vieilli, en forme d'insigne SS, d'ailleurs. Donc ça devrait sauter aux yeux si vous tombez dessus. Peut-être qu'en fouillant à nouveau les affaires de Walther, vous pourriez le trouver ?

Jacob se figea momentanément. Il devait réfléchir rapidement, gagner du temps, puis discuter avec Christof de la marche à suivre.

— Il est possible que j'aie manqué quelque chose, oui. Je vais y retourner, maintenant que je sais ce que je cherche, et voir si je ne l'ai pas raté.

Il avait besoin d'une diversion.

— Hana, je suis debout sur le trottoir devant un bar dans un froid glacial. Je peux y réfléchir et vous rappeler ?

— Bien sûr, allez vous mettre au chaud. Mais réfléchissez à notre dilemme.

— Oh, une dernière chose, ajouta Jacob. Pourriez-vous m'envoyer par mail une photo de ce fragment, pour savoir ce que je cherche exactement ?

Hana hésita avant de répondre.

— Bien sûr. Je vous l'envoie dans quelques minutes. On se reparle bientôt, d'accord ?

Après s'être dit au revoir, ils raccrochèrent.

Jacob se rua à l'intérieur avec excitation, enleva sa veste et la déposa sur le dossier de sa chaise, puis s'assit pour faire face à Christof, tout sourire.

— Le père Dominic et Hana ont trouvé le journal d'Himmler ! Elle n'a pas pu me dire grand-chose sur son contenu, et ils ne peuvent pas encore me laisser le voir, une histoire de protocole du Vatican, mais il y est bien mentionné bien que le troisième fragment avait été donné à ton grand-père. Je m'attends donc à ce qu'ils explorent cette piste. Mais le plus beau, c'est qu'Hana a trouvé le morceau du milieu ! Le fragment d'Hudal ! Et elle m'en envoie une image sous peu !

— Jacob, c'est fantastique ! s'exclama Christof avec un large sourire qui disparut rapidement. Mais il nous faut encore ce troisième fragment. Je ne l'ai pas trouvé dans les affaires de mon grand-père. Je me demande ce qu'il en a fait...

En croisant le regard du serveur, Jacob leva deux doigts pour commander une autre tournée de bières.

Quelques instants plus tard, son téléphone vibra, signalant un message reçu. Il jeta un coup d'œil à son compagnon, un air fier sur le visage, et ouvrit sa messagerie.

Cette dernière contenait le message promis par Hana, ainsi qu'une pièce jointe. En tapant sur l'image, celle-ci s'ouvrit, remplissant l'écran d'une minuscule image en forme d'insigne SS, comme elle l'avait décrit.

Cependant, l'image en basse résolution était si petite que même en l'agrandissant du bout des doigts, il était impossible de distinguer l'écriture hautement pixelisée. Ce n'était rien d'autre qu'un grand fouillis de traits noirs.

Jacob et Christof échangèrent un regard désespéré.

Il leur fallait un nouveau plan.

CHAPITRE

DOUZE

Satisfaite de la manière dont elle avait rétréci l'image du fragment d'Hudal, le rendant ainsi indéchiffrable, Hana avait répondu à la demande de Jacob tout en gardant le contrôle du fragment qu'elle et Michael avaient décidé de conserver précieusement.

L'étape suivante consistait à en apprendre plus sur Erich Prager. Elle avait trouvé beaucoup d'informations sur lui en ligne : après avoir vécu cinquante ans à Bariloche, il avait finalement été arrêté pour crimes de guerre et avait passé les dix-sept dernières années de sa vie à Rome, après y avoir été extradé d'Argentine en 1996. Les conflits judiciaires s'étaient éternisés pendant des années alors qu'il était assigné à résidence et il était finalement décédé de vieillesse en 2013, à l'âge de 100 ans, avant qu'aucun jugement définitif n'ait pu être rendu sur son cas.

Hana trouvait troublant que Jacob ait minimisé le rôle de Prager dans la guerre, le décrivant plutôt comme « rien de plus qu'un interprète de la Gestapo qui gérait les échanges des nazis avec le Vatican », alors qu'il était manifestement un criminel de guerre reconnu. *Pourquoi avait-il minimisé les crimes odieux de Prager ? N'aurait-il pas été plus logique qu'il veuille minimiser le rôle de son grand-père et rejeter la responsabilité sur d'autres comme Prager ?* Elle allait garder cet élément à l'esprit et y réfléchir.

Cependant, elle était également curieuse de savoir si Erich Prager avait laissé de la famille derrière lui, voire des journaux ou des souvenirs, le cas échéant. Ce genre de travail convenait mieux à quelqu'un de bien équipé pour enquêter sur les détails les plus insaisissables de la vie d'un homme.

Quelqu'un comme son ami Massimo Colombo, directeur de l'agence de renseignement et de sécurité intérieure italienne, l'AISE, qui aurait sûrement des contacts utiles à lui fournir.

— *Buonasera*, Max. C'est Hana Sinclair. Me ferais-tu le plaisir de dîner en ma compagnie, disons, demain soir ?

— Ah, *signorina* Sinclair, c'est si bon d'entendre ta belle voix, répond Colombo d'un ton suave. Dîner, tu dis ? J'ai comme l'impression que tu travailles sur un nouvel exploit, non pas que je m'opposerais à une invitation aussi agréable, de toute manière. Dis-moi simplement où et quand ?

— Que dirais-tu de vingt heures à La Pergola, dans le quartier des Cavalieri ? Je t'invite, et j'insiste.

— La Pergola ? Comment refuser une telle offre dans le meilleur restaurant de Rome ? Compte sur moi. Je dois juste en parler à ma femme. Heureusement, elle n'est pas du genre jaloux.

— Elle n'a rien à craindre de moi, cher Max. Et oui, il s'agira d'une réunion d'affaires. Je suis certaine que tu la trouveras aussi intéressante que moi. Mais nous en reparlerons demain. À demain, alors.

— J'ai hâte d'y être Hana, très hâte. *Grazie e buona serata.*

— JE VAIS PRENDRE la fleur de courgette frite avec le caviar sur lit de crustacés et du consommé au safran en entrée, Stefan. Et pour le plat principal, le carré d'agneau aux lentilles noires et au babeurre cendré, déclara Hana au serveur avec assurance. Et nous pouvons partager le buffalo mariné à la racine de cerfeuil en apéritif.

Vêtu de son plus beau costume et de ses chaussures cirées, Massimo Colombo examina nerveusement le menu.

— Hana, lui dit-il à voix basse par-dessus la table. Je ne voudrais pas être ingrat ou impoli, mais nos deux repas vont coûter plus de trois cents euros ! Tu es sûre que nous sommes au bon endroit ?

Hana sourit avec assurance.

— Ne t'inquiète pas, Max. Mon grand-père me verse une allocation généreuse. En outre, en tant que pensionnaires, nous ne payons pas le prix affiché sur le menu. Je t'en prie, commande ce qui te fait plaisir.

Massimo s'adossa à son siège et se résigna, de bon cœur, à profiter de ce moment luxueux qu'il aurait difficilement pu s'offrir en tant que fonctionnaire.

— Dans ce cas, je vais prendre comme plat principal le risotto au potiron et au ris de veau, et comme plat secondaire, le pigeon aux salsifis noirs et aux champignons de saison sur lit de paille.

— Excellent choix, lui assura Stefan avec un sourire victorieux. Je reviens dans un instant avec la carte des vins.

— Pas besoin de la liste, Stefan, dit Hana alors que le serveur faisait demi-tour. Nous prendrons le Vietti Barolo. Une cuvée 2014 devrait convenir.

— *Molto bene, signorina.*

Comme à son habitude, Hana évita de tourner autour du pot.

— Max, si je voulais te rencontrer, c'est pour te parler d'un artefact fascinant que le père Dominic et moi-même tentons de retrouver, un artefact dont nous avons appris l'existence par le biais d'une vieille correspondance datant de l'époque de la guerre entre un officier SS nazi et un évêque catholique...

Colombo se pencha avec intérêt et Hana relata la présentation faite par Dominic au sujet de Jacob Rausch et des antécédents de son grand-père Walther, ainsi que la collaboration douteuse des nazis avec l'évêque Hudal. Quelques minutes plus tard, le serveur revint avec le vin, ce qui incita Hana à suspendre son récit le temps que Stefan débouche la bouteille, fasse goûter le breuvage dans son tastevin de sommelier et le serve. Quand il fut parti, elle continua.

— Michael et moi avons fait beaucoup de recherches sur ces hommes, et nous avons tous deux découvert des éléments intéressants. Tout d'abord, parmi les fragments codés mentionnés dans le journal de Walther Rausch et confirmés par la suite par celui d'Himmler, j'en ai trouvé un dans la biographie de l'évêque Hudal.

Elle sortit son portable et montra à Colombo la photo du fragment d'insigne SS.

— Il ne nous reste plus qu'à trouver les deux autres. Ce n'est peut-être pas gagné, mais nous pensons que Jacob, pour quelque raison que ce soit, n'est pas prêt à révéler ce qu'il sait. Nous allons continuer à travailler avec lui sur ce point, mais il faut maintenant s'occuper d'Erich Prager. Je n'ai rien trouvé sur lui, et j'espérais que tu aurais des ressources à nous partager qui pourraient nous être utiles.

Colombo réfléchissait à cette question quand deux serveurs revinrent avec les premiers plats, déposèrent chaque assiette avec brio et ravitaillèrent les verres de vin.

Tout en dégustant une première bouchée de risotto au potiron, l'agent des renseignements chevronné réfléchit à sa réponse.

— Tu dis que ce Prager vient de Bariloche, en Argentine ? J'ai un collègue très fiable à Buenos Aires, un homme de confiance d'Interpol du nom de Javier Batista. Il s'occupe principalement d'affaires de blanchiment d'argent et de trafic d'êtres humains à travers les frontières notoirement poreuses de ce pays, ainsi que d'histoire de contrebande de drogues et d'armes à feu. Il me semble qu'il est également étroitement lié au Mossad israélien. Il pourrait peut-être t'aider. Il travaille pour le Bureau Central National d'Interpol depuis une trentaine d'années. Javier est certainement au courant de la prévalence des nazis, étant donné l'importante population qui a émigré là-bas après la guerre.

— Oh, Max, il a l'air d'être la réponse à nos prières, répondit Hana avec enthousiasme. Si tu pouvais nous présenter, je t'en serais infiniment reconnaissante.

— Voyons d'abord ce qu'il a à dire. Si ton Erich Prager

est lié au mouvement néonazi qui se développe en Argentine, en affiliation avec le parti politique du Front patriotique, il se peut que Javier en sache beaucoup sur lui et sur les personnes avec lesquelles il s'est associé. Je lui passerai un coup de fil demain matin à la première heure, Hana. Je ferai tout ce que je peux pour vous aider, toi et le père Michael.

Les plats suivants arrivèrent, toujours aussi joliment présentés. Les saveurs intenses du pigeon aux salsifis noirs firent apparaître une expression d'extase sur le visage de Max, nota Hana en faisant glisser son couteau dans son filet d'agneau. Il ne restait plus qu'à espérer que les contacts de Max seraient aussi satisfaisants que le repas qu'ils étaient en train de savourer.

TREIZE

Assise sur un banc en bois et sous un grand arbre *palo borracho,* Rosa Cruz attendait patiemment devant le bureau d'Interpol à Buenos Aires. Il était quatorze heures, l'heure de sa pause déjeuner, et elle était passée au *food truck* du quartier pour prendre un *choripán* grillé : un chorizo juteux plié dans un *pan batido* frais, le tout agrémenté d'un peu de sauce *chimichurri* verte.

Alors qu'elle savourait chaque bouchée, son regard fut attiré par les fleurs d'un rouge éclatant qui trônaient dans l'arbre au-dessus d'elle. Tous les Argentins avaient entendu parler de la légende du *palo borracho,* dont on racontait qu'il s'agissait autrefois d'une femme tellement amoureuse d'un soldat tombé sur le champ de bataille qu'elle avait décidé, dans un élan de profond désespoir, de se transformer en un magnifique arbre aux fils de soie en la mémoire de son bien-aimé, le sang de ce sacrifice amoureux coulant désormais dans les fleurs qui s'apparentaient jadis à ses doigts tout fins. Dans la culture des gauchos argentins, tous les phénomènes sans exception trouvaient des explications poétiques.

— Je savais que je te trouverais ici, Rosa, lui dit la voix suave de l'homme qui approchait.

Javier Barista portait la tenue bronze patiné typique des cow-boys légendaires de la région, bien qu'il ne soit jamais monté à cheval puisqu'il travaillait dans les bureaux d'Interpol depuis une trentaine d'années. Contrastant avec sa chevelure d'un noir éclatant, les deux touffes grises sur ses tempes laissaient entrevoir sa soixantaine, mais il avait encore la vigueur d'un homme bien plus jeune. Son t-shirt au col en V révélait d'épais poils de torse noirs et une étoile de David pendue au bout d'une chaîne en argent.

— *Buenas tardes*, Javier, le salua Rosa d'un air impassible, avant de reprendre une bouchée de *choripán*. Tu me renvoies déjà travailler ?

— *Sí*, Rosita. J'ai besoin de ton aide sur un nouveau projet que m'a confié un vieil ami d'Italie. Hélas, je crains qu'il n'implique les immigrants de notre cher pays que tu portes le moins dans ton cœur.

Rosa lui lança un regard empli de désarroi.

— Oh, non ! Encore les nazis ? Je t'en prie Javier, tu ne pourrais pas demander à quelqu'un d'autre pour une fois ? Je déteste avoir affaire à ces *bastardos*.

— Tu n'auras pas vraiment affaire à eux, puisque le sujet de l'enquête est mort depuis bien longtemps. Il faut simplement retrouver sa descendance.

— Cela ne change pas grand-chose. L'arbre du pardon ne peut pousser là où le sang a coulé, rétorqua-t-elle en citant un vieux proverbe que sa mère ne cessait de lui répéter quand elle était enfant.

Rosa se leva, s'essuya la bouche avec sa serviette, plia son assiette en carton et la jeta dans la poubelle la plus proche.

— Bon, allons régler cette histoire au plus vite.

Le bureau de Buenos Aires, l'un des sept bureaux internationaux d'Interpol dont le siège était situé à Lyon, s'occupait principalement des initiatives policières visant à lutter contre le terrorisme, la cybercriminalité, la corruption et le crime organisé dans toute l'Amérique du Sud.

En tant que spécialiste des opérations du Centre de commandement et de coordination, Javier Barista travaillait depuis longtemps sur les enquêtes et les analyses judiciaires et criminelles relatives aux malfaiteurs internationaux en fuite. Il participait également à la surveillance des mouvements néonazis grandissants, notamment ceux concernant des citoyens argentins, une branche des forces de police en plein essor. Le Bureau le trouvait particulièrement bien taillé pour ce genre de mission, son père descendant des premiers Argentins et sa mère étant issue d'une longue lignée de juifs ashkénazes qui avait quitté l'Espagne pour s'installer en Argentine au début du 19ᵉ siècle.

Ironie du sort, comme Batista le rappelait souvent à ses collègues, à l'issue de la Seconde Guerre mondiale, l'Argentine abritait la plus grande population d'immigrants à la fois juifs et nazis de toute l'Amérique Latine. L'association de Batista avec le Mossad n'avait jamais été mentionnée, conformément à la politique de discrétion et d'anonymat du service de renseignements. Batista éprouvait un intérêt tout particulier pour cette partie de son travail et était ravi d'avoir quelqu'un d'aussi compétent que Rosa pour l'épauler dans ses recherches.

De retour à son bureau, Rosa ouvrit le courriel transféré par Batista contenant les maigres détails qu'ils possédaient sur la mission Erich Prager, fournis par son collègue italien Massimo Colombo. Elle soupira en reconnaissant le nom de Prager qui avait déjà atterri sur son bureau par le passé. Elle se rappelait avoir rédigé un dossier conséquent sur les antécédents de Prager en vue de son extradition vers Italie au milieu des années 90, une affaire très médiatisée à l'époque, mais qui n'était pas enregistrée dans leur système informatique actuel, ce qui signifiait qu'elle allait devoir s'aventurer dans les archives papier tortueuses du sous-sol. Elle soupira de nouveau en secouant la tête. Elle avait passé l'âge de s'adonner à ce genre de tâche de *mierda*, pensa-t-elle en se dirigeant à reculons vers l'ascenseur qui la mènerait à la salle des archives de l'étage inférieur.

Quand Rosa appuya sur l'interrupteur sur le mur de la pièce, deux longs néons fluorescents bourdonnèrent avant de s'allumer d'un coup. Même pendant les beaux jours, le sous-sol demeurait froid et humide, et un mélange d'odeurs de renfermé et de chien mouillé flottait dans l'air. Des douzaines de rangées d'armoires à dossiers d'un gris terne remplissaient la salle au plafond bas, et elle se dirigea vers la section *P* des archives rangées par ordre alphabétique.

Il ne lui fallut pas longtemps pour mettre la main sur le dossier Prager, l'un des plus volumineux du tiroir. Elle s'en empara, referma la porte de l'armoire qui claqua bruyamment dans la pièce vide, éteignit la lumière et sortit. De retour à son bureau, elle fit de la place devant elle pour y étaler les documents et se mit au travail.

En fin d'après-midi le jour suivant, à onze mille kilomètres de là, le père Michael venait tout juste de sortir d'une messe à l'église Santa Maria della Pietà, sa préférée parmi les neuf lieux de culte construits sur les terres du Vatican car elle lui rappelait intimement l'ancienne église de son quartier dans le Queens.

Parmi les rares personnes venues assister à la messe se trouvait Hana Sinclair. Hana resta en retrait pendant que le père Michael saluait les personnes quittant les lieux et attendit qu'il revienne à la sacristie, se change et la rejoigne pour dîner.

Quand le dernier fidèle eut passé les portes de l'église, le téléphone d'Hana vibra dans sa poche. Les mots « numéro inconnu » s'affichaient à l'écran. Elle appuya sur le bouton vert.

— Mme Sinclair ? interrogea la voix.

— Oui. Vous êtes ?

— Mme Sinclair, c'est Javier Batista de l'Interpol de Buenos Aires. Notre ami en commun, Massimo Colombo, m'a demandé de faire quelques recherches sur Erich Prager pour vous.

À ces mots, Hana retrouva la mémoire.

— Ah, oui, Max m'avait dit que vous m'appelleriez. J'imagine qu'il vous a déjà transmis ma requête. Avez-vous trouvé quelque chose d'utile ?

— Oh, oui. Je crois même que cela va dépasser vos attentes, répondit Batista. Mais il y a bien trop d'éléments pour pouvoir en parler par téléphone ou par fax. Je suis bien conscient que ce serait un long voyage, mais pourriez-vous me rejoindre ici, à Buenos Aires ? Je pense sincèrement que ça en vaut le détour.

Hana lança à Dominic un regard mourant d'impatience, puis prit seule la décision pour eux deux.

— *Sí, señor* Batista, nous sauterons dans le premier vol pour l'Argentine.

CHAPITRE

QUATORZE

Le vol Alitalia de 14 heures fut long et éreintant et une fois arrivés à Buenos Aires peu après l'aube, Hana et Michael se rendirent directement à leur hôtel et s'effondrèrent sur leur lit le temps d'une courte sieste avant leur rendez-vous avec Javier Batista.

Deux heures plus tard, frais et pimpants, ils se retrouvèrent au restaurant de l'hôtel L'Orangerie pour le petit-déjeuner et attendirent que Batista les rejoigne comme convenu.

Tout en sirotant une tasse de *cortado macchiato*, Dominic entreprit d'observer le décor de la somptueuse salle dans laquelle il se trouvait.

— Tu ne réserves jamais dans un Motel 6 ? lança-t-il à Hana d'un ton joueur.

— Un Motel 6 ? Qu'est-ce que c'est ? s'enquit-elle en haussant un sourcil sincère.

— J'imagine que cela répond à ma question, rit-il. Grâce à toi, j'ai découvert un tout nouveau style de vie : celui des 1 %.

90

Hana rougit en comprenant l'allusion de son ami.

— Mon grand-père a la main sur le cœur, Michael, mais notre famille possède des richesses accumulées de génération en génération depuis près de deux siècles, maintenant. Il est vrai que nous menons une vie aisée, mais notre fondation donne des millions d'euros tous les ans à des œuvres de charité méritantes, comme Médecins Sans Frontières ou The Nature Conservancy. Une telle fortune implique certaines obligations implicites et ni lui ni moi n'envisagerions d'y déroger.

Dominic était en train de s'émerveiller face à cette nouvelle facette remarquable qu'il venait de découvrir chez son amie lorsque le bruit de pas s'approchant lui fit relever la tête.

— *Buenos días, amigos*, les salua le bel étranger qui venait de s'arrêter à leur table, tout sourire. Javier Batista, à votre service.

Dominic se leva et lui tendit la main.

— *Buenos días, señor* Batista. Je suis Michael Dominic et voici Hana Sinclair.

Batista serra la main de Dominic, puis porta celle d'Hana à ses lèvres pour lui faire un baise-main tout en la regardant droit dans les yeux.

— C'est un plaisir de vous rencontrer tous les deux, surtout vous, Mme Sinclair. Max ne m'avait pas dit à quel point votre beauté était désarmante.

— C'est vous qui êtes désarmant, *señor* Batista, répondit Hana. Quelles charmantes présentations !

— Je vous en prie, appelez-moi Javier. Je peux me joindre à vous ?

— Bien sûr ! s'exclama Dominic avec entrain.

Batista s'assit sans quitter Hana des yeux.

— Je suis ravi que vous ayez pu me rendre visite en personne. Il y a tellement à passer en revue dans le dossier Prager. Mais chaque chose en son temps. D'abord, c'est l'heure du *desayuno*. Vous devez être affamés après un si long voyage.

Quand le serveur eut pris leur commande, Batista brisa la glace par quelques banalités avant de poursuivre sur le sujet qui les amenait.

— Cet Erich Prager qui vous intéresse tant... Si je puis me permettre, qu'espérez-vous découvrir à son sujet ? Conformément aux directives de Max, je laisse mon bureau à votre entière disposition, mais si je connaissais l'objet de vos recherches, je serais peut-être en mesure de me joindre à vos efforts.

Dominic lui expliqua brièvement le gros de l'histoire : la découverte du carnet de Rausch, le journal d'Himmler, la biographie d'Hudal, les fragments des SS et l'élément manquant. Il parla de tout sauf du voile lui-même et n'en fit mention qu'en tant « qu'artefact digne d'intérêt aux yeux du Vatican ». En bon agent des services de renseignements, Batista sut qu'il aurait été déplacé de creuser davantage sur le sujet. Une telle discrétion n'était jamais sans raison. Peut-être était-ce une affaire classifiée.

— Un artefact, dites-vous ? Cela me rappelle un incident qui devrait vous intéresser. Il y a quelques années, on a perquisitionné un bon nombre d'objets de collection nazis.

Batista leva les yeux au plafond comme pour chercher dans ses souvenirs.

— C'était en juin 2017, il me semble, qu'a eu lieu l'opération *Oriente Cercano*, comme on l'appelle. Une source confidentielle nous avait informés de l'existence d'un marchand d'art particulièrement douteux et quand on a inspecté sa galerie à Béccar, une ville au nord de Buenos Aires, on a découvert une cachette remplie d'œuvres illégales qui apparaissaient dans la base de données d'Interpol comme des antiquités volées, pour la plupart datant de l'époque de la guerre. Après avoir mené notre petite enquête sur le propriétaire de la galerie, on a perquisitionné son domicile et trouvé une porte secrète derrière une étagère. La pièce contenait 75 artefacts nazis authentiques, parmi lesquels plusieurs bustes d'Adolf Hitler en bronze, des boîtes de dagues honorifiques de la Gestapo, des statuettes ornées de croix gammées et même des instruments de musique, des jouets et des casse-têtes pour endoctriner les enfants. Nous pensons que tout ceci appartenait à de hauts membres du parti nazi ayant émigré en Argentine après la guerre. La totalité du lot a été saisie et se trouve désormais dans la salle des pièces à conviction du bureau local de la police fédérale. Vous y trouverez peut-être votre fragment manquant. Je devrais pouvoir me débrouiller pour qu'on vous en donne l'accès, le temps d'une rapide inspection.

— Ça m'a l'air d'être une piste prometteuse, dit Dominic en lançant un regard à Hana. Quand pensez-vous que nous pourrons y jeter un coup d'œil, Javier ?

— Je vais passer quelques coups de fil pour vérifier que les objets sont toujours dans leurs locaux. Après quoi, il faudra que j'obtienne la permission de nous y rendre. Les Argentins sont assez sensibles lorsqu'il est question de l'affiliation de leur pays avec les immigrants nazis. Mais puisque je demande l'autorisation au nom d'un prêtre du Vatican et d'une journaliste, nous avons plus de chances d'obtenir gain de cause que, disons, un revendeur d'objets de collection. Toutefois, une chose est sûre : l'État ne souhaite pas que l'existence de ces objets soit rendue publique.

— Nous sommes à la recherche d'un élément en particulier, expliqua Dominic. C'est un simple bout de papier. Tout ce dont le Vatican a besoin, c'est d'une photo de ce document, rien d'autre. Et je suis certain qu'Hana saura respecter le désir de discrétion de votre pays.

Hana lui décocha un regard irrité. Elle venait tout juste d'apprendre l'existence de trésors nazis cachés et l'on allait l'empêcher d'écrire un article sur le sujet ?

C'est ce qu'on verra, songea-t-elle.

CHAPITRE

QUINZE

L e déjeuner terminé, Batista demanda au valet d'apporter sa Peugeot 408 et conduisit Hana et Dominic jusqu'au quartier général du Bureau régional d'Interpol, rue Cavia, à dix minutes à peine au nord de la ville.

Semblable à une forteresse, la bâtisse décrépite blanc et sable s'étendait sur tout un pâté de maisons. Au milieu de la rue, Batista baissa son pare-soleil pour en sortir une petite télécommande. Un portail en métal noir s'ouvrit brusquement, révélant une allée conduisant à un parking intérieur flanquant un immeuble de trois étages, surmonté d'une foultitude d'antennes paraboliques.

Quand ils s'engagèrent dans l'étroit passage, Dominic remarqua une rangée de pointes en métal insérées dans le sol. Voilà qui semblait disproportionné pour un bâtiment des forces de l'ordre, songea-t-il. Elles ne devaient pas servir bien souvent.

Tous trois sortirent du véhicule, puis Batista guida la petite troupe jusqu'à l'*open space* à l'intérieur du bâtiment,

95

un lieu qui contrastait totalement avec l'aspect décrépit de la façade. C'était à se demander si l'on avait voulu camoufler les activités modernes auxquelles on s'adonnait à l'intérieur.

La salle grouillait d'activité. Ça-et-là, des gens discutaient par petits groupes ou se rendaient d'un point à un autre, armés de tablettes numériques ou de documents. Sur chacun des bureaux, un écran plat allumé était relié à une rangée d'unités centrales alignées contre un mur au fond de la salle. Au centre de la grande pièce, un cube géant surmonté d'un écriteau « LIMS (Local Isolé pour Matériel Spécial) » accueillait une réunion sécurisée.

Plusieurs têtes se tournèrent sur le passage d'Hana et de Dominic tandis qu'ils suivaient leur guide vers son bureau privé. À la vue du col romain blanc de Dominic, quelques mains le saluèrent poliment tandis qu'il avançait d'un pas assuré parmi les membres du personnel. Ce n'était pas tous les jours qu'ils voyaient un prêtre catholique sur leur lieu de travail.

Non sans une pointe de fierté, Batista remarqua l'expression émerveillée sur le visage d'Hana qui observait attentivement la scène.

— L'habit ne fait pas le moine, hein ? plaisanta-t-il en souriant. Malgré l'aspect vétuste du bâtiment, on dispose ici du même matériel de pointe que n'importe quel service de renseignements d'un pays développé.

Tout en disant cela, il fit signe à son assistante, Rosa, de les rejoindre dans son bureau. La jeune femme se leva d'un air diligent, s'empara d'une pile de dossier et s'approcha d'eux.

— Je vous présente la meilleure assistante de toutes,

Rosa Cruz. C'est elle qui a effectué la plupart de vos recherches. Elle va vous dire ce qu'elle a trouvé.

Une fois les salutations d'usage expédiées, tous les quatre prirent place autour de la petite table de réunion dans le bureau de Batista.

— Avant de commencer, permettez-moi de vous dire que je ne prends aucun plaisir à parler des nazis, lâcha-t-elle en toute franchise, visiblement désireuse de mettre les choses au clair dès le début.

Rosa Cruz n'était pas du genre à garder sa langue dans sa poche.

— Je partage votre sentiment, Rosa, et probablement pour les mêmes raisons que vous, dit Hana pour soutenir la jeune femme devant son patron. C'est vraiment malheureux que tant de nazis aient choisi votre pays pour échapper aux poursuites judiciaires. Nous sommes là pour essayer de rendre justice et tenter de les faire payer pour leurs crimes, ne serait-ce que dans une infime mesure.

Détectant en Hana une alliée politique aux opinions similaires, Rosa sourit. Dès lors, elle s'adressa directement à Hana pendant que les autres écoutaient.

— J'imagine que vous connaissez déjà le rôle qu'Erich Prager a joué dans le Troisième Reich et que vous êtes au courant de ses crimes de guerre, poursuit-elle. Je me contenterai donc de vous expliquer ce que nous avons trouvé au sujet de sa famille et de ses associés, ici en Argentine. N'hésitez pas à m'interrompre si vous avez des questions en cours de route. Je vous ai préparé un dossier que vous pourrez emporter avec vous, mais je vais vous récapituler les points principaux. Si je vous dis Ahnenerbe, ça vous parle ?

Dominic et Hana hochèrent la tête sans grande conviction.

— Pas tellement, admit Hana.

— Beaucoup croient à tort que l'Ahnenerbe a été dissous après la guerre, mais ce n'est pas le cas. Ils se sont simplement fait oublier pendant plusieurs décennies. Ils se font discrets mais ils sont très présents en Argentine, soutenus par les groupes néonazis, en collaboration avec le parti fasciste du Front Patriote. Leurs objectifs sont les mêmes qu'à l'époque d'Hitler : mettre en avant la supériorité biologique de la race aryenne. Ils disposent de fonds conséquents provenant de sources variées et leur sphère d'influence est vaste et s'étend dans toutes les directions. Une vraie tête de Méduse. Même au sein de l'Église, *Padre*, ajouta-t-elle en se tournant vers Dominic. Vous connaissez le cardinal Fabrizio Dante de la Cathédrale métropolitaine de Buenos Aires ?

Dominic remua sur son siège, surpris d'entendre de nouveau le nom de Dante, surtout au beau milieu d'une réunion à l'Interpol.

— Nous le connaissons bien, Rosa, répondit-il. Il nous donne du fil à retordre depuis longtemps.

Un fil à retordre qui aurait pu coûter la vie à Dominic et à Hana pas plus tard que l'année précédente, si le pape n'était pas intervenu en personne.

— D'après nos renseignements, poursuivit Rosa, il aurait des liens avec le petit-fils d'Erich, un certain Christof Prager, ainsi qu'avec plusieurs autres familles connectées aux nazis dans les environs de Bariloche. Bariloche, c'est une petite ville à la frontière du Chili qui compte une forte population allemande, dont des milliers de descendants de nazis. Dante est inscrit sur notre liste de surveillance depuis qu'il est arrivé ici, l'année dernière. Mais l'Église est très influente, en Amérique du Sud, donc notre veille est assez circonspecte en la matière.

— Si vous voulez bien m'excuser, dit Batista, j'ai un coup de fil à passer. Je reviens.

Toujours pas remis d'avoir découvert que Dante était impliqué dans cette histoire, Dominic se leva également pour se dégourdir les jambes.

— Rosa, Javier nous a parlé tout à l'heure d'une perquisition d'objets commémoratifs ayant appartenu à des nazis à Béccar. Le cardinal Dante a-t-il un lien avec cette affaire ?

— Pas que je sache, répondit-elle en faisant tourner son crayon entre ses doigts, mais l'on pense que le propriétaire de la galerie était un collègue d'Erich Prager, donc il n'est pas impossible que sa famille soit complice d'une manière ou d'une autre, ce qui pourrait nous ramener à Dante. Toutefois, ce ne sont là que des spéculations.

Hana sortit son téléphone et ouvrit la photo de la feuille de papier en forme d'insigne SS.

— Rosa, avez-vous déjà vu quelque chose de ce genre ?

Rosa examina le cliché quelques instants.

— Non, rien de la sorte. Est-ce cela que vous cherchez ?

— Oui. Il en existe deux autres qu'il nous faut trouver pour résoudre une énigme qui pourrait nous mener à un artefact religieux que le Vatican aimerait récupérer.

Ce n'était pas tout à fait la vérité, mais l'idée générale restait la même. Après tout, Michael travaillait bien pour le Vatican et il avait effectivement envie de retrouver cet objet qui finirait certainement dans les Archives apostoliques.

La porte du bureau s'ouvrit et Batista entra dans la pièce.

— J'ai une bonne nouvelle ! commença-t-il. Les souvenirs nazis se trouvent toujours dans la salle des pièces à conviction et le commandant de la PFA, la Police fédérale argentine, a accepté de nous laisser les examiner.

— Parfait ! s'exclama Dominic en joignant les mains. Merci à vous deux. Vous nous avez été d'une grande aide et nous vous en sommes extrêmement reconnaissants. Quand est-ce qu'on pourra aller voir ces objets ?

— On peut y aller dès maintenant, si ça vous convient, répondit Batista avec un grand sourire. Ils nous attendent.

— Super. Je suis prêt.

— Rosa, dit Hana en se levant, est-ce qu'on peut vous rappeler s'il on a besoin d'autre chose ?

— Bien sûr, *señorita*. Je suis ici jour et nuit, et visiblement ce n'est pas près de changer, lança-t-elle en levant les yeux au ciel après avoir décoché un regard à Batista.

Le groupe rit doucement à cette remarque faussement agacée.

— Tenez, poursuit-elle en tendant le dossier à Hana. Prenez-en soin. Ces éléments ne sont pas classifiés mais ce sont tout de même des informations sensibles.

— Vous avez ma parole, promit Hana en serrant la main de l'assistante.

CHAPITRE

SEIZE

L es quarante minutes de voiture jusqu'à Béccar, un quartier résidentiel niché au bord de la mer d'Argentine, un peu plus au nord de Buenos Aires, furent plaisantes. C'était l'automne, en ce mois de mai, et la température avoisinait les 24 °C, un temps agréable pour passer la journée dehors, songea Dominic. Son jogging quotidien lui manquait et il jeta un regard envieux au paysage qui défilait. Malheureusement, il n'avait pas le temps de profiter des plaisirs de cette ville.

Confortablement installée sur la banquette arrière, des documents éparpillés sur les sièges autour d'elle, Hana étudiait le dossier Prager. Sur une page intitulée « Associations du sujet », elle apprit des choses intéressantes sur la vie d'Erich Prager à Bariloche après la guerre. Un temps propriétaire d'une petite épicerie allemande populaire nommée Graz, il fut nommé à la tête de l'association culturelle germano-argentine et dirigea l'école allemande locale. Son ami le plus proche et partenaire en affaires était un homme répondant au nom de Dr Johann Kurtz, généticien de formation et ancien officier de la Gestapo, qui avait travaillé à Rome avec Prager pendant la guerre.

Le dossier d'Interpol notait également que Prager avait un petit-fils domicilié à Bariloche, un certain Christof qui travaillait comme « organisateur communautaire », quoi que cela puisse bien vouloir dire. Hana enregistra cette information dans un coin de son cerveau avant de continuer à feuilleter les autres chapitres à la recherche d'un indice sur la localisation des fragments manquants.

LES LOCAUX du service de la Police fédérale argentine de Béccar étaient situés dans un immeuble de briques rouges qui s'étendait sur plus de la moitié d'un pâté de maisons au milieu d'un quartier résidentiel. Batista quitta la rue à deux voies bordées d'arbres pour franchir un portail dont la chaîne à cadenas était ouverte et s'engager sur un parking de terre battue parsemé de nids-de-poule. Il s'agissait plutôt d'un terrain vague sur lequel des douzaines de voitures étaient garées sans ordre apparent. Beaucoup n'avaient pas bougé depuis un long moment, nota Dominic en remarquant les piles de feuilles mortes sur leur capot. L'endroit devait servir de fourrière, songea-t-il en balayant les arbres adjacents aux branchages nus du regard.

Après avoir garé sa Peugeot, Batista conduisit ses invités à l'intérieur du bâtiment par la porte d'entrée noire où l'officier de garde leur fit signer un registre avant de les escorter jusqu'au bureau du chef, le capitaine Carlos Portillo, un grand homme bien bâti à la moustache broussailleuse et aux cheveux noirs gominés plaqués en arrière.

Une fois les présentations faites, Portillo demanda à son assistante de leur apporter du yerba maté fraîchement infusé, la boisson argentine traditionnelle.

— Comme je vous le disais au téléphone, capitaine, commença Batista, nos amis ici travaillent pour le Vatican et sont à la recherche d'un objet qui serait en lien avec les nazis, en particulier un individu ayant établi ses quartiers à Bariloche. Nous pensons qu'il pourrait se trouver parmi les artefacts saisis lors de l'opération *Oriente Cercano* et nous vous serions extrêmement reconnaissants si vous pouviez nous laisser jeter un coup d'œil à ces objets dont vous avez la garde.

Dominic remua sur son siège à la mention du Vatican. Après tout, personne d'autre ne savait qu'il cherchait à mettre la main sur les fragments d'une énigme SS et, à fortiori, sur le voile.

Au même moment, une femme revint avec un plateau surmonté de feuilles de thé couleur terre, un thermos d'eau chaude, une calebasse et une longue paille en métal.

Il s'agissait de Maya, l'assistante de Portillo.

— Elle sera notre *cebadora* pour la préparation et le service du maté. Cette cérémonie remonte à des centaines d'années et c'est un honneur de la partager avec vous, aujourd'hui.

Maya remplit la calebasse de feuilles de thé jusqu'à son milieu. Elle pencha ensuite le contenant et la secoua jusqu'à ce que les feuilles de thé en tapissent les parois intérieures de haut en bas, puis entreprit de verser une petite quantité d'eau chaude du thermos au fond de la calebasse.

— Ce processus réveille toutes les saveurs du thé, expliqua-t-elle.

Quand les feuilles eurent infusé quelques instants, elle plaça dans le mélange la paille filtrante en métal, la *bombilla*, et tendit la calebasse à Hana.

En bonne connaisseuse du rituel suite à ses précédents séjours en Amérique du Sud, Hana accepta le breuvage amer et porta la *bombilla* à ses lèvres pour aspirer l'intégralité de la concoction qui lui était offerte, avant de tendre la calebasse à Maya en la remerciant en espagnol.

Cette dernière répéta l'opération pour chaque personne présente dans la pièce, en terminant par Portillo. Chacun but sa portion, avant de tendre le récipient à Maya en la remerciant, comme il était d'usage.

— C'était délicieux, *capitán*, *gracias*, remercia Hana. Mes compliments à votre *cebadora*.

Maya rougit et sortit de la pièce, le visage rayonnant de fierté.

Portillo semblait ravi.

— À présent, allons jeter un coup d'œil à ce que nous avons découvert pendant notre perquisition à Béccar. Suite à l'appel de l'agent Batista, j'ai fait préparer les 75 objets confisqués sur de grandes tables pour vous permettre de les examiner plus facilement, dit-il en les conduisant à l'autre extrémité du bâtiment.

Il les mena le long d'un étroit couloir donnant sur une porte de sécurité grillagée qui protégeait une grande salle contenant toutes sortes d'objets et d'articles de contrebande rangés sur des étagères en métal noires qui s'élevaient jusqu'au plafond.

Portillo déverrouilla la porte et invita la petite troupe à le précéder dans la salle. Plusieurs tables érigées au centre de la pièce étaient recouvertes d'objets de source nazie, à en juger par la pléthore de croix gammées, d'insignes SS et d'emblèmes en croix de fer décorant la plupart des articles. Sans oublier les incontournables buste en bronze d'Adolf Hitler. Il y avait même un mannequin vêtu d'un uniforme d'officier SS dont les épaulettes dorées, médailles de combat et insignes de grade brillaient sous les lumières suspendues.

Portillo remarqua le regard inquisiteur d'Hana sur ce dernier.

— Sur le marché, cette tenue pourrait se vendre jusqu'à trente mille dollars. La demande pour ce genre de matériel ne faiblit pas, même un demi-siècle après la guerre.

Malgré la chaleur qui régnait dans la pièce, Hana sentit un frisson la parcourir à la vue de l'immense collection d'icônes de ce mouvement intrinsèquement malsain qu'était le nazisme. Tout en longeant la rangée de tables, elle s'attarda sur certaines pièces volumineuses. Qui diable pouvait bien collectionner ce genre de choses ? Michael à son côté semblait penser la même chose.

— Avez-vous trouvé des documents papier dans le lot ? demanda-t-elle. Quelque chose dans ce genre ?

Sur ces mots, elle sortit son téléphone et montra à Portillo la photo du fragment SS tiré du livre d'Hudal.

Portillo l'examina attentivement, puis secoua la tête.

— Non, pas à ma connaissance, *señorita*. Mais je n'ai pas consulté les albums et les photos moi-même. Nous avons fait appel à une équipe spécialisée pour s'en charger après la découverte de la planque.

— Des albums et des photos, vous dites ? Je pourrais les voir ?

— Bien sûr, répondit Portillo en ouvrant une boîte en carton sur la table de laquelle il sortit plusieurs albums contenant des photos, brochures, coupures de journaux et autres souvenirs papier.

Hana s'en empara.

— Je peux m'installer ici, *capitán* ? demanda-t-elle en se dirigeant vers un bureau en métal gris délabré qui avait connu de meilleurs jours.

Portillo hocha la tête et l'invita à s'asseoir d'un grand geste du bras. Hana déposa les albums sur la table avec précaution et prit place sur une chaise pliante pour feuilleter les pages.

— Michael ? Tu te joins à moi ? demanda-t-elle. À deux, on ira plus vite.

Dominic dénicha une chaise pliante rouillée appuyée contre le mur et s'installa en face d'Hana pour l'assister dans sa tâche. Dans le coin opposé de la pièce, Batista et Portillo discutaient à voix basse pour ne pas les déranger.

Conscients de ce qu'ils cherchaient, Dominic et Hana tournaient les pages les unes après les autres, sans s'attarder ni commenter le contenu des photographies, désireux de trouver au plus vite ce fragment qui ne cessait de leur échapper. Il y avait peu de chances qu'ils tombent dessus dans l'un de ces albums et Hana le savait parfaitement, mais il ne fallait négliger aucune piste.

Plus elle approchait de la fin de l'album, plus sa frustration grandissait. Quand elle tourna la dernière page, son espoir initial s'était volatilisé et elle était déconfite.

Dominic récupéra la pile d'albums et les ramena vers le carton que Portillo avait ouvert. Mais alors qu'il s'apprêtait à les y ranger, il remarqua une longue boîte blanche au fond du carton, imprimée du logo Kodak orange et rouge. Il s'en empara, puis remit les albums à leur place.

Dans la boîte Kodak se trouvaient des diapositives transparentes de 35 millimètres, le genre que l'on utilisait dans les vieux projecteurs. Il l'apporta à Hana et se rassit devant le bureau.

— Regarde. On peut y jeter un coup d'œil, ça ne mange pas de pain. Je n'ai pas vu de pellicules de ce genre depuis mon enfance. Je suis sûr qu'il y en a quelques-uns dans les archives du Vatican, mais de nos jours, c'est à peine si on peut les visualiser.

— Autant aller jusqu'au bout, dit Hana en retirant la moitié des diapositives du mince étui en carton pendant que Dominic conservait le reste.

Elle inclina la tête de la lampe de bureau flexible afin de pouvoir examiner les diapositives de deux centimètres et demi de long à la lumière et avoir ainsi une vague idée du contenu de chacune.

Interpréter les images quasi microscopiques dans leur étui en carton de cinq centimètres leur prit plus de temps que les albums photo. Certaines étaient tout bonnement horribles : des photos d'hommes et de femmes émaciés derrière des barbelés, de toute évidence des Juifs et autres prisonniers retenus dans des camps de concentration, gardés par des chiens féroces qui aboyaient dans leur direction, de l'autre côté du grillage ; de jeunes soldats allemands posant fièrement à côté de chars ou de matériel d'artillerie ; des groupes d'officiers de haut rang en uniforme levant des choppes de bières colorées devant un immense drapeau rouge orné d'une croix gammée blanche ; et, étrangement, des photos de divers documents officiels et de certains des objets étalés sur les tables autour d'eux.

Alors que Dominic examinait une diapositive en particulier, il la fit tourner d'un côté, puis de l'autre, la rapprochant de la lumière pour l'examiner de près, puis de loin, comme pour être sûr de ce qu'il y distinguait. Il jeta un regard sans équivoque à Hana. Visiblement, il avait trouvé quelque chose.

Hana s'empara de la diapositive et répéta les gestes de Dominic, plissant les yeux devant la minuscule image en la tournant et la retournant entre ses doigts.

Il était là. L'un des fragments en forme de *S*, à l'image du premier. Il y avait quelque chose d'écrit dessus, mais les mots étaient difficiles à déchiffrer. Toutefois, elle était désormais certaine d'avoir trouvé l'un des trois fragments de l'énigme.

L'esprit en ébullition, elle passa en revue les options qui s'offraient à elle. S'ils révélaient leur découverte à Portillo, il y avait peu de chances que ce dernier accepte de leur confier la diapositive. Après tout, il s'agissait d'une pièce à conviction provenant d'une importante affaire criminelle. Et elle ne pouvait pas se contenter de prendre une photo avec son iPhone, cette fois-ci. Jamais elle ne pourrait agrandir l'image suffisamment pour en déchiffrer le contenu. Et les autorités ne laisseraient jamais aucun de ces objets sortir de cette pièce. S'ils partaient sans la diapositive...

Batista était occupé à discuter avec Portillo de l'autre côté de la pièce. Levant nonchalamment une main à son cou, Hana glissa la diapositive dans son décolleté.

Voyant son geste, Dominic se retrouva face à un dilemme. Il avait réalisé, tout comme Hana, qu'il n'existait pas d'autre moyen de poursuivre leur quête du voile, un élément absolument crucial aux yeux de l'Église. Il baissa les yeux sur les nombreux symboles de cette époque maléfique étalés sur la table. Après tout, il ne s'agissait que d'une seule photo. Et Portillo n'avait pas examiné les diapositives en personne.

Rattrapée par sa conscience malgré les circonstances, Hana évita le regard de Dominic.

— Bon, je pense qu'on a fait le tour, dit-elle d'une voix faussement éreintée et suffisamment forte pour qu'on l'entende.

Elle rangea les diapositives restantes dans la boîte Kodak.

— *Muchas gracias, capitán*. On n'a rien trouvé de probant, mais merci de nous avoir accordé de votre temps et d'avoir pris la peine de nous aider. Nous vous serons éternellement reconnaissants.

Portillo traversa la pièce pour se rapprocher du bureau, les mains levées devant lui.

— Vous ne me devez rien, *señorita*. Ce fut un plaisir de vous aider. Je suis navré que vos efforts n'aient pas porté leurs fruits. J'ai l'impression que vous cherchez une aiguille dans une botte de foin.

Hana rigola.

— C'est un peu cela, oui.

— Nous prenons un vol pour Bariloche demain matin, dit Dominic à l'intention de Portillo et Batista en se levant. Auriez-vous des contacts dans les forces de l'ordre vers qui nous pourrions nous tourner ?

Batista se tourna vers Portillo qui sourit.

— Il s'avère que mon cousin Ramón est le *jefe de policía* de Bariloche. Si quelqu'un peut vous aider, c'est bien lui. Je lui passerai un coup de fil dans l'après-midi pour lui expliquer la situation.

— C'est très gentil à vous, *capitán*, merci, dit Dominic. S'il est aussi généreux que vous l'êtes, je suis sûr que nous serons entre de bonnes mains.

Hana se contenta de sourire sans mot dire. Le capitaine avait été bien plus généreux qu'il ne l'avait souhaité.

CHAPITRE

DIX-SEPT

J avier Batista leva une main en direction du valet en pénétrant dans la cour de l'hôtel Alvear Palace avec sa Peugeot. Après avoir pris congé et remercié Batista, Hana et Dominic sortirent du véhicule et se dirigèrent vers le bar.

Ils s'installèrent à une table isolée dans un coin et commandèrent chacun un verre de La Alazana de Patagonie, un whisky single malt, tant pour se détendre après leur longue journée que pour calmer leur excitation. Une fois les boissons servies, ils trinquèrent en silence et burent une longue gorgée du fort liquide ambré.

— Tu dois admettre, Michael, qu'on a eu un sacré coup de bol que Max connaisse Batista et que ce dernier s'entende bien avec Portillo. Sans compter que si tu n'avais pas trouvé la boîte Kodak, on n'en serait pas là.

— C'est pourquoi rien ne vaut le réseautage et la persévérance. Quand on veut, on peut. Ce n'est pas la première fois que ça nous arrive.

Ils échangèrent un regard entendu en repensant à leurs aventures passées.

— Il ne nous reste plus qu'à trouver un moyen de visionner cette diapositive. L'idée de l'emporter avec moi me rebutait, mais je suis sûre qu'ils n'avaient pas de projecteur dans leurs locaux. J'étais face à une impasse.

Michael hocha la tête en silence. Voler une pièce à conviction le mettait mal à l'aise, mais c'était le moyen le plus efficace d'arriver à leurs fins. Il écouterait sa conscience plus tard. Pour le moment, il leur fallait déchiffrer les mystères de cette minuscule photo.

— Où est-ce qu'on va bien pouvoir dénicher un projecteur à diapos ?

Dominic balaya la pièce du regard.

— Il n'y a pas une salle de conférence, dans cet hôtel ? Ils doivent avoir ce genre d'équipement dans leur réserve, non ?

— Excellente idée ! s'exclama Hana en plongeant une main dans son soutien-gorge pour en sortir la diapositive.

Michael but une autre gorgée de whisky et reposa son verre sur la table.

— Il faut absolument qu'on découvre ce qu'il y a d'écrit sur ce fragment, déclara-t-il. Je vais demander au concierge s'il peut nous aider.

Il s'éloigna d'un pas instable mais heureux en direction de la réception.

— Excusez-moi, demanda-t-il en espagnol au jeune homme bien habillé derrière le comptoir. Est-ce que vous auriez du matériel audio que l'on pourrait utiliser ? Nous aurions besoin d'un projecteur à diapositives.

Le jeune homme lui renvoya un regard vide. Visiblement, il ne voyait pas de quoi il parlait.

— *Un momento, Padre.* Je vais me renseigner, répondit-il poliment en décrochant son téléphone.

Il posa la question à son interlocuteur, quelques secondes s'écoulèrent, puis il sourit et raccrocha.

— *Sí*, on en a un, mon père ! annonça-t-il fièrement. Je peux le faire monter dans votre chambre.

— *Excelente !* se réjouit Dominic avant de donner son nom et son numéro de chambre à l'employé, accompagné d'un pourboire. Vous pouvez les laisser dans la chambre. Je suis en train de boire un verre au bar avec une amie, mais l'on ne va pas tarder à monter.

Content de ses progrès, Dominic tourna vivement les talons pour aller retrouver Hana et, ne remarquant pas les deux hommes en pleine conversation dans son dos, il les percuta de plein fouet. Quand il releva les yeux, il tomba nez-à-nez avec la dernière personne qu'il s'attendait à voir dans cet hôtel.

Le cardinal Fabrizio Dante.

Les deux hommes se dévisagèrent un instant sans mot dire, visiblement perturbés par cette rencontre fortuite.

— Père Dominic, lâcha simplement Dante sans même un bonjour. Je suis surpris de vous trouver ici. Qu'est-ce qui vous amène à Buenos Aires ? Les affaires du Vatican, peut-être ?

Malgré le choc, Dominic parvint à sortir une excuse.

— Non, je suis venu passer quelques jours de vacances, Votre Éminence.

Il jeta un regard à l'homme qui accompagnait Dante ; un policier, à en juger par son uniforme.

— Permettez-vous de vous présenter le commissaire Julio Borges, chef adjoint de la police de Bariloche. Nous étions sur le point d'aller dîner. Vous êtes accompagné ?

— Euh, oui, une amie m'attend au bar. Je dois aller la retrouver. Ce fut un plaisir de vous revoir, Votre Éminence.

— De même, Dominic, marmonna Dante en soutenant le regard du prêtre un long moment.

Puis, Borges et lui tournèrent les talons et se dirigèrent vers L'Orangerie.

— J'AI une bonne nouvelle et une mauvaise nouvelle, annonça Dominic en se rasseyant au côté d'Hana.

— J'espère que la bonne nouvelle, c'est que tu as trouvé un projecteur.

— Oui, j'en ai trouvé un.

— Et la mauvaise ? demanda-t-elle d'un ton hésitant.

Dominic soupira.

— Je viens tout juste de croiser le cardinal Dante. Tu ne devineras jamais avec qui il est venu dîner : le chef adjoint de la police de Bariloche, Julio Borges.

Hana en resta bouche bée.

— Tu te moques de moi ? lâcha-t-elle sous le choc. Sa présence ici ne peut rien annoncer de bon.

Si le cardinal Dante était désormais au service de l'Église à Buenos Aires, c'était uniquement parce que ses actions contre Michael l'année passée avaient compromis sa carrière prometteuse de Secrétaire d'État au sein du Vatican. C'était un homme dangereux, à fortiori s'il en voulait à Michael pour sa chute professionnelle.

— Je suis d'accord avec toi. Qu'est-ce qu'ils peuvent bien trafiquer, tous les deux ?

— Qui sait ? Avec lui, je m'attends à tout, fulmina Hana. Je mettrais ma main à couper que c'est une histoire de corruption.

Elle réfléchit un instant avant de reprendre.

— Enfin bref, spéculer sur les agissements de Dante ne nous mènera à rien. Restons sur nos gardes, tant que nous sommes à Bariloche. Avec un peu de chance, Ramón, le cousin de Portillo, n'est pas de mèche avec le cardinal. En tant que chef de la police, il est forcément au-dessus de Borges dans la hiérarchie.

— Finissons notre verre et allons voir ce qu'il y a sur cette diapo, suggéra Dominic pour changer de sujet. Le concierge a fait monter un projecteur dans ma chambre.

Ils terminèrent leur whisky, payèrent l'addition et se dirigèrent vers l'ascenseur.

Comme promis, le projecteur se trouvait sur le bureau de la chambre de Dominic à leur arrivée. Hana posa son sac et en sortit la diapositive pendant que Dominic branchait l'appareil dans la prise murale et l'installait à une distance respectable du mur blanc. Il alla ensuite éteindre les lumières tandis qu'Hana ouvrait le carrousel et y glissait le petit carré.

Quand elle mit la machine en marche, une image brillante mais floue apparut sur le mur. Dominic ajusta la mise au point jusqu'à ce qu'elle soit nette et tous deux examinèrent attentivement le symbole SS qui s'affichait en couleur sur le mur de la chambre.

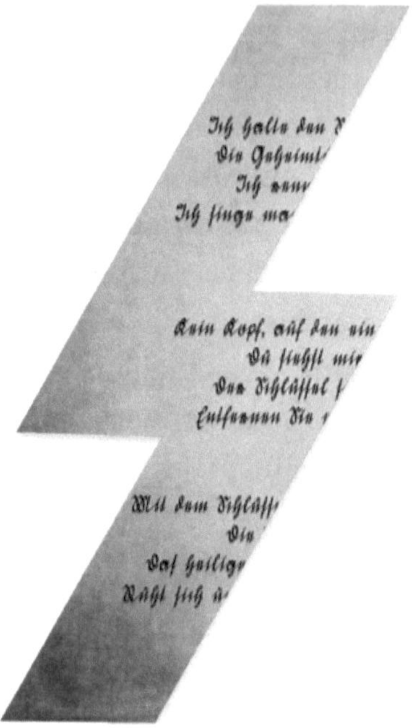

Son carnet à la main, Hana transcrivit les mots en calligraphie Sütterlin qu'elle parvint à déchiffrer et les ajouta à son interprétation du premier segment. Les morceaux de phrases commençaient déjà à avoir un peu plus de sens :

Je détiens la clé pour ouv...
La porte secrète ca...
Je marche sans jamais...
Je chante sans jamais...

J'ai un tronc mais pas...
Des aiguilles qui ne piquent...
En mon sein la clé...
Saisis-la et maintenant...

Clé en main, tu...
Le centre du parterre...
Le visage saint du fils...
Repose sous la noire...

Quand ils eurent digéré ce qu'ils avaient devant eux et relu l'intégralité du texte attentivement, ils relevèrent les yeux l'un vers l'autre.

— Incroyable, s'émerveilla Hana avant d'éclater de rire. Tout cela est très excitant !

Plongé dans ses pensées, Dominic s'efforça de déchiffrer l'énigme.

— Donc, on a une clé qui ouvre une porte secrète. Et cette clé se trouve au sein de quelque chose, c'est ça ? Au sein de quoi ? Une forêt de pins, peut-être ? Et le visage saint du fils, est-ce une référence au visage du Christ sur le voile ? Oh là là, ça va me rendre fou, toute cette histoire. C'est toi, la spécialiste des énigmes. Qu'est-ce que tu en dis ?

— Les possibilités sont innombrables. Il nous faut absolument retrouver le troisième fragment, Michael, sinon l'on risque de passer le reste de notre vie à essayer de déchiffrer ces mots.

Une idée lui vint soudainement.

— Attends. Et si c'était « Je détiens la clé pour ouvrir, la porte secrète cachée ». Ça paraît logique, non ? Et puis, c'est le même nombre de vers. Le reste, je ne sais pas trop.

— Pas mal, dit-il d'un ton encourageant. Continue comme ça !

Hana lui décocha un regard sceptique.

— Je suis à court d'idées, mon Père. Peut-être qu'avec une petite prière...

— D'après mon expérience, les choses ne marchent pas comme ça.

Hana sortit son téléphone et prit une photo de l'image sur le mur. Quand Dominic eut éteint et débranché le projecteur, elle récupéra la diapositive et la glissa entre les pages de son carnet pour la protéger des rayures.

— Puisque Dante est en train de dîner au restaurant, je propose qu'on se fasse livrer à manger dans la chambre et qu'on s'arrête là pour aujourd'hui, suggéra Dominic. Notre vol pour Bariloche part à midi demain.

— Bonne idée. Je me demande à quoi ressemble la télévision argentine.

— Ce n'est probablement pas aussi intéressant que le contenu de cette diapo, répondit Dominic en s'emparant de la carte du service de chambre dans l'un des tiroirs du bureau.

DIX-HUIT

Le terminal C de l'aéroport international d'Ezeiza de Buenos Aires grouillait d'activité. Un méli-mélo de voyageurs d'affaires et de touristes s'affairaient çà et là, traînant bagages et enfants derrière eux, tandis que des soldats en uniforme kaki déambulaient dans les couloirs pour veiller à la sécurité du terminal, armés de fusils d'assaut Heckler & Koch.

Une voix dans les haut-parleurs annonça que les passagers du vol 1684 d'Aerolineas Argentinas à destination de Bariloche étaient invités à se présenter à la porte d'embarquement. Dominic et Hana terminèrent le café et les *medialunas* qu'ils dégustaient assis à la table d'une brasserie, récupérèrent leur bagage à main et se mirent en route.

Avant de quitter l'hôtel, Hana avait fait des copies de la page du carnet sur laquelle elle avait noté l'énigme partielle, et Michael passa la majorité du vol penché dessus, à essayer d'en comprendre le sens. Quand l'avion atterrit à l'aéroport San Carlos de Bariloche deux heures plus tard, il n'était pas plus avancé qu'au moment du décollage, mais au moins, il s'était débarrassé de sa peur de voler. Le Xanax qu'il avait avalé avec son café avait aidé, lui aussi.

Tandis que le taxi filait à toute vitesse vers leur hôtel du centre-ville, Dominic s'émerveilla devant les paysages époustouflants que Bariloche offrait à ses visiteurs et résidents : les plaines accidentées de la steppe de Patagonie qui s'étendaient à l'est et les imposants sommets enneigés des Andes qui s'élevaient à perte de vue à l'ouest. Ce paysage naturel à couper le souffle faisait de Bariloche l'une des destinations de vacances préférées des Argentins et des touristes du monde entier.

Après avoir procédé à leur enregistrement à l'accueil de l'hôtel Cristal, Hana composa le numéro de Ramón Santos, le chef de la police de Bariloche. Elle tomba sur l'assistante de ce dernier qui, après avoir confirmé qu'Hana et Dominic collaboraient bien avec Carlos Portillo, l'homologue de Santos à Buenos Aires, arrangea un rendez-vous avec son patron un peu plus tard dans l'après-midi.

Entre-temps, Dominic suggéra qu'ils aillent se promener en ville pour admirer l'architecture allemande et l'influence culturelle qui en découlait. Il fut surpris de trouver, au détour d'un coin de rue, un kiosque à journaux qui vendait des guides touristiques sur les sites nazis de Bariloche, témoins du lien historique de la ville avec des milliers d'immigrants allemand de cette affiliation. Ils en achetèrent un et le parcoururent.

— Hé, on pourrait aller voir l'ancienne maison de Prager, proposa-t-il avec enthousiasme.

Hana leva les yeux au ciel en souriant, mais comme ils

avaient du temps devant eux avant le rendez-vous, elle n'émit aucune objection.

À leur arrivée, ils découvrirent un charmant petit chalet alpin dont le jardin fleuri bien entretenu était entouré d'une clôture blanche et surveillé par une meute de Doberman menaçants qui aboyaient sur les passants pour les dissuader de s'attarder dans les parages.

Ils remontèrent la rue et firent une halte dans une boulangerie allemande qui faisait également office de boutique de souvenirs. Parmi les bibelots à touristes, Dominic remarqua des poupées vêtues de *lederhosen*, un clin d'œil à l'un des passe-temps préférés des voyageurs allemands : la randonnée. L'odeur du *strudel* aux pommes fraîchement sorti du four les fit tant saliver qu'ils ne purent résister à l'envie d'en ramener deux parts à l'hôtel.

Au moment de payer, Hana demanda à la caissière si elle connaissait un certain Christof Prager.

— Oh, *ja*, *Herr* Prager passe souvent ici, répondit joyeusement la petite femme dodue aux cheveux gris en rendant la monnaie à Hana. Il adore notre *strudel* fait maison, lui aussi. C'est un bon gars.

Ravie d'obtenir cette information, Hana décida de tenter le tout pour le tout.

— Savez-vous s'il habite dans le coin ?

Le sourire de la boulangère s'effaça.

— Je suis navrée. Même si je le savais, je ne vous le dirais pas. C'est une petite ville, ici, et l'on respecte la vie privée de nos voisins.

Au moins, j'aurai essayé, songea Hana en suivant Dominic qui tourna les talons en direction de la sortie.

. . .

Sans le drapeau argentin qui flottait au-dessus de l'entrée et les quelques véhicules de police garés devant le bâtiment, personne n'aurait pu distinguer les bureaux de la police fédérale d'Argentine des autres maisons de ce quartier résidentiel.

La porte de la bâtisse de trois étages en bois de séquoia et en briques blanches recyclées était ornée d'un coq en fer forgé qui semblait souhaiter la bienvenue aux visiteurs. Ni Dominic ni Hana n'en comprirent la signification en passant dessous. Dans le hall, un grand poster de Lionel Messi, le célèbre joueur de football argentin, décorait le mur.

— Je suis le père Michael Dominic et voici Hana Sinclair. Nous sommes venus voir Ramón Santos.

La petite femme assise derrière le comptoir se leva pour les conduire jusqu'au troisième étage et les présenta au chef Santos qui leur offrit un siège et une tasse de maté qu'ils déclinèrent poliment. L'heure n'était pas aux cérémonies.

— Nous ne recevons pas souvent de prêtre dans ces locaux, *Padre*, dit Santos avec une étincelle dans les yeux, mais je suis sûr que certains individus dans nos cellules souhaiteraient se confesser, chose pour laquelle nous prions chaque jour.

Dominic rit à la blague du capitaine.

— Je suis à votre service, *capitán*, mais nous sommes venus en quête d'informations, dit-il en se tournant vers Hana pour qu'elle lui explique la situation.

— Tout d'abord, merci de nous recevoir, dit cette dernière. Votre cousin, le *capitán* Portillo, a été suffisamment généreux pour organiser cette rencontre. Aussi, nous tenterons de faire court. Nous sommes arrivés dans votre magnifique ville il y a quelques jours et nous aimerions rencontrer l'un de vos citoyens. Un jeune homme du nom de Christof Prager. Vous le connaissez ?

À ces mots, le visage de Santos passa immédiatement d'affable à fermé.

— *Sí*, nous connaissons le *señor* Prager. Sa famille habite ici depuis deux générations. J'imagine que vous êtes au courant du sombre rôle qu'a joué son grand-père dans l'Histoire.

Hana adressa un bref coup d'œil à Dominic.

— Oui, *jefe*, c'est la raison de notre visite.

Elle lui relata ensuite dans les grandes lignes leur découverte du journal de Rausch et du carnet d'Himmler, ainsi que leur quête de cet objet digne d'intérêt aux yeux du Vatican. Une fois de plus, Michael remua sur son siège, mal à l'aise face à ce léger subterfuge.

Hana était en train de raconter son histoire lorsque le regard du chef s'égara par-dessus l'épaule de Dominic. Un homme se tenait sur le pas de la porte de son bureau. Dos au mur, il écoutait leur conversation.

— Julio ! le héla Santos. Cesse donc de nous espionner et viens dire bonjour à nos invités.

Rouge comme une pivoine, l'officier en uniforme s'approcha, honteux d'avoir été découvert.

— *Señorita* Sinclair, *Padre* Dominic, je vous présente mon chef adjoint, Julio Borges.

Dominic et Hana réprimèrent un sursaut en entendant ce nom. Ils se levèrent pour saluer le nouveau venu mais, contrairement à son habitude, Dominic n'affichait pas son expression d'ordinaire aimable.

— Oui, on s'est rencontrés hier, dit-il en tendant une

main devant lui. Vous étiez à Buenos Aires en compagnie du cardinal Dante.

Les deux hommes se jaugèrent du regard un moment avec appréhension.

Hana s'avança à contrecœur pour lui serrer la main.

— C'est un plaisir de vous recevoir, dit Borges sans laisser transparaître la moindre émotion. J'espère que je ne vous interromps pas, *jefe*. Puis-je me joindre à vous ?

— Bien sûr, répondit Santos. Ces gens sont à la recherche de Christof Prager pour le compte du Vatican.

— J'ai croisé le *señor* Prager ce matin-même sur l'avenue Perito Moreno, en compagnie d'un homme grand et blond. Ça ne passe pas inaperçu, par chez nous.

— Savez-vous où nous pouvons le contacter ? hasarda Hana.

Santos s'empara d'un carnet et d'un crayon.

— Plutôt que de divulguer des informations d'ordre privée, je vous propose de prendre votre numéro. Je contacterai Prager et je lui demanderai de vous appeler. Qu'en dites-vous ?

— Aucun problème. C'est parfaitement compréhensible, répondit Hana en notant son numéro de téléphone. Dites-lui que nous avons seulement quelques questions à lui poser.

— Si je puis me permettre, intervint Borges, qu'est-ce que le Vatican peut bien vouloir au *señor* Prager qui mérite de faire le voyage jusqu'en Argentine ?

C'était exactement le genre de question que le cardinal Dante aurait pu poser, songea Dominic. *S'il y répondait, la réponse tomberait directement dans ses oreilles.*

— Vous comprendrez certainement, *señor* Borges, que le Vatican tient à sa vie privée tout autant que vous, répondit-il poliment. Si cela ne vous dérange pas, je préfère voir directement avec Prager en personne. En attendant, auriez-vous un restaurant à nous recommander pour goûter le fameux bœuf argentin ? C'est l'une des raisons qui nous amène ici.

Il adressa un large sourire au chef qui s'esclaffa.

— Notre bœuf est l'un des meilleurs du monde. Nos vaches sont élevées en plein air sur les plaines fertiles de la Patagonie. Je vous conseille d'aller au Familia Weiss. C'est un vieux restaurant allemand établi depuis plus de quarante ans. La nourriture y est excellente. N'importe quel taxi saura vous y conduire.

— Va pour le Familia Weiss, dans ce cas-là, *gracias*, dit Dominic en se levant, signalant ainsi la fin de leur réunion.

Hana l'imita et ils prirent congé.

Le soleil avait entamé sa descente à l'ouest derrière la cordillère de Patagonie lorsque Dominic et Hana montèrent à bord d'un taxi qui démarra en trombe et fonça à toute berzingue dans les rues de Bariloche, faisant fi du code de la route. Hana s'empressa d'attacher sa ceinture et Michael s'agrippa au siège devant lui tant la course était mouvementée. Quinze minutes plus tard, le chauffeur les déposa devant le Familia Weiss et ce furent les mains tremblantes qu'Hana lui tendit son dû.

Plusieurs convives faisaient la queue devant l'établissement, signe que la nourriture y était bonne, songea Dominic. Le bâtiment ressemblait à un grand chalet de montagne bavarois : un haut toit triangulaire aux poutres nues en bois écorcé au-dessus d'un plafond voûté, des rideaux ivoires élégamment drapés entre des colonnes de bois, une cheminée dans laquelle brûlait un grand feu et des lumières tamisées placées çà et là pour donner à la pièce une ambiance chaleureuse. L'endroit était bondé de clients qui bavardaient joyeusement. Visiblement, le restaurant était classe et réputé.

Quelques minutes plus tard, une hôtesse les conduisit à une table romantique près de l'âtre. Quand ils furent installés, Hana releva les yeux vers Michael et esquissa un sourire espiègle, ce qui fit rire Michael.

— Si seulement tu n'étais pas prêtre, dit-elle en rougissant à la lueur dorée des lampes.

Dominic lui rendit son sourire avec sincérité.

— Honnêtement, parfois, j'aimerais que ce soit le cas.

Hana repoussa une mèche de cheveux derrière son oreille, puis balaya la pièce du regard pour éviter de penser à ce moment de tendresse qui ne pouvait exister.

Les plats dans les assiettes des convives autour d'eux avaient l'air délicieux et les odeurs qui émanaient de la cuisine lui ouvrirent l'appétit.

Ce ne fut que lorsqu'elle leva les yeux vers les visages des clients qu'elle fut surprise de reconnaître quelqu'un qu'elle connaissait.

Quelques tables plus loin, Jacob Rausch buvait une bière en face d'un grand homme blond.

Deux pensées l'ont coincée.

Que fabriquait-il à Bariloche ? Et pourquoi diable se trouvait-il en compagnie de Christof Prager ?

DIX-NEUF

Les bureaux administratifs de la Cathédrale métropolitaine de Buenos Aires étaient vides à cette heure avancée de la nuit, mais le cardinal Fabrizio Dante étaient resté plus tard que d'ordinaire pour régler une affaire au sujet de certains généreux donateurs de sa paroisse. L'argent manquait toujours. Il allait devoir aller forcer la main de certains.

Il était en train d'essayer de résoudre ce dilemme financier lorsque son téléphone sonna.

— Oui ? répondit-il sèchement.

— Bonsoir, Votre Éminence, dit une voix masculine d'un ton timide à l'autre bout du fil. C'est Julio Borges, de Bariloche. Je voulais vous informer que le père Dominic et sa compagne ont rendu visite au chef de la police aujourd'hui.

— Et c'est qui, cette compagne ?

— Une certaine Hana Sinclair.

Bien que le nom ne le surprenne pas, Dante fut néanmoins troublé d'apprendre que ces deux-là se trouvaient en Argentine.

— Dominic et Sinclair, murmura-t-il avec appréhension. Et qu'est-ce qu'ils voulaient ?

Borges lui rapporta le peu d'informations dont il disposait sur la mission du prêtre.

— Ils cherchent à parler à Christof Prager, le petit-fils du criminel de guerre nazi. *El jefe* a proposé de les mettre en contact. J'ai pensé que vous aimeriez le savoir.

— *Gracias*, Julio. Vous avez bien fait de m'en informer. Bonne soirée.

Dante raccrocha et réfléchit un instant à ce revirement de situation. Son téléphone toujours à la main, il passa un autre coup de fil.

— Michael, retourne-toi discrètement et regarde donc qui est assis à côté de la fenêtre, à sept tables d'ici.

Dominic releva la tête de la carte et tourna subrepticement la tête dans la direction indiquée par Hana. Sa réaction fut similaire à celle d'Hana.

— Jacob Rausch ? murmura-t-il. Qu'est-ce qu'il fiche ici ? Il n'a pas dit qu'il était au Chili ?

— Et regarde un peu qui est assis avec lui. D'après la description de Borges, il pourrait bien s'agir de Christof Prager, non ?

— Il n'y a qu'un moyen de le découvrir.

Dominic se leva et se dirigea vers la table de Rausch. Plusieurs têtes se tournèrent sur son passage quand il traversa la pièce. Il n'était probablement pas courant de croiser un prêtre dans un restaurant bondé.

Rausch leva la tête vers Dominic à son approche et pâlit.

— P... Père Michael ! Quelle surprise ! Je ne m'attendais pas à vous voir ici, balbutia-t-il en reposant maladroitement sa chope de bière sur la table.

— Hana et moi étions en train de nous dire la même chose, dit-il en se tournant pour désigner son amie d'un geste.

Jacob suivit son bras du regard jusqu'à Hana qui le salua de la main en inclinant légèrement la tête. Il lui répondit de la même manière.

— Je vous croyais à Santiago, poursuivit Dominic avant de se tourner vers le grand homme blond à la table de Rausch, une main tendue devant lui. Enchanté, je m'appelle Michael Dominic.

— C'est un plaisir de faire votre connaissance, mon Père. Moi, c'est Christof.

— Christof..., murmura Dominic comme si ce nom lui rappelait quelque chose. Vous ne seriez pas Christof Prager, par le plus grand des hasards ?

Une expression prudente traversa les traits de Prager.

— Euh, si. C'est bien moi.

— Quelle coïncidence ! s'exclama Dominic d'un air faussement surpris. Hana et moi sommes justement venus à Bariloche dans l'espoir de vous rencontrer.

Il pivota et balaya la pièce du regard.

— Dommage qu'il n'y ait pas de table de quatre de disponible. Nous aurions pu manger ensemble. Ça vous dirait de nous retrouver au bar, après le dîner ? C'est moi qui offre.

Surpris, Christof ne sut que répondre. Il se tourna vers Rausch et l'appela à l'aide des yeux.

— Pourquoi pas, répondit Jacob en soutenant le regard de son ami.

— Super ! À tout à l'heure, alors. Ce fut un plaisir de vous rencontrer, Christof. Je suis impatient de pouvoir m'entretenir avec vous.

Dominic retourna à sa table en une douzaine d'enjambées et se rassit.

— C'est bien lui, annonça-t-il à Hana en s'emparant de la carte pour dissimuler son excitation. On se retrouve au bar après manger.

— Génial ! Bien joué, Michael, le félicita Hana en baissant la tête sur sa carte. Alors, ce fameux steak argentin...

Le dîner terminé, Michael et Hana retrouvèrent Jacob et Christof au bar d'à-côté. Les présentations furent faites et la serveuse s'approcha pour prendre leur commande.

— Christof, on est chez vous. Qu'est-ce que vous nous recommandez ? lança Hana.

Christof semblait plus enjoué, désormais.

— Il faut absolument que vous goûtiez un Legui. C'est parfait comme digestif, surtout après une bonne côte de bœuf. C'est un alcool à base de cannelle, d'anis et de grains de poivre qui porte le nom d'un des meilleurs jockeys de toute l'Argentine : Irenaeus Leguizamo. Vous verrez, c'est plutôt sucré, pas amer du tout.

La serveuse nota la commande dans son carnet puis s'éloigna.

— Vous avez l'air de vous y connaître en alcool, commenta Hana avec surprise.

— Mon père est vigneron, expliqua Christof. Ses terres sont juste à la sortie de Bariloche. Les vins argentins sont parmi les meilleurs du monde. Notre Malbec et notre Pinot Noir sont particulièrement renommés. Je baigne dedans depuis que je suis tout petit. C'est donc tout naturellêment que j'ai fini par travailler dans le vin, moi aussi.

L'instant d'après, la serveuse revenait avec quatre shooters de Legui. La tablée trinqua et goûta le breuvage délicatement sucré. Après avoir échangé quelques mondanités, Dominic en vint au fait.

— Christof, Jacob vous a-t-il expliqué pourquoi il est venu me trouver en France et l'histoire du journal de son grand-père ?

Prager fit semblant de ne rien savoir.

— Non, j'ignorais qu'il était allé en France, dit-il en jetant un coup d'œil à Jacob. Mais je ne suis pas surpris. Il voyage beaucoup.

— Vous vous connaissez d'où ? s'enquit Hana.

Christof échangea un regard soupçonneux avec Jacob.

— Nos grands-pères étaient bons amis pendant la guerre. Nos familles sont restées en contact depuis. C'est comme ça qu'on s'est connus.

Hana plongea une main dans son sac et en sortit son iPhone.

— Quand Jacob nous a montré le journal de son grand-père à Paris, il nous a expliqué être à la recherche d'un artefact qui aurait appartenu à Heinrich Himmler. Nos multiples recherches nous ont conduits jusqu'à une énigme qui pourrait nous amener jusqu'à cet objet de valeur, si l'on parvient à la résoudre. Le problème, c'est que nous n'avons en notre possession que deux pièces du puzzle sur les trois.

— Deux ? lâcha Jacob en écarquillant les yeux.

— Oui, on n'a pas chômé, dit Hana sans donner plus de précision.

Elle baissa brièvement le téléphone pour que tous puissent apercevoir les deux photos qu'elle avait prises : celle tirée de la biographie de l'évêque Hudal et celle de la diapositive trouvée parmi les pièces à conviction.

Jacob et Christof les regardèrent avec des yeux brillant d'envie. Que n'auraient-ils donné pour posséder ces deux fragments qui venaient compléter le troisième que Jacob avait tiré du journal de son grand-père ? Ils se trouvaient face à un dilemme. Demander à Hana d'examiner les photos plus en détail risquait d'éveiller ses soupçons mais d'un autre côté, ils n'avaient pas envie de lui montrer le troisième fragment, au risque d'être laissés de côté sans jamais parvenir à trouver le trésor.

Hana rempocha son téléphone quelques secondes seulement après leur avoir montré les clichés, de sorte qu'ils n'eurent pas le temps d'en déchiffrer le contenu.

Christof releva les yeux vers Jacob qui lui rendit son regard. Qu'allaient-ils faire ?

— Je ne voudrais pas vous paraître impoli, mais pourrions-nous nous retirer un instant pour discuter en privé ? demanda Jacob.

— Pas de souci, acquiesça Hana qui s'attendait à une telle réaction. On vous attend ici.

Jacob et Christof sortirent du bar et se dirigèrent vers les toilettes au fond du restaurant.

— Je suis persuadée qu'ils sont en train de se demander s'ils vont nous montrer le troisième fragment, dit Hana à Dominic quand ils se furent éloignés. Je te parie même que c'est Jacob qui l'a. Celui que l'on a trouvé à Béccar est probablement celui qu'Himmler a donné à Erich Prager. Reste à savoir comment il a atterri là.

— Je me fie à ton intuition. Elle est généralement avérée, commenta Dominic.

Plusieurs minutes plus tard, Jacob et Christof revinrent à leur table, d'une démarche plus confiante que lorsqu'ils l'avaient quittée.

— Tout d'abord, commença Jacob en s'asseyant, je voudrais vous présenter mes excuses pour ne pas vous avoir dit toute la vérité. Je possède bien le troisième fragment.

Hana décocha un regard à Dominic qui esquissa un très faible sourire en retour.

— La raison pour laquelle nous avons besoin de cet artefact est très simple, poursuivit Jacob, mais elle n'en est pas pour le moins importante. Nous pensons que c'est un objet de grande valeur étant donné qu'Himmler, et donc Hitler, voulaient absolument mettre la main dessus. En supposant qu'on le retrouve, notre objectif est de le vendre pour aider le père de Christof à conserver son exploitation viticole qui est sur le point de faire faillite. C'est une longue histoire, je vous épargne les détails. Nous avons déjà trouvé un acheteur qui souhaiterait acquérir l'arte-fact, malgré le peu d'informations dont nous disposons.

— Permettez-moi d'ajouter, interrompit Christof, que le deuxième fragment que vous avez trouvé appartenait à mon grand-père. Il s'avère qu'il avait fait don de plusieurs possessions à un ami de Béccar qui collectionnait des souvenirs nazis. Puisque vous avez trouvé le fragment, j'imagine que vous savez qu'il a été récupéré par les forces de l'ordre lors d'une perquisition chez cet homme, marchand d'art de son état.

— En quelque sorte, oui.

— Tout cela pour dire que nous devons trouver un arrangement, à présent que nous sommes tous les quatre impliqués dans cette histoire, continua Jacob. Si nous mettons nos trois fragments en commun et parvenons à déchiffrer l'énigme mentionnée dans le journal de mon grand-père, qu'adviendra-t-il de l'artefact ? Le Vatican sera-t-il prêt à nous l'acheter ?

Dominic dévisagea tour à tour chacune des personnes présentes autour de la table, en terminant par Hana. Outre son désir d'aventure, elle s'intéressait à cette histoire dans le but principal d'écrire un article à son sujet. Elle ne verrait donc probablement pas d'inconvénient à accepter un tel marché. L'étincelle qu'il lut dans ses yeux semblait confirmer son hypothèse. La décision lui revenait donc.

— Je ne saurais vous dire si le Vatican est en mesure ni même désireux de mettre la main au porte-monnaie pour acquérir un objet d'une telle nature. Après tout, aucun d'entre nous ne sait exactement de quoi il s'agit, ni même l'étendue des efforts que nous allons devoir déployer afin de le localiser.

Jacob afficha une moue pensive.

— Que suggérez-vous ? Je viens de vous révéler une information cruciale aux yeux de l'Église et je ne reviendrai pas dessus, bien sûr. Toutefois, vous comprenez certainement le besoin de mon ami, ici présent. Et nous ne pourrons résoudre cette énigme que si nous mettons nos trouvailles en commun, n'est-ce pas ?

Ce n'était pas faux. Dominic ne pouvait pas garantir un quelconque dédommagement pécuniaire pour cette remarquable découverte, mais il savait que le cardinal Petrini et certains autres membres haut placés dans la hiérarchie du Vatican l'écouteraient et reconnaîtraient que cet objet valait amplement la peine d'assister un viticulteur argentin.

Il décida donc de leur faire confiance.

— Je ne peux pas parler au nom du Vatican, mais je pense qu'ils sauront reconnaître l'importance de cette trouvaille et dédommager Christof pour sa contribution. Sans lui, rien n'aurait été possible. Quant à l'artefact en question, les notes dans le carnet d'Himmler semblent indiquer qu'il avait identifié cet objet comme étant le voile de Véronique.

Il leur expliqua brièvement l'histoire du voile, comme il l'avait fait avec Hana.

Stupéfaits d'apprendre cette nouvelle information cruciale, Jacob et Christof échangèrent un long regard, avant de hocher la tête en signe d'assentiment.

— D'accord, acquiesça Jacob. Rendez-vous demain à votre hôtel. J'amènerai mon fragment et nous essayerons de résoudre l'énigme tous ensemble.

Il fit une courte pause et plongea les yeux dans ceux de Dominic.

— Si nous y parvenons, je vous laisserai vous charger des recherches, mon Père, et je vous crois sur parole lorsque vous dites que nous serons dédommagés par la suite.

CHAPITRE

VINGT

Jacob et Christof arrivèrent à l'hôtel Cristal au moment où la cloche de la cathédrale Notre-Dame-du-Nahuel-Lapi sonnait onze heures du matin. Ils montèrent dans la chambre de Dominic où le service de chambre avait déjà livré des *empanadas* de bœuf et du maté sur ordre d'Hana pour que le petit groupe puisse planifier leur prochaine action tout en déjeunant.

Hana avait demandé à l'hôtel d'imprimer les photos des deux fragments sur son iPhone en taille réelle. Il ne leur manquait plus que celui de Jacob pour compléter l'énigme.

— Je vous renouvelle une fois de plus mes excuses pour ne pas vous avoir révélé cette information, avoua Jacob. Je n'aurais jamais imaginé que vous progresseriez aussi loin dans vos recherches. Bon, voyons voir cette énigme.

Sur ces mots, il sortit le fragment plié en deux de son portefeuille et l'étala sur la table à côté des deux morceaux imprimés qu'Hana avait découpés. Une fois les trois éléments côte-à-côte, le texte complet apparut aux yeux de tous.

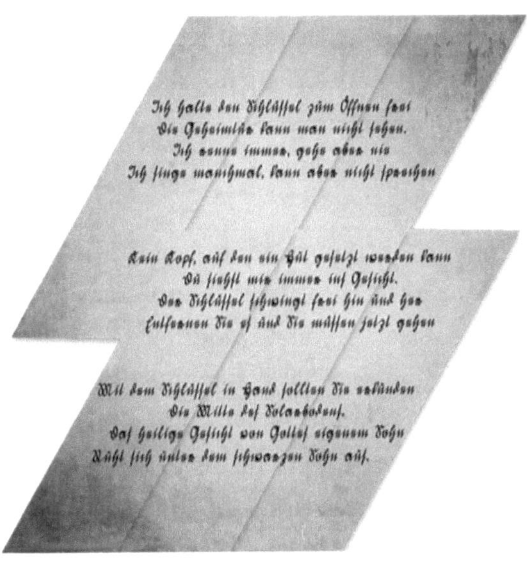

Hana sortit son carnet et remplit les lignes manquantes. Ils possédaient enfin la totalité des vers :

Je détiens la clé pour ouvrir
La porte secrète cachée
Je marche sans jamais courir
Je chante sans jamais parler.

J'ai un tronc mais pas de racines
Des aiguilles qui ne piquent pas
en mon sein la clé dodeline
Saisis-la et maintenant, va.

Clé en main, tu exploreras
Le centre du parterre solaire.

Le visage saint du fils béat
repose sous la noire sphère

Tous se penchèrent au-dessus du carnet d'Hana. Elle lut le poème à voix haute, deux fois de suite.

— Ça rime ! s'exclama-t-elle. Himmler a dû l'écrire en français avant de le traduire en allemand. Mais pourquoi se donner tant de peine ?

— Himmler a toujours adoré les codes, les messages secrets et les mots en général. Il apprenait le français, à l'époque. Peut-être voulait-il brouiller les pistes quant à l'auteur de ces lignes. Si les fragments avaient été découverts à l'époque, on aurait pensé qu'ils avaient été rédigés par un Français, avant d'être transposés en allemand. Un rouage de plus au casse-tête, en quelque sorte. Mais ce n'est qu'une hypothèse.

— Ça me rappelle quelque chose que j'ai vu dans la biographie d'Himmler ! lança Hana. Il y a un soleil noir en mosaïque sur le sol de la chambre des généraux du château de Wewelsburg. La sphère noire doit être une référence à cela, non ? Mais s'il faut une clé pour l'ouvrir, j'ignore où la trouver. Vous comprenez le reste de l'énigme, vous ?

Chacun étudia le texte en silence pendant qu'Hana servait le maté et les *empanadas*.

Dominic fut le premier à reprendre la parole.

— Qu'est-ce qui a un tronc mais pas de racine et des aiguilles qui ne piquent pas ? Qu'est-ce qui marche mais ne court pas et chante mais ne parle pas ? Quel casse-tête saugrenu ! Qui a eu une idée pareille ?

— C'est peut-être un animal. Un loup, par exemple, suggéra Jacob. Le tronc, ce serait la partie centrale du corps avec le thorax et le dos. Un loup n'a pas de racines. Il peut hurler à la lune mais ne parle pas. Par contre, il court tout autant qu'il marche. Et puis si c'était un loup, il serait mort depuis longtemps. À moins qu'on ne parle d'une statue.

Ils tournaient en rond. Même Hana, l'experte en énigmes, sentait la frustration la gagner. Elle avait l'impression d'avoir la réponse au bout de la langue mais n'arrivait pas à mettre le doigt dessus.

— Une clé qui dodeline. Qu'est-ce que ça peut bien vouloir dire ? C'est sûrement lié à l'artefact.

Ils étaient en train de déguster les *empanadas* en sirotant leur maté chacun de leur côté — plutôt que de surcharger leur esprit déjà occupé avec la cérémonie officielle en plus de cela — quand les cloches de la cathédrale sonnèrent les douze coups de midi.

La mélodie déclencha quelque chose dans l'esprit d'Hana. À chaque gong, la réponse lui apparut de plus en plus clairement.

— Vous entendez le chant ? demanda-t-elle au groupe, non sans une pointe de fierté dans la voix.

— Quel chant ? dit Dominic.

— Celui de l'horloge ! Ou plutôt, celui des cloches de l'église, mais une horloge, ça chante aussi quand ça sonne pour donner l'heure. Et puis ça marche jour et nuit, mais ça ne court jamais. Sur les horloges de parquet, comme on en trouvait autrefois, le tronc, c'est la partie centrale, mais il n'y a pas de racines. Et la grande et la petite aiguilles ne piquent pas. C'est une horloge !

Chacun leur tour, ils relurent l'énigme, puis relevèrent des yeux pleins d'admiration vers Hana.

— Et dans le tronc d'une horloge de parquet, il y a un

balancier qui oscille de droite à gauche. On pourrait même dire qu'il dodeline. La clé se trouve probablement dans une horloge de ce genre, quelque part dans le château, et avec un peu de chance, elle sera attachée au balancier.

— Hana, tu ne cesses de m'impressionner ! se réjouit Dominic en toute sincérité.

— Michael ! Ça veut dire que le voile, le visage saint du fils béat, est enterré sous le soleil noir en mosaïque du château de Wewelsburg ! Ce qui m'amène à deux questions problématiques. Comment allons-nous réussir à pénétrer dans le château. Et, en supposant que l'horloge se trouve toujours sur place et que la clé soit bien à l'intérieur, comment allons-nous ouvrir le parterre en mosaïque pour récupérer le voile qui doit se trouver dans la cache secrète dont Himmler parlait ? Jacob disait que le château fait désormais office de musée et d'auberge de jeunesse. Comment allons-nous faire pour y accéder ? Une idée ?

— Ouh, là ! Chaque chose en son temps, tempéra Dominic face à tant d'enthousiasme.

C'était un aspect de la personnalité d'Hana qu'il appréciait chez elle, et son analyse des obstacles se dressant sur leur route était parfaitement réaliste, mais ils devaient faire preuve de logique avant tout. Il se leva et se mit à faire les cent pas dans la pièce, son maté à la main, tout en réfléchissant à la proposition de son amie. Quelques gorgées plus tard, il se tourna vers le groupe.

—J'ai une idée.

VINGT-ET-UN

L e coup dans sa poitrine avait manqué de lui faire perdre connaissance et tous se pressèrent autour des deux hommes pour mieux voir dans la petite pièce à l'air chargé de testostérone.

—Reculez ! Laissez-leur la place ! ordonna le chef.

Toute l'attention de Karl Dengler était concentrée sur l'homme qui se tenait au-dessus de lui, celui qui l'avait fait tomber sur le dos et le maintenait au sol, un pied sur sa poitrine, en le menaçant de la lame d'une hallebarde qu'il tenait à quelques centimètres de son visage. Karl se creusa la cervelle un instant, mais ses options étaient limitées.

Le sergent Dieter Koehl se tenait au-dessus du jeune soldat dans une posture dominante. Baissant les yeux sur son adversaire, il sourit et retira son pied, puis sa hallebarde d'entraînement, et tendit une main pour aider Karl à se relever.

Ce dernier accepta le geste et se redressa en souriant.

—C'était bien joué, Dieter. Je n'ai rien vu venir.

— Tu as encore besoin de quelques années sur cette planète avant d'arriver à mon niveau, mon garçon, plaisanta Dieter.

Karl lui administra un petit coup de poing amical dans l'épaule en guise de réponse et le public applaudit les prouesses de Dieter.

Ce fut ensuite le tour de Lukas Bischoff d'affronter Karl au cours d'un combat de judo, dans le cadre de cet entraînement de la Garde suisse, la force militaire missionnée par le Saint-Siège de protéger le Vatican.

Face à son adversaire, Karl pivota son corps de biais, les genoux légèrement fléchis, la jambe gauche devant. Ses abdominaux étaient rentrés mais pas serrés, ses poings légèrement relevés devant son visage. Les deux hommes se jaugèrent du regard avec détermination en se tournant autour au milieu du ring de spectateurs. La pièce sentait le chaud et la transpiration.

Brusquement, Karl se jeta sur les jambes de Lukas, avant de pivoter soudainement, aplatissant son adversaire à plat ventre sur le matelas en mousse. Il vint se placer à califourchon sur lui en position de *shime-waza*, une technique d'étranglement conçue pour immobiliser l'ennemi en un rien de temps. Le bras droit enroulé autour du cou de Lukas, il le fit pivoter et serra un peu plus fort pour bloquer l'arrivée du sang au cerveau, un geste qui, s'il l'avait maintenu suffisamment longtemps, aurait également coupé sa respiration en l'espace de quelques secondes. Allongé sur le dos au-dessus de son adversaire, Lukas était sur le point de perdre connaissance lorsque Karl lui murmura « *Ich liebe dich* » à l'oreille. Hilare, Lukas se rendit entre deux éclats de rire.

Le groupe applaudit de nouveau, cette fois en l'honneur de Karl Dengler, qui aida Lukas à se redresser et lui offrit une accolade avant de lui ébouriffer les cheveux en signe d'affection.

Assistés par la gendarmerie locale, Karl Dengler, Dieter Koehl, Lukas Bischoff et quelques autres soldats étaient venus dans le canton de Ticino, en Suisse, pour participer à ce camp d'entraînement en tant qu'instructeurs. Ils formeraient le millésime de printemps de la Garde suisse pontificale. Une fois l'entraînement terminé, soit après 176 heures de formation aux tactiques militaires et techniques de défense personnelle, ainsi que de rigoureux exercices de tir employant une grande variété d'armes, les nouvelles recrues seraient accueillies au sein du corps d'élite par le pape en personne, lors d'une cérémonie officielle qui avait lieu le 6 mai tous les ans depuis le sac de Rome en 1527, date à laquelle 147 gardes suisses avaient perdu la vie en défendant le pape Clément VII contre les soldats envahisseurs de l'empereur Charles V.

— Dengler ! Bischoff ! Devant ! aboya l'instructeur.

Les deux jeunes hommes se précipitèrent vers l'avant du groupe et se mirent au garde-à-vous. Ils suaient à grosses gouttes et haletaient encore suite à l'effort intense qu'ils venaient de fournir, et Lukas était encore instable sur ses jambes après avoir été étranglé.

— Messieurs, annonça l'instructeur à l'intention du groupe, vous venez d'être témoin d'un *shime-waza* exécuté à la perfection et en l'espace de quelques secondes par le sergent Dengler, une performance particulièrement remarquable étant donné qu'il était plus petit que son adversaire. Dès l'instant où le cerveau du caporal Bischoff s'est retrouvé à court de sang et d'oxygène, ce dernier n'avait plus aucune chance de reprendre le dessus. Cette technique, lorsqu'elle est exécutée correctement, rend un adversaire inconscient en moins de 15 secondes, parfois moitié moins. Fort heureusement, ces deux-là sont copains comme cochons.

La blague eut pour effet de faire rire l'assemblée.

— Bien, à la douche ! conclut-il. On a fini pour aujourd'hui. Demain sera votre dernier jour d'entraînement. Reposez-vous bien.

— J'ai failli tomber dans les pommes, Karl ! dit Lukas en sirotant une bière dans un *gasthaus* du quartier en compagnie de son ami. Tu ne t'en sortiras pas comme ça ! Je te le ferai payer au moment où tu t'y attendras le moins, comme Cato et l'inspecteur Clouseau.

— Bah, des paroles en l'air, le taquina Karl en souriant à la mention des films de la Panthère rose.

Le téléphone de Karl vibra dans sa poche.

— C'est le père Michael ! annonça-t-il à Lukas en appuyant sur le bouton vert.

— Hé, Michael ! Comment ça va ?

— Karl ! C'est un plaisir d'entendre ta voix. Je suis en Argentine avec Hana, mais on part demain.

— En Argentine ? Qu'est-ce que vous faites là-bas ?

— C'est une longue histoire. Je te raconterai. Tu es encore en Suisse ?

— Oui, notre entraînement se termine demain et on a quelques jours de congés devant nous avec Lukas. On compte faire un saut à Paris pour rendre visite à des amis.

— Karl, Hana et moi sommes en pleine chasse au trésor et on aurait bien besoin de votre aide, à tous les deux. Que dirais-tu de nous rejoindre au château de

Wewelsburg, en Allemagne, plutôt que d'aller à Paris. Je te promets que ça en vaut la peine.

— Attends, je vais en toucher deux mots à Lukas.

Après un bref échange, Lukas accepta, heureux de rendre service à ses amis.

— Marché conclu, Michael. Rendez-vous après-demain vers midi. On prendra ma Jeep. Paris attendra.

— Super. Merci beaucoup. On atterrira à l'aéroport de Dortmund demain et on couchera à l'hôtel. Je t'enverrai de plus amples informations à mon arrivée. Je te revaudrai cela, mon ami. Prépare-toi à vivre une nouvelle aventure pleine de rebondissements.

— Tu peux compter sur moi. Les aventures, c'est notre dada ! s'exclama Karl avec enthousiasme en jetant un coup d'œil à Lukas. À très vite, Michael.

VINGT-DEUX

Le soleil s'était déjà couché depuis longtemps, plongeant la vaste grange de ce domaine privé aux abords de Bariloche dans l'obscurité. L'endroit continuait de se remplir de visiteurs, pour la plupart des hommes, dont la majorité arboraient une chevelure blonde et des yeux bleus. Tous sans exception étaient allemands de souche. Deux gardes armés surveillaient l'entrée sous une ampoule faiblarde et vérifiaient l'identité de chaque individu qui franchissait le seuil de la grange, comparant les visages et les noms sur la liste que le plus jeune d'entre eux, Günther Fischbein, tenait à la main, avant de laisser quiconque pénétrer dans le bâtiment et se joindre à l'assemblée.

À l'intérieur, une centaine de chaises pliantes en métal avaient été alignées, dont la plupart étaient déjà occupées. Plusieurs bannières rouges décoraient les murs de la grange, chacune ornée d'un grand swastika blanc en son centre. L'air était électrique et l'excitation palpable. Les gens discutaient à voix basse en attendant que la réunion ne débute.

Une fois la liste des invités complète et l'appel fait, les gardes refermèrent les portes de la grange et s'en allèrent patrouiller alentour.

À vingt-et-une heures tapantes, Jacob Rausch et Christof Prager montèrent sur la scène improvisée. Ils patientèrent, debout devant l'assemblée, jusqu'à ce que le silence retombe dans la pièce, puis claquèrent des talons sur le plancher en levant un bras devant eux, paume vers le sol.

— *Heil Hitler !*

Tous les présents bondirent sur leurs pieds, levèrent la main droite devant eux et répétèrent le salut du *Führer* en retour.

— *Heil Hitler !*

La réunion des *NaziKinder* de l'Ahnenerbe avait commencé.

C'EST POURQUOI notre mission actuelle est cruciale, disait Rausch à la foule. En tant que descendants de nos honorables précurseurs, nous nous devons de récupérer le voile sur lequel est imprimée la véritable image de Jésus-Christ, celui-là même que ce cher *Herr* Himmler a gardé en lieu sûr. Cet objet est indispensable au développement de la suprématie de notre race aryenne, comme l'aurait souhaité le *Führer*.

Son discours terminé, Jacob laissa la place à Christof qui s'avança.

— Nous sommes en train d'assembler une équipe dont la mission est d'aller récupérer l'artefact au sein-même du château de Wewelsburg, qui se trouve en Westphalie. L'opération devrait porter ses fruits d'ici deux jours et bénéficie de l'aide de collaborateurs sur place. Nous avons été informés qu'un certain prêtre du Vatican et sa collègue poursuivent le même objectif qui est le nôtre, mais nous espérons arriver sur les lieux avant eux. Le voile doit être rendu à son peuple, à notre peuple, et nous déploierons tous les moyens nécessaires pour parvenir à nos fins. L'Ahnenerbe a de grandes ambitions pour ce voile.

Un tonnerre d'applaudissements s'ensuivit, accompagnés de vivats au nom de *Sieg Heil*.

— Christof, Günther et moi quitterons l'Allemagne dès demain pour guider notre équipe dans cet effort, déclara Jacob avec grandiloquence. Nous serons de retour dans quelques jours avec l'artefact. Alors, le vrai travail pourra commencer. Que tous les présents nous accompagnent en pensée, comme ils nous accompagnent ici, en ce jour. *Heil Hitler !*

Comme un seul homme, toutes les personnes présentes se levèrent et répétèrent le salut nazi une fois, puis deux, puis trois, et la réunion fut ajournée.

Alors que les centaines de convives se dirigeaient vers la sortie en bavardant, un grand homme en imperméable noir coiffé d'un chapeau en feutre s'approcha de Jacob et de Christof qui descendaient de la scène. Ses traits étaient anguleux au-dessus de son col de prêtre blanc.

— Superbe discours. Mes félicitations à vous deux, les complimenta-t-il. Comme vous le savez, j'ai connu vos grands-pères respectifs et je suis persuadé qu'ils seraient fiers de vous s'ils étaient encore parmi nous.

— Merci, Votre Éminence, de nous faire l'honneur de

votre présence en ce jour. Buenos Aires, ce n'est pas la porte à côté.

— Le voyage en valait la peine, répondit le cardinal Dante. J'ai parlé à mon cher ami Portillo à Béccar de l'interférence du père Dominic dans nos activités et je dois vous avouer que je suis impatient de vous voir revenir avec le voile. Si je peux faire quoi que ce soit pour vous aider, n'hésitez pas à faire appel à moi.

CHAPITRE

VINGT-TROIS

Il était environ vingt-deux heures et le camp de gitans aux abords du quartier Les Pèlerins, au sud de Chamonix, était plongé dans le calme. La plupart des habitants étaient rentrés dormir dans leur tente et les feux que l'on avait allumés dans les poubelles en métal pour cuire le dîner s'étaient éteints. Seules quelques braises resplendissaient dans l'obscurité qui sentait encore bon la fumée.

Gunari Lakatos, voïvode de son état, autrement dit le chef de la communauté de Roms, était en train de lire un livre dans sa tente lorsque le téléphone sonna.

Surpris de recevoir un appel à une heure aussi tardive, il décrocha avec prudence.

— Bonsoir, voïvode Gunari, dit le père Dominic avec un sourire dans la voix. Pardonnez-moi de vous appeler si tard. Je dois m'entretenir avec vous au plus vite. Ça ne peut pas attendre.

— Père Michael ! s'exclama Gunari avec joie. C'est un

150

plaisir d'entendre votre voix, même à cette heure. Que puis-je faire pour vous ?

— Vous vous souvenez de la promesse que vous m'avez faite lors de notre dernier échange ?

— Maintenant que vous le mentionnez, oui, répondit-il d'un ton affable. Je vous dois une faveur et je serai ravi de l'honorer de la manière qui vous conviendra. J'imagine que c'est la raison de votre appel.

— Tout à fait, Gunari. J'ai besoin des services, ou devrais-je dire des talents, de vos fils, Milosh et Shandor. C'est pour une opération spéciale qui se déroulera en Allemagne de l'Ouest. Ce n'est pas très loin de chez vous et nous couvrirons tous les frais, transport inclus.

— Mais Milosh a toujours sa BMW Roadster adorée. Vous vous souvenez ? Cette voiture qu'il a trouvée « à l'abandon » lors de notre dernière aventure. Je mettrais ma main à couper qu'il préférera y aller en voiture plutôt que de prendre le train. Vous pouvez prendre en charge les autres frais.

Dominic sourit à la mention de la voiture « à l'abandon ». Les deux frères avaient joué un rôle clé lors de sa précédente aventure. La voiture leur était restée sur les bras et Dominic avait fermé les yeux quant à son origine et à la manière dont les deux frères se l'étaient procurée. Il transmit les informations nécessaires à Gunari, y compris l'heure et le point de rendez-vous prévu, ainsi que les missions qui attendaient ses deux fils. Après les remerciements d'usage, il raccrocha.

VINGT-QUATRE

L e jet avait à peine décollé de Buenos Aires, direction la ville de Dortmund en Allemagne, que Dominic inclina son siège dans l'espoir de faire une courte sieste, avec l'aide du Xanax qui commençait à faire son effet. Hana avait insisté pour leur payer des billets en première classe à l'occasion de ce vol longue durée aux multiples escales. Étant donné son aversion pour les espaces renfermés, Dominic n'avait pas objecté.

Il n'avait pas beaucoup dormi, la nuit passée, retournant dans son esprit le plan qu'il avait concocté pour pénétrer dans le château de Wewelsburg et récupérer le voile. En vue de leur opération, il s'était servi d'un des ordinateurs en libre-service de l'hôtel pour faire des recherches sur le château : plan des étages, règlement de l'auberge de jeunesse, disposition du musée adjacent et autres informations relatives au bâtiment. Tous les documents avaient été imprimés afin de les partager avec son équipe.

La chambre des généraux faisait partie de la visite

guidée offerte aux visiteurs du château et ne servait que très rarement. Sur l'une des photos qu'il avait dénichées sur la toile, lui et Hana avaient découvert, avec la plus grande excitation, une horloge de parquet debout contre un mur près de la mosaïque représentant un soleil noir. À tous les coups, c'était l'horloge dont parlait l'énigme. Certes, rien n'était certain, mais c'était là leur premier objectif : examiner le balancier à la recherche d'une clé pour déverrouiller l'ouverture dans le sol, à supposer qu'une telle ouverture existe bien. Même en examinant la photo de près, il était impossible de discerner où se trouvait la serrure. Et rien ne disait que la cachette n'avait pas déjà été découverte, des années plus tôt. Ni même comment ils parviendraient à y accéder sans éveiller de soupçons. Leur plan dépendait de multiples éléments en équilibre instable les uns sur les autres.

— C'est de la folie, non ? avait-il demandé à Hana en quittant l'hôtel pour se rendre à l'aéroport.

Leur approche subreptice ne lui plaisait guère, mais il avait conscience que le propriétaire actuel du château ne serait probablement pas très enjoué à l'idée de laisser l'Église prendre possession du voile, même moyennant une compensation pécuniaire.

— Absolument, avait-elle répondu platement. Mais qu'est-ce qu'on risque, à part de se retrouver derrière les barreaux pour avoir pénétré dans le château par effraction ?

— Le voyage va être long, soupira Dominic.

Ils arrivèrent à Dortmund le lendemain à dix-huit heures et montèrent à bord de leur voiture de location pour se rendre au château de Wewelsburg, à une heure de route de là, qui leur servirait d'hôtel et de base d'opérations. Avant de quitter Buenos Aires, Hana avait réservé quatre lits dans l'auberge de jeunesse du château pour les autres membres de leur équipe : Karl, Lukas, Milosh et Shandor. C'était là un rouage essentiel du plan de Dominic qui leur donnerait accès à la chambre des généraux, et donc à l'horloge et au soleil noir.

Il ne leur restait plus qu'à prier pour que la chance soit de leur côté.

CHAPITRE

VINGT-CINQ

Karl et Lukas attendaient Dominic et Hana dans le vestibule de l'hôtel Walz quand deux jeunes hommes qui venaient visiblement ici pour la première fois de leur vie franchirent la porte d'entrée. Karl les reconnut immédiatement : c'étaient les deux Roms avec qui il avait participé à une mission à la station de ski de Chamonix, en France, quelques mois plus tôt.

— Milosh ! héla Karl, tout sourire.

Ravis d'apercevoir un visage familier, les deux frères se précipitèrent vers Karl et lui offrirent chacun leur tour une accolade chaleureuse. Karl leur présenta son acolyte, Lukas, et tous les quatre s'assirent en attendant que Dominic et Hana pointent le bout de leur nez.

— Nous dormirons dans l'auberge de jeunesse de l'hôtel, expliqua Karl aux nouveaux venus. Ainsi, nous aurons plus de chance de parvenir à nos fins. Le père Michael nous transmettra d'autres instructions à son arrivée. Je n'en sais pas plus pour le moment.

Les quatre hommes passèrent la demi-heure suivante

à discuter dans la bonne humeur, jusqu'à ce qu'ils aperçoivent Hana et Dominic dans le hall.

Une fois les salutations d'usage expédiées, Hana s'occupa de l'enregistrement et récupéra les clés de leurs chambres respectives. Après quoi, tout le monde se retrouva dans celle de Dominic.

Ce dernier avait étalé le plan du château sur la table. Certaines zones étaient publiques, d'autres privées. La chambre des généraux était interdite d'accès, ce qui était à la fois une bonne et une mauvaise nouvelle. D'un côté, cela signifiait qu'ils ne risquaient pas d'être dérangés par des visiteurs pendant leur opération, mais de l'autre, s'ils se faisaient attraper, ils devraient en découdre avec la justice du chef-lieu de Paderborn. Ce château de plus de 400 ans était classé monument historique et le Musée historique du Haut-Évêché de Paderborn, malgré son passé sinistre (à moins que ce ne soit en hommage à ce dernier) était considéré comme un trésor national.

Dominic leur présenta ensuite son plan d'action.

— Karl. Lukas, Milosh, Shandor et toi, vous serez dans l'aile est de l'hôtel. L'établissement ferme ses portes à 22 h 30 et tous les résidents doivent regagner leur chambre avant cette heure. À 22 h 45, vous emprunterez l'escalier de secours au deuxième étage, juste là, dit-il en pointant un endroit sur la table. Vous descendrez dans la chambre des généraux qui se trouve ici, poursuivit-il en faisant glisser un index sur le plan. Milosh, tu devras crocheter la serrure pour ouvrir la porte. Tu as pris tes outils ?

Milosh sourit et sortit un étui en tissu ciré enroulé sur lui-même dans lequel étaient rangés plusieurs outils de crochetage professionnel.

— Parfait. Lukas, tu surveilleras l'entrée. Si jamais un membre du personnel t'aperçoit, dis-leur que tu cherches la cuisine parce que tu as un petit creux de minuit ou une autre excuse de ce genre. Quoi qu'il arrive, il ne faut surtout pas qu'ils entrent dans la chambre des généraux. Quant à vous autres...

Dominic attribua à chacun une liste de tâches détaillées. Tout le monde comprit son rôle et l'importance du timing précis pour le bon déroulement de l'opération.

— Vous feriez mieux d'aller vous enregistrer dès maintenant, suggéra Hana en baissant les yeux sur sa montre. Essayez de demander une visite guidée du château, voire même de la chambre des généraux, si possible. Ça nous serait d'une grande aide si vous pouviez y jeter un coup d'œil au préalable. Michael et moi ne nous joindrons pas à vous. Nous avons tous les deux dépassé l'âge limite pour séjourner dans une auberge de jeunesse. Ce qui veut dire que vous devrez vous débrouiller sans nous.

— Quand vous aurez fini, regagnez votre chambre et envoyez un message pour me tenir au courant des événements, puis allez vous coucher. Demain matin, rendez vos clés et retrouvez-nous ici à la première heure. En cas de problème, essayez de nous appeler à ce numéro.

Il ouvrit un tiroir et sortit une feuille de papier à lettres sur laquelle il indiqua le numéro de sa chambre.

— Et vous avez aussi mon numéro de portable, ajouta-t-il en tendant la feuille à Karl.

Sur ces mots, les quatre jeunes hommes quittèrent l'hôtel à bord de la Jeep Wrangler et se rendirent à l'auberge de jeunesse de Wewelsburg, à cinq kilomètres de là.

CHAPITRE

VINGT-SIX

Il était tout juste vingt-et-une heures passées lorsque Karl et son équipe arrivèrent devant l'imposant château, dont la silhouette sombre se dessinait sur le ciel noir par cette nuit sans lune. Une fois la Jeep garée sur le parking clientèle, ils s'approchèrent à pied. Deux grandes tourelles flanquaient l'entrée composée d'un pont d'époque médiévale et d'une porterie. En-dessous, un large pont en pierre surplombait des douves vides qu'Himmler avait eu l'intention de finir de construire avant la guerre. Une lueur émanait des fenêtres d'un long balcon au-dessus de l'entrée et une porte voûtée conduisait à une cour intérieure uniquement accessible aux piétons tant l'entrée était étroite.

Karl prit la tête de la petite troupe et traversa le pont et la porte voûtée pour pénétrer dans le bureau lumineux qui faisait office de réception. Lorsqu'ils franchirent le seuil, un berger allemand se leva pour venir les saluer et réclamer des caresses d'un coup de museau. Chacun leur tour, ils lui grattouillèrent la tête et les oreilles, jusqu'à ce que l'animal se soit habitué aux nouveaux arrivants. Lukas, qui avait côtoyé beaucoup de chiens lorsqu'il faisait partie de l'unité K-9 de l'armée suisse, joua un moment avec la bête à quatre pattes qui s'appelait Fritzi, leur révéla la manager de l'établissement, *Frau* Schneider. Il lui offrit même quelques friandises pour chien qui traînaient dans un bol sur le comptoir, avant d'en empocher quelques-unes par réflexe.

Une fois leurs passeports respectifs vérifiés, le modèle du véhicule qu'ils venaient de garer sur le parking enregistré et les deux chambres payées, *Frau* Schneider leur tendit un jeu de clés et une carte du château, et entoura au crayon la localisation de leurs chambres. Elle leur expliqua le règlement intérieur : couvre-feu à vingt-deux heures trente, interdiction de fumer, de faire la fête ou de mettre la musique trop fort, et défense de déambuler dans le château sans être accompagné d'un membre du personnel. Ils pourraient faire une visite guidée le lendemain ; il était trop tard pour ce soir étant donné qu'elle était seule de garde.

Bien que déçu de ne pouvoir visiter les lieux, Karl considéra cette nouvelle comme rassurante. Si *Frau* Schneider était la seule employée présente, leurs activités avaient moins de risques d'être interrompues. La tour de la chambre des généraux se trouvait suffisamment loin de la réception ; elle ne les entendrait pas s'affairer.

Quand la petite troupe eut quitté son bureau, *Frau* Schneider s'en retourna à son poste de télévision dans l'arrière-boutique, Fritzi sur ses talons.

. . .

Les quatre jeunes hommes finirent par trouver leurs chambres adjacentes et il fut décidé que Karl et Lukas s'installeraient dans la première, tandis que Milosh et Shandor prendraient la seconde. Ils défirent leurs bagages en attendant l'heure du rendez-vous.

— C'est plus confortable que nos tentes dans la forêt, non ? fit remarquer Shandor à l'intention de Milosh qui acquiesça d'un signe de tête en s'allongeant sur le lit moelleux.

— C'est ça, la vie de *gorger*, rétorqua Milosh en faisant référence aux gens extérieurs à leur communauté.

Ils avaient rarement l'occasion de dormir autre part que dans leur campement. Régulièrement contraints par les autorités locales de déménager, les Roms changeaient souvent de lieu de vie. Telle était l'existence des tribus nomades à travers l'Europe et les deux frères n'avaient jamais connu d'autre vie que celle-ci depuis leur enfance. Le lit était un luxe à leurs yeux.

À dix heures quarante-cinq, un léger frappement se fit entendre à la porte. Shandor ouvrit. Lukas et Karl pénétrèrent dans la chambre, ce dernier portant un sac à dos rouge sur l'épaule.

— Prêts ? lança-t-il.

Les trois hommes opinèrent, le visage tendu.

Après avoir jeté un coup d'œil dans le couloir faiblement éclairé pour s'assurer que la voie était libre, Karl conduisit ses compagnons hors de la chambre et ils se dirigèrent en silence vers l'escalier de secours à l'extrémité nord du bâtiment.

Ils poussèrent doucement la porte et descendirent les marches une à une, jusqu'à atteindre une vaste pièce circulaire, deux étages plus bas, conduisant à la chambre des généraux.

Une fois devant l'entrée composée de deux grandes portes en bois richement décorées en bas-relief, Milosh sortit ses outils et se mit rapidement au travail en vue de crocheter la serrure pendant que les autres veillaient au grain. Moins d'une minute plus tard, la serrure céda et tout le monde se faufila à l'intérieur, excepté Lukas qui verrouilla la porte derrière eux et resta dans le hall pour monter la garde.

La chambre des généraux était une gigantesque pièce circulaire de neuf mètres de haut et d'une vingtaine de mètres de diamètre. Douze colonnes de brique et de granit reliaient le sol de marbre au plafond, encadrant douze alcôves fenêtrées, au centre desquelles se trouvait une mosaïque en marbre incrustée dans le sol représentant le *Schwarze Sonne*, le Soleil noir runique qu'Hana leur avait montré sur la photo. La première impression de Karl fut que l'endroit ressemblait davantage à une salle de bal qu'à autre chose. Mais l'idée que cette pièce ait pu servir à d'étranges cérémonies rituelles nazies lui fit froid dans le dos.

Il balaya la chambre du regard et remarqua l'horloge de parquet contre un mur, près d'une porte donnant sur l'aile ouest du château. Il s'en alla l'inspecter pendant que Milosh et Shandor tentaient de trouver la fameuse serrure de la mosaïque.

Au premier abord, le marbre semblait parfaitement lisse et plat, et apparemment impénétrable. Les deux frères allumèrent le bâton lumineux militaire que Karl leur avait donné et une lueur vert fluo éclaira la pièce. Ils s'agenouillèrent pour examiner les tuiles de plus près. Peut-être y trouveraient-ils des fissures permettant de les soulever. Mais après avoir inspecté chaque recoin de la mosaïque, ils durent se rendre à l'évidence : ils n'avaient pas la moindre idée de comment accéder à ce qui se trouvait sous la mosaïque.

Shandor s'approcha alors du centre du soleil en tenant la lampe à bout de bras au-dessus de sa tête et remarqua un petit tas de poussière sur le bord de la tuile circulaire centrale. De toute évidence, cela ne faisait pas partie du dessin d'origine.

— Milosh, passe-moi un petit outil fin. Une aiguille ou un tournevis, par exemple.

Milosh déroula son étui en tissu ciré et en sortit un crocheteur de serrure qu'il tendit à son frère. Shandor se mit alors à gratter le petit amas de poussière compacte qui se détacha, révélant un trou dans lequel s'était accumulée la saleté au fil des ans, le rendant indissociable des autres fissures crasseuses de la mosaïque.

Progressivement, il creusa de plus en plus profond, retirant la crasse au fur et à mesure jusqu'à dévoiler un trou circulaire d'environ douze millimètres de profondeur.

Un coup d'œil en diagonale, de l'autre côté de la tuile centrale, et il repéra un autre amas de terre compacte sur lequel il entreprit le même processus de dépoussiérage. Quelques minutes plus tard, il avait découvert un deuxième trou d'un centimètre environ.

Relevant les yeux vers Milosh, il sourit à son frère qui lui décocha un regard victorieux.

. . .

Entre-temps, Karl était parvenu sans grande difficulté à déverrouiller la porte en verre de l'horloge de parquet. La serrure était faite pour accueillir une simple clé passe-partout, rien de bien difficile à crocheter à l'aide de son couteau suisse, surtout après la démonstration de son collègue Dieter Koehl des forces spéciales de la Garde suisse, quelques mois plus tôt.

Il alluma un autre bâton lumineux vert fluo et se mit à la recherche de quelque chose pouvant faire office de clé à l'intérieur de l'horloge. Ne trouvant rien de la sorte, il s'intéressa au mécanisme du balancier, en prenant garde à ne pas faire bouger les poids pour éviter de faire du bruit.

L'horloge indiquait vingt-deux heures cinquante-sept lorsque Karl arrêta le lest de pendule. Cinq tiges étaient attachées à la grosse boule du pendule, cette partie décorative qui oscillait de gauche à droite au rythme des secondes. Karl palpa chaque tige de la main à la recherche d'une clé, mais ne rencontra rien d'autre qu'une surface lisse et plate. Sur la tige centrale, ses doigts effleurèrent deux boutons métalliques d'environ six millimètres de diamètre et douze millimètres de long, espacés de la longueur d'une main, mais il n'y prêta pas attention et supposa qu'il s'agissait simplement d'un détail de fabrication, rien qui ne puisse faire office de clé.

Frustré, il se redressa et examina le mécanisme entier, comme si la réponse allait lui sauter aux yeux. Où pouvait bien se trouver cette fichue clé ?

Il tourna la tête et aperçut Milosh et Shandor, agenouillés par terre, en train de sourire.

— Psst ! murmura-t-il. Vous avez trouvé quelque chose ?

Les deux frères se relevèrent et se précipitèrent vers lui.

— Karl ! chuchota Milosh avec excitation. On a trouvé deux trous ronds dans le marbre. Ils font environ six centimètres de diamètre, douze millimètres de profondeur et sont espacés de deux mètres. C'est sûrement là que doit aller la clé. Il faut donc trouver quelque chose de long avec deux petites protubérances, probablement en métal, qui pourrait servir à faire tourner la plaque de marbre au centre de la mosaïque.

Karl mit quelques secondes à digérer l'information. Les deux boutons que ses doigts avaient effleurés ! Ils correspondaient sensiblement aux dimensions que Milosh venait de décrire. Replongeant la main dans le tronc de l'horloge, il les palpa de nouveau, derrière la tige centrale du pendule. Ça devait être ça !

Soulevant le bâton lumineux au-dessus de sa tête, il examina le crochet qui retenait les cinq tiges et découvrit que chacune d'entre elles pouvait être retirée de la suspension indépendamment des autres. En inspectant le mécanisme de plus près, il se rendit compte que la tige centrale ne servait aucunement au fonctionnement de l'horloge. Un crochet supplémentaire avait été fabriqué juste pour elle mais passait inaperçu au milieu des quatre autres. Quelle idée brillante ! Il entreprit de la détacher soigneusement du mécanisme et la sortit de l'horloge.

Relevant les yeux sur les deux frères Roms, il leur adressa un sourire silencieux, et tous trois se dirigèrent avec impatience vers le centre du soleil noir.

VINGT-SEPT

Devant la porte de la chambre des généraux, Lukas montait toujours la garde dans l'ombre. Patient de nature, il était néanmoins de plus en plus angoissé à mesure que les minutes s'écoulaient. Combien de temps ses amis allaient-ils rester là-dedans ? N'ayant rien d'autre à faire pour s'occuper l'esprit, il ne put s'empêcher de penser au pire.

Ce fut alors qu'un bruit retentit. Et pas des plus accueillants. Un grognement sourd s'éleva de l'obscurité, à l'autre extrémité du couloir. Lukas comprit immédiatement qu'un gros animal se trouvait tapis dans le noir et s'approchait lentement de lui. Certainement un chien. Il tenta le tout pour le tout.

— Fritzi ?

Le grognement prit fin. L'instant d'après, Fritzi sortait de l'ombre en remuant la queue. Lukas plongea une main dans la poche de sa veste et en sortit les friandises pour chien qu'il avait prises sur le comptoir. Il se baissa pour les offrir à Fritzi et lui caresser la tête.

Puis, des pas se firent entendre et la lueur d'une lampe torche chassa les ombres du couloir. C'était *Frau* Schneider.

— Qu'est-ce que vous fichez ici à une heure pareille ? le sermonna-t-elle en allemand.

— Je, euh... Je cherchais les toilettes et je me suis perdu, balbutia-t-il d'une voix plus forte que nécessaire dans l'espoir que ses collègues l'entendent. Heureusement que Fritzi m'a trouvé. Vous pourriez me montrer le chemin ? Je ne suis pas sûr que Fritzi soit un très bon guide.

Frau Schneider lui lança un regard soupçonneux, puis braqua sa lampe de poche sur la porte de la salle des généraux. Elle avança, secoua la poignée pour s'assurer qu'elle était bien fermée, puis reporta son attention sur Lukas.

— Je vais vous montrer où sont les toilettes. Suivez-moi, ordonna-t-elle en s'éloignant.

Lukas lui emboîta le pas et tenta de lui faire la conversation pour dissiper ses doutes.

— Je fais partie de la Garde suisse du Vatican, mais j'ai fait partie de l'armée suisse, il fut un temps. J'avais un berger allemand comme le vôtre, quand je partais en mission avec mon unité K-9. C'est peut-être pour ça que Fritzi m'aime bien.

— Il aime tout le monde, cet idiot. Tu parles d'un chien de garde ! plaisanta-t-elle d'un ton plus doux. Alors comme ça, vous protégez le Saint-Père à Rome.

— C'est cela ! C'est un grand honneur de faire partie de la Garde suisse pontificale.

— Je suis catholique, vous savez. J'adorerais pouvoir rencontrer Sa Sainteté en personne. Vous pensez que c'est quelque chose que vous pourriez arranger ?

demanda-t-elle en lui lançant un petit regard amusé en coin.

Lukas rit.

— Oh, vous pouvez toujours vous joindre aux fidèles sur la place Saint-Pierre.

Frau Schneider laissa échapper un petit rire sec.

—*Ja*, c'est bien ce que je pensais, dit-elle d'un ton plus amical.

Elle pointa du doigt la porte des toilettes des hommes qu'ils venaient d'atteindre dans l'aile est.

— Tenez, voici les toilettes, *mein Herr*. À présent, au dodo !

Sur ces mots, elle retourna à son bureau, Fritzi sur ses talons, et Lukas pénétra dans les toilettes.

Pfiou ! Ce n'était pas passé loin.

Il attendit quelques minutes avant de jeter un coup d'œil dans le couloir et repartit discrètement en direction de la chambre des généraux dans l'aile ouest.

QUELQUES MINUTES PLUS TÔT, Karl et les deux Roms avaient entendu la poignée de la porte remuer et le son d'une conversation dans le couloir. Alarmés, ils s'étaient dispersés dans la pièce en silence, se cachant chacun derrière l'une des épaisses colonnes de pierre, inquiets à l'idée que celui ou celle qui trouvait de l'autre côté de la porte pénètre dans la chambre et fasse voler leur opération en éclats.

L'instant d'après, les voix s'éloignèrent. Lukas avait dû gérer la situation, quelle qu'elle soit. Quand ils n'entendirent plus que le silence, ils sortirent de leur cachette et se remirent au travail.

Une fois la tige du balancier retirée de l'horloge, toute l'équipe se dirigea vers le centre du soleil noir.

Karl se pencha, tige en main, et aligna les deux broches avec les trous dans le sol de marbre. Elles s'y insérèrent à la perfection ! Il tenta ensuite de faire tourner la tige dans le sens inverse des aiguilles d'une montre pour dévisser la mosaïque qu'il supposa être une sorte de couvercle. Cette dernière ne bougea pas d'un poil.

Après avoir examiné la tuile centrale, il remarqua un cercle de saleté et le montra à Milosh et Shandor. Armés de leurs outils de crochetage, les deux frères se mirent à gratter la crasse solidifiée depuis des lustres. Au bout d'un moment, un anneau circulaire apparut clairement autour de la tuile. Des décennies de poussière s'étaient accumulées dans les fissures et les nettoyer ne fut pas une tâche facile.

Une fois l'anneau suffisamment dégagé, Karl tenta une fois de plus de faire tourner la tige pour ouvrir le couvercle.

Cette fois, la mosaïque bougea ! Ils y étaient presque !

Petit à petit, il parvint à faire tourner la mosaïque, un centimètre après l'autre, lentement mais sûrement, jusqu'à ce qu'il ait effectué un tour complet. Les quatre tours suivants furent plus faciles, la saleté s'étant effritée, et le couvercle finit par se dévisser entièrement de son socle.

Les trois hommes échangèrent un regard. L'excitation était à son comble. Karl souleva le couvercle de marbre, un geste que personne n'avait dû faire depuis qu'Himmler avait quitté Wewelsburg avant de se suicider, en 1945.

Il déposa le couvercle et la tige de l'horloge sur le côté,

puis leva son bâton lumineux au-dessus de sa tête pour jeter un coup d'œil dans la cavité.

Il y distingua un petit coffre-fort vertical fermé par une serrure à clé ordinaire. Pas de combinaison. Milosh sourit. L'ouvrir allait être du gâteau.

Il déroula son étui pour étaler ses outils et en sortit deux crochets adaptés à ce genre de serrure : un demi-diamant et un serpent. Il les inséra et se mit à les racler à l'intérieur pour faire céder le cadenas.

— Où as-tu appris à crocheter les serrures ? s'enquit Karl dans un murmure.

— Je suis gitan. C'est dans mes gênes ! plaisanta Milosh avec fierté. Plus sérieusement, c'est un voïvode d'expérience qui m'a montré comment faire. Il disait souvent qu'un crochet, c'est comme un appât à poisson, sauf que ça sert à attraper le pêcheur, pas le poisson.

Quelques instants plus tard, le mécanisme de la serrure cliqua et le couvercle du coffre-fort se souleva de ses gongs. Ensemble, les trois hommes le hissèrent.

À l'intérieur se trouvait un unique objet : une boîte en albâtre blanche. Karl la sortit précautionneusement de sa cachette et la posa sur le sol en marbre. Un rapide coup d'œil à l'intérieur du coffre confirma que ce dernier était désormais vide.

Il ouvrit le couvercle de la boîte.

Cette dernière contenait un amas de tissu d'apparence légère de différentes couleurs. N'osant pas le déplacer, et conformément aux instructions de Dominic qui lui avait dit de ne pas toucher le voile s'ils le trouvaient, il referma le couvercle, enveloppa la boîte en albâtre dans la serviette de toilette qu'il avait apportée avec lui et fourra le tout dans son sac à dos.

— Allons-y, dit-il aux deux frères. Notre tâche est accomplie.

Karl referma le coffre-fort, revissa le couvercle circulaire au-dessus de la cavité, puis ramena la tige là où il l'avait trouvée. Une fois en place, il donna un petit coup dans la boule du pendule pour redémarrer le mécanisme de l'horloge et tourna les aiguilles pour la remettre à l'heure actuelle, vingt-trois heures vingt-huit, avant de refermer la lucarne.

Chacun vérifia qu'il n'avait rien laissé derrière lui, puis se dirigea vers la porte de sortie en silence. Quand tout le monde fut prêt, ils frappèrent deux petits coups pour prévenir Lukas qu'ils s'apprêtaient à sortir et attendirent. Deux autres petits coups retentirent, signe que Lukas avait regagné son poste et que la voie était libre.

Karl ouvrit la porte et les trois hommes émergèrent de la chambre des généraux. Il referma derrière lui et verrouilla la porte.

L'horloge sonna un coup dans leur dos alors qu'ils s'éloignaient, indiquant vingt-trois heures trente, et le son se réverbéra en écho sur la surface en marbre du sol de la chambre des généraux.

À présent plus tranquilles que leur tâche était accomplie, les membres de la petite équipe regagnèrent leur chambre pour une bonne nuit de sommeil.

Avant de fermer l'œil, Karl envoya un message à Dominic comme convenu pour l'informer que la mission avait été un succès. Ils se retrouveraient à la première heure, le lendemain matin.

VINGT-HUIT

Le lendemain matin, à la première heure, toute l'équipe s'était rassemblée dans la chambre de Karl. Quand ils passèrent à la réception, *Frau* Schneider était sur le point de quitter son poste, laissant la place à son collègue, le vieux *Herr* Becker, pour la journée.

Fritzi se précipita vers Lukas dans l'espoir d'obtenir une autre friandise pendant que Karl et Milosh rendaient leurs clés et récupéraient les passeports de chacun.

— Alors, messieurs, quels sont vos plans pour la suite ? Vous avez d'autres châteaux à explorer sur votre liste ? s'enquit *Frau* Schneider.

— Non, j'ai bien peur que la fin des vacances n'ait sonné, répondit Karl. On retourne à Rome. Le Vatican nous appelle.

La femme jeta un regard aux deux gitans aux cheveux longs en haussant un sourcil circonspect.

— Oh, nos amis ici vivent en France, précisa Karl en

suivant la ligne de mire de la dame. On revient d'un *road trip* en Allemagne.

Cette explication sembla convenir à la gérante.

— Très bien. *Auf wiedersehen*, messieurs. Revenez nous voir, quand vous en aurez l'occasion. Allez, Fritzi, rentrons à la maison.

Et elle sortit du bureau, le chien sur ses talons.

Après avoir pris congé d'*Herr* Becker, les trois hommes quittèrent les lieux et traversèrent le pont menant au parking sous le soleil matinal. Leur mission accomplie, ils étaient de bonne humeur et impatients de partager leur trouvaille avec Dominic et Hana à l'hôtel.

Sur le large pont de pierre, ils croisèrent quatre hommes qui approchaient en sens inverse. Karl leur adressa un signe de tête et un sourire en leur souhaitant « *Guten tag* », et les trois plus jeunes, tous de grands hommes blonds bien bâtis, lui rendirent son salut. Le quatrième, un peu plus âgé et taillé comme un soldat, n'était pas le genre de client que l'on aurait typiquement croisé dans une auberge de jeunesse, nota Karl. Et il portait un imperméable, un choix étrange étant donné la température agréable en cette journée de printemps.

Une fois les bagages chargés dans le coffre de la Jeep Wrangler, Karl sortit du parking, direction l'hôtel Walz, à quelques kilomètres de là.

— *Guten tag*, dit Jacob Rausch au vieil homme assis derrière le comptoir du bureau de l'auberge. Nous aimerions faire une visite guidée du château.

Herr Becker cligna des yeux derrière ses lunettes à

monture épaisse et tourna la tête vers l'horloge accrochée sur le mur.

— La première visite de la journée commence dans une heure. Le guide n'est pas encore arrivé. Je vous invite à patienter.

— C'est surtout la chambre des généraux qui nous intéresse, poursuivit Rausch en ignorant l'information. Elle contient quelque chose de très important. Vous ne pourriez pas l'ouvrir une minute pour qu'on y jette un coup d'œil ?

Becker ne plia pas.

— J'ai bien peur que non, jeune homme. Je dois rester à mon poste et il n'y a personne pour vous accompagner à cette heure-ci. C'est la règle.

L'homme plus âgé que les autres s'avança en plongeant la main dans la poche intérieure de son imperméable et en sortit un portefeuille qu'il ouvrit pour dévoiler un badge de policier et une pièce d'identité. Les tentacules de l'Ahnenerbe s'étendaient à travers toute l'Allemagne, même au sein des forces de l'ordre, ce qui se révélait souvent utile dans ce genre de situation.

— Agent Jäger, de la *Bundespolizei.* Je me permets d'insister pour que vous nous ouvriez la chambre des généraux dès maintenant. Il s'agit d'une affaire d'importance étatique.

Becker lut nerveusement les informations sur la pièce d'identité.

— *Ja*, monsieur l'agent. Si vous insistez, je me vois obligé d'accepter.

Becker fit le tour du bureau, posa un écriteau « Je reviens tout de suite » en plusieurs langues sur le comptoir et conduisit les quatre hommes jusqu'à l'aile est du château.

— Je doute que vous y trouviez quoi que ce soit, expliqua-t-il tout en se dirigeant vers leur destination. Cette pièce est quasiment vide et n'a pas bougé depuis des siècles. On ne l'utilise que très rarement.

Personne ne répondit à son commentaire et le silence retomba. Quand ils atteignirent la chambre des généraux, Becker sortit un trousseau de clés, trouva celle dont il avait besoin et déverrouilla les portes en bois pour laisser passer ses étranges visiteurs.

Rausch ouvrit la voie, Christof, Günther et leur complice de la police sur ses talons. Les quatre hommes se dispersèrent dans la pièce désormais bien éclairée et se mirent à fouiller chaque recoin. Deux éléments en particulier attirèrent l'attention de Rausch : la caméra de sécurité installée en haut d'une colonne au fond de la pièce et autre chose au niveau du soleil noir.

— *Herr* Becker, est-ce que vous balayez ou cirez souvent cette pièce ?

— *Ja*, nous la maintenons en parfaite condition. Pourquoi cette question ?

— Il y a de la saleté là, sur le *Schwarze Sonne*. C'est normal ?

Becker s'avança jusqu'à la mosaïque et l'examina de plus près, puis haussa les sourcils, surpris.

— Non, c'est très inhabituel, même. Je ne saurais vous dire pourquoi c'est là. Il faudra que j'en parle à mon responsable.

Rausch s'agenouilla et remarqua deux petits trous de chaque côté de la tuile centrale qui se détachaient clairement du reste de la mosaïque. Il releva les yeux vers le vieil homme.

— Auriez-vous une paire de tournevis à me prêter ? demanda-t-il avec calme.

Becker cligna des yeux plusieurs fois tout en réfléchissant.

— Il doit y en avoir dans le placard du concierge dans le couloir. Je vais voir.

Pendant que Becker s'éloignait, Rausch s'approcha de l'horloge de parquet à la recherche de la fameuse clé mentionnée dans l'énigme d'Himmler.

« La clé dodeline », disait le texte. Cela limitait donc ses recherches au balancier. Il arrêta le mouvement de l'horloge et inspecta les tiges l'une après l'autre en faisant glisser sa main le long de chacune. Celle du milieu comportait deux protubérances saillantes sur l'arrière. Leur taille et leur espacement semblaient correspondre aux trous dans la mosaïque. Il devait s'agir de la clé. Un coup d'œil en haut du mécanisme lui apprit que les tiges étaient retenues par un crochet et il ôta celle du milieu.

Au même instant, Becker revint avec deux tournevis.

— Nous n'en avons plus besoin, *danke*. Jäger, tu peux regarder les enregistrements vidéo de ces deux derniers jours, en commençant par les plus récents ? demanda-t-il au policier en désignant la caméra de sécurité du doigt. J'ai comme l'impression que cette saleté est récente.

— *Herr* Becker, pourriez-vous me montrer votre matériel de surveillance ?

Et les deux hommes sortirent de la pièce pour se rendre dans le bureau de l'auberge.

Rausch apporta la tige de l'horloge au centre de la

mosaïque, s'agenouilla et l'inséra dans les trous. Quand il la tourna dans le sens inverse des aiguilles d'une montre, la tuile centrale s'ouvrit. Quatre tours plus tard, le couvercle se détacha entièrement, révélant un coffre-fort verrouillé.

Il releva les yeux vers Christof et Günther.

— Je doute que Becker ou quiconque ici soit au courant de l'existence de ce coffre. Nous pouvons donc faire une croix sur la clé. De toute évidence, Dominic et son équipe sont passés avant nous, à en juger par la saleté qui nous entoure. Je suppose qu'ils ont déjà dû crocheter la serrure. Je propose que l'on aille voir les enregistrements vidéo.

Les trois hommes se précipitèrent hors de la chambre des généraux. Quand ils arrivèrent dans le bureau, Becker était en train de visionner les vidéos de surveillance sur l'ordinateur.

— Les images sont-elles retransmises en direct sur cet écran ? s'enquit le policier.

— Non, répondit Becker, visiblement perplexe. Ces enregistrements sont classés dans nos archives. Ce n'est pas la Deutsche Bank, ici.

Quand l'image apparut sur l'ordinateur, Becker fit défiler la vidéo à l'envers. Ils se virent eux-mêmes en train d'inspecter la pièce, puis observèrent la pièce vide un bon moment.

Enfin, trois hommes apparurent à l'écran, en train de marcher à l'envers de la porte vers la mosaïque, au centre de laquelle ils s'agenouillèrent. Même avec la vision infra-rouge de la caméra de surveillance, leur visage étaient méconnaissables dans la pièce faiblement éclairée.

— Je vais prendre la suite, déclara Rausch d'un ton sans équivoque.

Il s'assit sur la chaise de bureau et déplaça le curseur de la vidéo jusqu'à la première apparition des inconnus dans la pièce, puis cliqua sur le bouton lecture.

Médusés, ils virent les trois hommes ouvrir le couvercle de la mosaïque à l'aide de la tige de l'horloge. Puis, l'un d'entre eux, un jeune homme aux cheveux longs, s'affaira un instant devant le coffre-fort, outils en main, de toute évidence pour crocheter la serrure qui finit par céder. Son compagnon en extirpa une boîte blanche qu'il posa sur le sol, puis rangea dans son sac à dos rouge.

Rausch appuya sur pause, puis cogna du poing sur la table avec colère, ce qui fit sursauter *Herr* Becker.

— Je ne savais même pas qu'il y avait un coffre dans cette pièce, ni même une cachette dans le sol, d'ailleurs, marmonna-t-il comme pour lui-même.

Rausch réfléchit. Ni Dominic ni Hana Sinclair n'apparaissaient sur l'enregistrement. Toutefois, il ne faisait aucun doute que ces hommes étaient leurs complices. Un coup d'œil à l'heure indiquée sur l'enregistrement lui apprit que les événements avaient eu lieu la veille, pendant la nuit. Les coupables devaient encore être dans les parages. Peut-être même qu'ils séjournaient dans cette auberge.

Soudain, une image lui revint comme un flash : celle des quatre hommes qu'ils avaient croisés sur le pont. L'un d'entre eux avait un sac à dos rouge, comme celui de la vidéo. C'était eux ! Le visage de celui qui leur avait dit bonjour était encore fraîchement imprimé dans sa mémoire. Jamais il ne l'oublierait.

— *Herr* Becker, pourriez-vous me donner l'identité des hommes qui ont quitté cet établissement ce matin et le modèle de leur véhicule, je vous prie ?

— Ce sont des informations privées, protesta Becker. Je ne peux pas v...

Jäger se racla bruyamment la gorge pour lui rappeler qui il était.

— Oh, euh... D'accord, très bien. Je vais regarder, marmonna Becker en ouvrant le registre de la clientèle. Il s'agissait de messieurs Karl Dengler, Lukas Bischoff, Milos Lakatos et Shandor Lakatos. Ils conduisaient une Jeep Wrangler enregistrée au nom de monsieur Dengler.

—Allons-y ! ordonna Rausch à ses compagnons.

VINGT-NEUF

— Vous l'avez trouvé ! s'exclama Dominic surexcité quand Karl et Lukas pénétrèrent dans sa chambre d'hôtel. Toutes mes félicitations ! Où sont Milosh et Shandor ?

— Ils ont décidé de rentrer chez eux, maintenant que leur tâche est terminée, répondit Karl. Milosh te passe le bonjour et te dit de lui passer un coup de fil si jamais tu as besoin d'autre chose. Cette opération leur a bien plu.

— Je téléphonerai à leur père pour les récompenser pour leurs efforts, dit Dominic. À présent, voyons voir ce que contient cette boîte.

Il sortit une paire de gants de conservation de son sac à dos pendant que Karl extirpait précautionneusement la boîte en albâtre de son sac à dos pour la poser sur le lit. Tous les yeux étaient rivés sur ce trésor comme s'il avait des pouvoirs mystiques.

— L'albâtre est extrêmement bien conservé, pour un objet vieux de deux mille ans, fit remarquer Hana. On dirait presque qu'il est translucide.

— C'est probablement de l'albâtre oriental extrait de mines égyptiennes, expliqua Dominic en examinant la boîte de plus près. Ce genre de pierre était souvent utilisée pour la fabrication d'objets sacrés ou de sépultures comme les sarcophages ou les bouteilles de parfum. On a même retrouvé des jarres en albâtre dans la tombe du roi Toutankhamon datant de mille trois cents ans avant Jésus-Christ. Ça résiste extrêmement bien à l'épreuve du temps.

Ses gants enfilés, Dominic défit doucement le crochet en bronze et souleva le couvercle qui s'ouvrit aisément tout en restant attaché aux deux gonds en pierre qui le retenaient au coffret.

À l'intérieur se trouvait un tissu d'une finesse extrême, visiblement en excellente condition, mais tellement fin que Dominic craignit de l'endommager en le manipulant. Il l'effleura légèrement pour en tester la résistance et, une fois certain que l'objet n'allait pas se désintégrer entre ses mains, il le souleva avec précaution et le sortit de son étui.

— Ce tissu est fait en byssus, cela ne fait aucun doute, nota-t-il. Les fibres de byssus sont fabriquées à partir de mollusques de la mer Méditerranée. Ce sont ces espèces de barbes que l'on trouve sur les moules. Une fois récoltés, les filaments sont tissés pour en faire des vêtements très légers comme celui-ci. C'est ce qu'on appelle la soie marine. Le processus de fabrication est long et fastidieux, ce qui fait de ce tissu un spécimen extrêmement rare.

Avec la plus grande délicatesse, il déplia le voile qui s'ouvrit devant lui. Le tissu était étonnamment souple, peu habitué à être manipulé ou présenté à la lumière.

Sur son envers était imprimé le visage d'un homme aux cheveux longs et filandreux, le visage manifestement roué de coups, doté d'un nez proéminent et d'une paire d'yeux d'un calme olympien. Çà et là sur le tissu, des traces sombres ressemblaient à du sang séché.

Chacun contempla l'image bouche bée, dans un silence absolu.

Ému au-delà des mots, Dominic récita une prière silencieuse, les mains tremblantes. De tous les artefacts qu'il avait eu l'occasion de voir au cours de ses nombreuses années au service de l'Église, celui-ci était indéniablement le plus incroyable de tous. Il n'arrivait pas à s'en détacher, comme si le Christ en personne regardait au plus profond de son âme.

La réaction d'Hana fut plus viscérale ; des larmes roulèrent sur ses joues tandis qu'elle admirait l'image sacrée. Karl et Lukas tombèrent à genoux, se signèrent et joignirent les mains en murmurant une prière à voix basse.

Après un long moment de recueillement, Dominic,

dont l'esprit n'avait cessé de s'affairer pour essayer de comprendre les caractéristiques d'un tel artefact et le mystère du transfert divin, reprit la parole.

— Bien que l'on dirait une peinture, les propriétés du byssus sont connues pour empêcher les substances telles que les pigments ou les huiles colorées d'affecter ses fibres naturelles. J'en conclus que cette image n'a pas été dessinée. La sphère scientifique s'arrache encore les cheveux à ce sujet, donc pour l'instant, je vais m'en remettre à la foi. Si je me souviens bien, ce visage est quasiment identique à celui sur lequel j'ai eu le privilège de poser les yeux dans le *Santuario del Volto Santo*. Ce monastère capucin implanté dans le lieu-dit italien de Manoppello prétend, depuis plus de quatre cents ans, être en possession du voile de Véronique. Le suaire de Turin présente également une similarité troublante avec celui-ci.

— Quoi qu'il en soit, dit Hana en reniflant, cette expérience est extrêmement émouvante, du moins en ce qui me concerne.

— De même, souffla Luka avec dévotion en jetant un regard à Karl qui opina en silence. Je n'arrive pas à croire que nous avons devant nous le visage et le sang de notre Seigneur en personne.

— Bon, reprit Dominic après quelques instants de silence révérencieux. Il est temps de faire nos bagages et de retourner à Rome. Cet objet doit être placé en lieu sûr dans la *Riserva* en attendant que des experts viennent l'examiner.

Il balaya la petite équipe du regard.

— Merci à tous pour votre courage dans cette mission. Le risque était grand et vous méritez tous les éloges du monde, dit-il en se tournant vers Karl et Lukas. Milosh et

Shandor également. Il faudra que j'appelle Gunari pour lui témoigner de ma reconnaissance pour le travail de ses fils.

Hana finit par exprimer à voix haute le tracas qui n'avait cessé de grandir en elle.

— Je sais que je m'y prends un peu tard, mais tu crois que nous allons avoir des problèmes pour l'avoir fait sortir du château de la sorte ?

— J'y ai réfléchi, avoua Dominic. Étant donné qu'Himmler a dissimulé cet artefact il y a maintenant soixante-quinze ans, il est fort probable que personne ne connaissait l'existence de ce coffre-fort. S'il avait été découvert, ça aurait fait les gros titres et le voile aurait eu une place d'honneur dans le musée aujourd'hui, plutôt que d'être encore enterré sous la mosaïque. À mon sens, nous n'avons fait que le libérer des nazis.

Sa justification ainsi audacieusement exposée au su de tous, Dominic ne put s'empêcher de remarquer le regard interrogatif d'Hana. *Avait-il bien fait ? S'agissait-il vraiment de libérer le voile des mains des nazis ou bien était-ce du vol ?* Il allait devoir y réfléchir, mais plus tard.

Une pensée plus terre-à-terre lui vint.

— Karl, tu as vu s'il y avait des caméras de surveillance dans la chambre des généraux ?

Karl réfléchit un instant avant de répondre, l'air confus.

— Honnêtement, je n'ai pas regardé. Mais hormis nos lampes, la pièce était plongée dans la pénombre.

— Je vois. J'imagine qu'il ne nous reste plus qu'à attendre, dans ce cas. En espérant que notre aventure sera passée inaperçue.

Au moment où il prononçait ces mots, son téléphone

sonna. Surpris de voir que l'appel provenait de Milosh, il décrocha.

— Milosh ! Je n'ai pas eu le temps de te remercier…

— Père Michael ! l'interrompit le jeune Rom. On a besoin de votre aide. On s'est fait arrêter par la *polizei* de Marbourg sur le chemin !

TRENTE

— Qu'est-ce qu'il s'est passé ? demanda Dominic.

— On n'a pas la carte grise de la BMW. Ils pensent qu'on l'a volée ! On a besoin que quelqu'un paye notre caution. Vous pouvez venir ?

— Bien sûr, répondit le prêtre, tout en sachant que les gitans avaient effectivement volé la voiture, plusieurs mois auparavant, alors forcément ils ne pouvaient pas en avoir la carte grise. C'est loin d'ici, Marbourg ?

— On a mis seulement une heure pour venir ici, c'est pour ça qu'ils nous ont arrêtés. J'imagine qu'on allait un peu trop vite...

— Dans ce cas, on se voit dans une heure et demie. Soyez sages d'ici là.

— On n'a pas tellement le choix, marmonna Milosh, tout en regardant la cellule qui l'attendait à côté du télé-phone mural d'un gris crasseux.

Dominic se tourna vers les autres et leur expliqua les

nouveaux rebondissements tout en revêtant sa chemise noire et son col romain.

— Karl, puis-je utiliser ta voiture pendant que vous m'attendez ici ?

— Hé ! Il est hors de question que tu y ailles sans moi, déclara fermement Hana.

Dominic hocha la tête.

— Pas de souci, Michael, dit Karl en lui lançant les clés. On va vous attendre ici, avec Lukas. J'imagine que vous serez de retour dans trois ou quatre heures. On va prolonger la réservation de la chambre pour la journée.

— Assurez-vous de garder le voile bien en sécurité. Mettez-le dans le coffre-fort de la chambre ou dans un endroit sûr.

— Il sera très bien dans mon sac à dos. Lukas et moi pouvons nous défendre si besoin est.

— D'accord, à bientôt.

Dominic et Hana partirent à bord de la Jeep pour la ville gothique de Marbourg, en Allemagne.

Assis dans le SUV Mercedes G-class noir de location, toujours garé sur le parking du château de Wewelsburg, Jacob Rausch venait de passer trente minutes à passer au peigne fin tous les hôtels des environs à la recherche d'un client du nom de père Michael Dominic. Büren était une petite ville, il n'y en avait pas tant que ça à appeler, et il finit par trouver sa proie à l'Hôtel Walz, dans un patelin voisin du nom de Salzkotten. Le réceptionniste lui confirma que Dominic était toujours enregistré.

Il donna l'adresse à Jäger, qui était au volant.

— Paderborner Strasse 21. C'est à une quinzaine de minutes d'ici.

— Karl, tu as un petit creux ? Je suis affamé, dit Lukas à son partenaire. J'irais bien nous chercher un *currywurst* au camion en bas de la rue.

— Mmm, carrément, répondit-il en sentant l'eau lui venir à la bouche à la simple idée de déguster ce plat de la restauration rapide traditionnelle allemande. Prends aussi du ketchup extra pimenté. Et deux Coca.

— Le petit déjeuner des champions ! Je vois qu'on parle la même langue. Je reviens dans deux secondes, dit Lukas tout en attrapant ses clés de voiture avant de quitter la chambre.

Tandis qu'il s'éloignait de l'hôtel, Lukas ne prêta pas attention au SUV qui pénétrait le parking.

Après s'être garé près d'un épais aulne vert, Jäger coupa le contact pendant que Jacob, téléphone en main, appelait l'hôtel et demandait à être mis en contact avec la chambre du père Dominic. L'opérateur transmit la connexion, et Karl répondit.

— Allô ?

— Bonjour, Monsieur. C'est le service de chambre, je vous confirme simplement que votre petit-déjeuner ne devrait plus tarder à vous être livré.

— Mais, nous n'avons pas commandé de petit-déjeuner ! s'exclama Karl.

— Ce n'est pas la chambre 237 ? demanda Rausch.

— Non, c'est la 224. Il y a erreur.

— Toutes mes excuses pour le désagrément, Monsieur.

Passez une bonne journée, dit Rausch avant de raccrocher. OK, ils sont dans la 224. Allons-y.

Les quatre hommes — Jacob, Christof, Jäger et Günther — sortirent du SUV et se rendirent à l'hôtel à l'étage supérieur par l'escalier. Quand ils atteignirent la chambre 224, Rausch frappa à la porte.

Karl ouvrit tout en s'extasiant :

— Je ne pensais pas que tu serais de retour si vi...

Soudain, il fut violemment poussé au sol par Günther. Les autres entrèrent et refermèrent la porte.

— Mais c'est quoi ce bordel ? cria Karl.

Jäger sortit un Glock 17 et le braqua sur Karl.

— Donne-nous juste le voile et on te laisse tranquille, dit posément Rausch.

— Je n'ai aucune idée de ce dont vous parlez, répondit Karl avec autant de conviction que possible, tout en se remettant sur pied.

— Günther, chope-le.

Alors que Karl tentait de se relever malgré Günther qui le retenait, Jäger lui assena un coup de crosse à l'arrière du crâne. Du sang se mit à couler de derrière son oreille alors qu'il s'écroulait sur le lit, inconscient.

— Cherchez n'importe quoi qui ressemble à une boîte blanche, ordonna Rausch. Fouillez les sacs à dos.

Les hommes commencèrent à retourner les tiroirs, les placards et les sacs à dos, jusqu'à ce que Christof, tout en fouinant le sac rouge de Karl, ne s'exclame :

— Trouvée !

Il la sortit du sac et la remit à Rausch, qui ouvrit le fermoir pour regarder à l'intérieur.

— C'est ça. Allons-nous-en d'ici.

• • •

Lukas s'approchait de l'entrée de l'hôtel quand Rausch et ses complices franchirent précipitamment la porte à tambour en verre de l'hôtel, ce qui l'empêcha d'entrer avant qu'ils ne soient tous sortis. Il les regarda, suspicieux, avec la vague impression de les avoir déjà vus quelque part. Puis, ça lui revint – leurs deux groupes s'étaient déjà croisés au château de Wewelsburg la veille seulement. Quelle drôle de coïncidence.

Quand leurs chemins se croisèrent, Lukas entendit leur meneur marmonner :

— Dante va vouloir jeter un coup d'œil à ça immédiatement...

La porte tournante s'était refermée derrière lui avant qu'il n'ait pu en entendre plus.

Dante ? Ça ne pouvait pas être le même Dante, tout de même. Sur le qui-vive, il se retourna pour regarder à travers la vitre mais les hommes avaient déjà disparu.

Lukas grimpa les marches deux à deux, ses sacs de courses à bout de bras, et finit par enfin la chambre. Il en ouvrit la porte avec la carte magnétique et, à la vue de Karl sur le lit taché de sang, il laissa tomber les sacs par terre.

— Karl !

Il se précipita vers son partenaire, vérifia son pouls et sa respiration, puis inspecta la blessure sur son crâne. Elle n'était pas trop profonde, mais il fallait faire cesser le saignement. Il courut chercher un linge humide à la salle de bains, puis ouvrit son sac de voyage d'un coup sec et y récupéra un petit kit de premiers soins. Tout en étanchant le flux de sang, il parla à voix basse à Karl et fit pression sur la plaie.

— Je suis là, *Liebchen*, murmura-t-il avec empressement. Allez, réveille-toi maintenant, Karl. Il faut que tu te lèves. Ce n'est pas le moment de se prélasser.

Rongé par la culpabilité d'avoir quitté la chambre, Lukas concentra toute son attention sur le réveil de Karl. S'il souffrait d'une commotion, il fallait le maintenir conscient. Il hésita à appeler le 112 mais il savait que la blessure n'était pas suffisamment grave pour nécessiter l'intervention des urgences. Sauf s'il souffrait d'une commotion. Indécis, son esprit déchiré sautait d'une option à l'autre.

Alors seulement Karl reprit ses esprits et gémit en levant lentement le bras, visiblement pour atteindre sa tête.

— Tout va bien Karl, je suis là, dit Lukas, les larmes aux yeux.

La plaie ne saignait plus. Tandis que Karl demeurait allongé, peinant à garder les yeux ouverts, Lukas nettoya délicatement l'entaille avec du savon et de l'eau chaude, la sécha, puis sortit une épaisse bande de gaze et de longues bandes de ruban chirurgical de son kit. Il prépara le bandage et le déposa précautionneusement sur la tête de Karl, enroulant le tout autour de son crâne pour maintenir le pansement en place pour le moment.

Voyant que Karl reprenait ses esprits, Lukas poussa un soupir de soulagement, surtout quand son ami se mit à parler, d'abord doucement, puis avec une colère grondante dans sa voix.

— Ces enfoirés... Ils sont venus pour le voile ! grommela Lukas.

Il tenta brusquement de se redresser, pressé de voir si l'artefact était toujours là mais Lukas le força à se rallonger et jeta un coup d'œil au sac à dos rouge de Karl, aux objets qui jonchaient le sol, dont le *currywurst* et les Coca qu'il avait renversés. La boîte d'albâtre n'était plus là.

— J'ai bien peur qu'ils l'aient emporté, Karl, déplora-t-il. Mais je les ai vus sortir de l'hôtel ; c'étaient les mêmes types que l'on a vus hier sur le pont du château. Il ne peut s'agir que de Jacob Rausch. C'est la seule autre personne qui était au courant pour l'énigme, d'après ce que Hana nous a dit. Et je l'ai entendu dire quelque chose à propos de Dante qui voudrait certainement le voir. Il parlait sûrement du voile !

— Ils ont dû se rendre au château pour tenter de le trouver eux-mêmes, marmonna Karl tout en s'appuyant sur son partenaire. J'ai tout fait foirer, Lukas. J'aurais dû tenir compte du conseil de Michael et le mettre dans le coffre-fort.

— Nul besoin de culpabiliser. Comment aurait-on pu savoir que l'on avait quelqu'un à nos trousses ? Reste là et ne te lève pas. Je vais juste au bout du couloir chercher de la glace.

— Merci. Ce n'est pas comme si j'avais rendez-vous autre part, de toute manière.

TRENTE-ET-UN

Une heure et demie plus tard, Dominic et Hana pénétrèrent dans la *Polizeistation* de Marbourg, au bout de la rue où se trouvait le fameux château gothique, le Landgrafen Palace, et l'université de la ville. La *polizei* de cette ville estudiantine, habituée à intervenir pour faire taire le tapage nocturne causé par les jeunes fêtards, avait rarement affaire aux Roms, qui souffraient encore de préjugés et d'une image d'immigrants indésirables dans la majeure partie du pays.

Dominic se présenta à l'accueil du poste de police.

— Je suis venu libérer mes deux pupilles, Milosh et Shandor Lakatos. J'ai cru comprendre qu'ils avaient eu des soucis.

Le sergent assis derrière le comptoir fouilla parmi ses documents et s'empara du registre où avait été consignée l'arrivée des deux frères.

— Ils ont été arrêtés pour excès de vitesse et conduite sans carte grise, *Herr Pastor*. Nous soupçonnons également qu'ils soient des immigrés en situation irrégulière.

— Je peux vous assurer que ce ne sont pas des immigrés clandestins, *Herr Inspektor*, rétorqua Dominic en utilisant la formule de politesse appropriée. Ils vivent en France avec leur père. Je suis leur tuteur dans le cadre d'une mission spécifique qui nous a amenés en Allemagne.

Cette déclaration était entièrement vraie. Libre au sergent de l'interpréter comme une mission religieuse ou non.

— Quant aux papiers du véhicule, je peux vous les faxer ou vous les envoyer par courriel dès notre retour en France. S'ils ont écopé d'une amende, je m'en chargerai. Qu'en pensez-vous, inspecteur ?

Dominic lui adressa le plus désarmant des sourires tout en ajustant son col romain pour appuyer ses intentions honorables. Debout à côté de lui, Hana avait joint les mains devant elle comme pour adresser une prière silencieuse.

Le sergent les dévisagea l'un après l'autre, puis se tourna vers les frères Lakatos dans la cellule adjacente.

— L'amende pour excès de vitesse s'élève à cent euros et voici notre numéro de fax, dit-il en griffonnant quelques chiffres sur une carte alors que Dominic sortait son portefeuille. Merci de bien vouloir nous envoyer une copie de la carte grise dès votre retour en France et l'affaire sera classée.

Dominic posa cinq billets de vingt euros sur le comptoir.

— *Danke schön, Herr Inspektor*, pour votre compréhension. Cela ne se reproduira plus.

Le sergent saisit son trousseau de clés, s'approcha de la cellule de détention, la déverrouilla, et les deux jeunes hommes en sortirent, tête baissée.

— Père Michael, je suis sincèrement désolé de vous avoir fait vous déplacer jusqu'ici, dit Milosh une fois à sa hauteur.

Le policier fit signer un formulaire de décharge à Dominic puis lui tendit les clés de la BMW.

— C'est une bien belle voiture pour deux gars dans leur genre, commenta-t-il en insistant sur le sous-entendu.

Ignorant le caractère désobligeant de la remarque, Dominic désamorça la situation.

— Je veillerai à ce qu'ils respectent les limites de vitesse, désormais. *Auf wiedersehen, Herr Inspektor.*

Et il poussa les deux frères hors du commissariat.

— Vous avez eu beaucoup de chance. Faites attention sur le chemin du retour, d'accord ? les sermonna-t-il une fois dehors.

Milosh et Shandor hochèrent la tête en silence.

Au même instant, le portable de Dominic sonna. C'était Lukas.

— Michael ! geignit-il, désemparé. Karl a été tabassé ! Il a même perdu connaissance.

— Quoi ? Qui a fait ça ?

— Je pense que c'était Jacob Rausch et ses gars. Ils étaient quatre en tout. Je suis sorti faire une course et je les ai croisés en revenant. Ils sortaient de l'hôtel et avaient l'air pressés. Je ne vois pas qui ça peut être d'autre, Michael. Personne ne sait qu'on est à la recherche du voile !

— Du calme, Lukas. Comment va Karl ?

— Ça va. Il délire un peu plus que d'ordinaire mais j'ai pansé ses blessures et il se repose dans la chambre. Vous revenez quand ?

— On est sur le départ. On sera là dans une heure et demie, à peu près. Ils ont pris le voile ?

Un long silence s'ensuivit.

—J'ai bien peur que oui, Michael. Le voile a disparu.

Dominic sentit un poids l'écraser. Être trahi par Jacob après tous les efforts qu'ils avaient fournis, toutes ces préparations, tout ce travail... Il n'aurait jamais dû lui faire confiance. Quel imbécile il avait été de croire à son histoire. De croire en la bonté des gens. Une rage sourde monta en lui.

— Bon, prends soin de Karl. On arrive bientôt.

— Il y a autre chose, Michael, ajouta Lukas. Le meneur du groupe, j'imagine que c'était Jacob, a dit que Dante voudrait certainement le voir. Je suppose qu'il faisait référence au voile. Ça ne peut être que ça.

Dante ! Encore lui ! La colère de Dominic enfla de plus belle.

— C'est bien la dernière chose à laquelle je m'attendais, répondit-il à Lukas. Bon, on se voit tout à l'heure.

Dominic rapporta les faits à ses compagnons qui réagirent de la même manière que lui. Les deux Roms poussèrent un chapelet de jurons en romani et Hana laissa libre cours à sa colère, particulièrement affectée d'apprendre que son cousin Karl avait été blessé.

— Qu'est-ce qu'on peut faire pour vous, mon Père ? demanda Milosh. Vous n'avez qu'un mot à dire. On vous doit une fière chandelle, après l'épisode du commissariat. Non pas qu'on ne vous aurait pas aidé à attraper ces enfoirés si vous ne nous aviez pas sorti du pétrin.

Dominic réfléchit un moment.

— Je ne sais pas encore, Milosh. Pour l'instant, il faut qu'on retourne à l'hôtel avec Hana pour voir comment va

Karl et réfléchir à la marche à suivre. En attendant, rentrez chez vous. Si j'ai besoin de votre aide, je vous appellerai. Et promettez-moi de faire attention sur la route, d'accord ?

Il leur tendit la carte que le sergent lui avait confiée.

— Dites à votre père de faire appel à son réseau pour concocter une carte grise et faxez-la à ce numéro. Cela engage ma responsabilité, alors faites les choses comme il faut.

Milosh promit de suivre ses consignes à la lettre et ils se souhaitèrent au revoir.

Une fois seuls dans la Jeep, Dominic et Hana échangèrent un regard.

— Et maintenant ? Qu'est-ce qu'on fait ? demanda-t-elle.

— Je l'ignore. Peut-être qu'une idée me viendra sur le chemin. Jacob va devoir répondre de ses actions, d'une manière ou d'une autre. Et il faut absolument qu'on récupère le voile. Quant à Dante...

Sa phrase en suspens, il passa la première et remonta la rue jusqu'à la bretelle pour emprunter l'*Autobahn* et filer vers le nord en direction de l'hôtel.

Consciente de ce qui les attendait dans les heures à venir, Hana sortit son téléphone et appela son grand-père, Armand de Saint-Clair. Ils allaient avoir besoin d'un moyen de transport flexible et de visas d'urgence pour chacun.

TRENTE-DEUX

Assise dans la salle d'attente de la *Kinderklinik* de Bariloche, Hilda Fischbein se rongeait les sangs. Pourtant, ce n'était pas le fait qu'elle soit enceinte de cinq mois de son premier enfant à vingt-quatre ans qui l'inquiétait. C'était la clinique et le personnel qui y travaillait qu'elle trouvait déconcertants, en particulier l'étrange directeur, un certain Dr Kurtz, et le fait que son mari, Günther, ait insisté lourdement pour que leur bébé naisse ici. Son époux était en voyage d'affaires hors de la ville, ce qui expliquait pourquoi il ne se trouvait pas à ses côtés en ce moment.

Elle se remémora les raisons qui les avaient amenés ici. Quand Günther et elle avaient quitté l'Allemagne pour emménager dans ce petit village de montagne en Argentine, cinq mois plus tôt, elle avait adoré l'endroit. C'était une petite ville, les voisins étaient sympathiques et ils parlaient tous allemand. Les paysages alentours étaient magnifiques, l'architecture lui rappelait son pays natal et elle y avait retrouvé les mêmes produits alimentaires et le même genre de boutiques qu'elle fréquentait à Berlin. Malgré la barrière de la langue et les différences culturelles, elle s'était adaptée bien plus vite qu'elle ne l'aurait imaginé à sa nouvelle vie à Bariloche.

Pourtant, il y avait quelque chose de sombre, ici, quelque chose de caché, d'étrange, et elle n'arrivait pas à mettre le doigt dessus. Et le pire, c'était qu'elle était persuadée que Günther le savait parfaitement mais refusait d'en parler chaque fois qu'elle tentait d'aborder le sujet. Son mari avait toujours été un homme taciturne, après tout, et immuable dans ses opinions sur la vie et la politique. Mais il lui cachait aussi certaines choses. Elle le sentait. Parfois, il disparaissait des soirées entières pour participer à des rassemblements avec ce groupe qu'il nommait l'Ahnenerbe. Juste des hommes venus échanger sur leur héritage ancestral, lui avait-il affirmé. Pour alors, elle n'avait pas cherché plus loin.

Ce qui exacerbait ses inquiétudes, c'était surtout cette clinique. Car Hilda avait fait de nombreuses recherches sur Internet, profitant que Günther soit au travail ou en réunion avec son groupe pour en apprendre plus. Ce qu'elle avait découvert sur l'histoire de la clinique, et même sur l'Ahnenerbe, la mettait mal à l'aise.

La *Kinderklinik*, ou clinique pédiatrique, était établie dans un bâtiment en brique sans prétention, en retrait d'une route aux abords de Bariloche. Aucun panneau n'indiquait son nom ni même sa nature, et l'établissement n'était connu que de certains résidents de l'enclave, dont la majorité était allemands. Les admissions ne se faisaient que sur rendez-vous et seuls les patients « qualifiés » s'en voyait autoriser l'accès. Günther lui avait assuré que leur famille répondait aux qualifications requises et qu'il s'était occupé de toutes les démarches. Il avait d'ailleurs laissé entrevoir une certaine fierté à l'idée d'avoir été accepté.

Bien que la clinique dispose de tous les équipements d'usage dans un hôpital, elle servait principalement de maternité, avec une pouponnière étonnamment grande, et le personnel de santé était majoritairement composé d'obstétriciens et de sage-femmes d'origine allemande.

D'ailleurs, Hilda avait découvert que l'accompagnement à l'accouchement et les soins postnatals étaient l'unique vocation de la *Kinderklinik*. Quiconque connaissait son existence savait pertinemment quelles étaient les raisons derrière tant de discrétion : elle servait uniquement à donner naissance et à élever des enfants aryens dans le cadre d'un programme connu sous le nom de *Lebensborn*. Les enfants nés ici étaient soigneusement pris en charge dès la naissance par toute une batterie de *Kindermädchen* spécialisées qui veillaient étroitement à leur bon développement en collaboration avec les parents à travers des programmes éducatifs dispensés par des écoles privées. Ces enfants dont l'esprit était façonné dès le plus jeune âge étaient destinés à devenir des Faucons rouges, l'équivalent néonazi des scouts et des guides.

Fondé en 1935, le *Lebensborn,* littéralement la « Fontaine de la vie », était un programme initialement lancé par des SS dans un seul but : celui d'augmenter le nombre de naissances de nourrissons de race pure, conformément à l'idéologie nazie. Soi-disant dissoute en 1945 avec la fin de la guerre, cette organisation et ses cliniques continuaient d'exister, comme l'avait découvert Hilda sur des forums privés où l'on parlait à demi-mots en allemand et avec la plus grande discrétion. Elle y avait trouvé des milliers d'autres femmes enceintes dans une situation similaire à la sienne, dont la plupart admettaient être mariées à des hommes stricts et autoritaires aux penchants politiques d'extrême-droite.

Qu'allait-elle faire ? Quitter Günther ? L'idée que son petit garçon devienne un néonazi la terrifiait.

— *Frau* Fischbein ? appela une infirmière trapue en entrant dans la salle d'attente armée d'un porte-bloc.

L'estomac noué, Hilda se leva, prit son sac à main et suivit docilement l'infirmière jusqu'à la salle d'examen.

TRENTE-TROIS

À peine eurent-ils pénétré dans la chambre d'hôtel à Büren que Dominic et Hana se précipitèrent vers Karl qui était allongé sur le lit, Lukas à son chevet.

— Karl, je suis désolé de t'avoir causé autant de problèmes, s'excusa Dominic en posant une main sur l'épaule de son ami avec sympathie.

Hana se pencha pour déposer un baiser sur le front de son cousin et lui serra la main.

— Ce n'est rien, Michael, répondit Karl. On connaissait les risques et on est tous dans le même bateau, quoi qu'il arrive. Cela dit, j'aimerais bien avoir une petite discussion avec ton ami Jacob Rausch, la prochaine fois que je le croise. Et avec son pote, Günther. C'est lui qui m'a retenu pendant que l'autre type me giflait avec son pistolet.

— Ce n'est pas mon ami, mais je suis d'accord avec toi. Jacob a besoin d'une bonne leçon. On les trouvera Karl, ne t'inquiète pas. Tu te sens assez bien pour pouvoir voyager ?

— Oh, oui. Lukas s'est bien occupé de moi. Je vais mieux.

— Parfait. Alors allons-y. Le grand-père d'Hana nous a déniché un jet qui nous attend à Paris, à six heures de route d'ici. On retourne à Buenos Aires pour s'occuper de Dante. Je me suis entretenu avec le cardinal Petrini. Il va prendre contact avec ton commandant pour prolonger vos vacances, à toi et Lukas.

Toute l'équipe à son bord, le Dassault Falcon 900 du baron décolla en douceur de l'aéroport Paris-Le Bourget. Après avoir traversé l'Atlantique, il fit une escale en République Dominicaine pour se ravitailler en carburant, puis mit le cap sur le sud en direction de Buenos Aires. Le grand-père d'Hana avait fait appel à ses connaissances dans le monde diplomatique pour leur obtenir des visas argentins en accéléré, faisant fi des délais habituels.

Les deux jeunes militaires, qui n'avaient jamais volé à bord d'un jet privé auparavant, s'émerveillèrent devant les avantages que leur offrait un tel luxe, surtout compte tenu de l'urgence de leur mission. Fatigués par leurs péripéties, et sachant qu'un long vol les attendait, ils s'installèrent tous dans un siège confortable pour se reposer.

Tous sauf Dominic. Incapable de contenir sa colère, il n'arrivait pas à trouver une position adéquate. Il se leva et se mit à faire les cent pas le long de la cabine tout en priant, ce qui ne parvint pas à le calmer. Le fait qu'il se soit laissé berner par l'histoire de Jacob, aussi crédible eut-elle été, le laissait sans voix. *Pourquoi Jacob avait-il volé le voile et blessé l'un d'entre eux au passage, alors qu'ils le considé-*

raient comme un membre à part entière de leur équipe ? Il lui avait pourtant promis une compensation financière généreuse. Quel était son véritable objectif ?

Dominic doutait qu'il s'agisse simplement de vendre l'artefact pour sauver le vignoble du père de Christof. Une personne de bon sens n'aurait pas agi ainsi. Non, il y avait autre chose, mais il ignorait quoi.

Il prit place sur le siège en cuir en face d'Hana qui regardait par le hublot, plongée dans ses pensées. Elle se tourna vers lui quand il s'assit.

— Jacob nous a raconté des salades, déclara-t-elle avec fermeté. Cette histoire de vouloir vendre le voile pour sauver le vignoble, je n'y crois pas une seconde.

— C'est exactement ce que j'allais dire. Les grands esprits se rencontrent.

— Mais les imbéciles diffèrent rarement, termina-t-elle. Comment avons-nous pu nous laisser berner comme ça, Michael ? Je nous croyais plus intelligents que cela.

— L'histoire de Jacob était crédible. Et j'ai comme l'impression qu'il nous en a dit plus qu'il ne l'aurait souhaité. Mais quel est son objectif ? Pourquoi a-t-il besoin du voile ? Et qu'est-ce que Dante vient faire là-dedans ? Tant de questions restent sans réponse.

— Tu crois que le cardinal Petrini pourraient nous donner un coup de main ?

Dominic réfléchit un instant.

— Nous n'avons pas encore assez d'éléments à lui présenter pour qu'il puisse réellement nous aider. Mais quand le moment sera venu, il sera là.

. . .

IL ÉTAIT dix-neuf heures lorsque le Dassault se posa à l'aéroport international d'Ezeiza, à Buenos Aires. Quand tout le monde fut descendu de l'avion, Hana les guida jusqu'au salon VIP du terminal A, où la douane gérait les arrivées et contrôlait les passeports des passagers venus à bord d'appareils privés. Elle avait réservé une limousine avec chauffeur pour les conduire jusqu'à l'hôtel Alvear Palace, où trois chambres les attendaient, dont une que Karl et Lukas partageraient.

— Je propose que l'on commande à manger dans nos chambres pour le dîner et qu'on aille se coucher, dit Hana alors qu'ils empruntaient l'ascenseur pour monter dans les étages.

Ses compagnons hochèrent la tête en silence, fatigués après leur long voyage.

Alors qu'ils se dirigeaient vers leurs chambres respectives, Hana remarqua un homme incroyablement beau qui avançait vers eux. Sûrement un soldat, à en juger par sa carrure. Il la regarda droit dans les yeux quand leurs chemins se croisèrent.

— Bonjour, dit-il en français d'un ton charmeur.

Un Français ! Il n'était pas courant d'en croiser en Argentine, songea Hana avant de lui rendre la politesse en rougissant.

LE LENDEMAIN, autour du petit-déjeuner dans la salle à manger de l'hôtel, Dominic leur présenta le programme.

— Tout d'abord, j'aimerais aller parler avec Javier Batista pour voir s'il peut m'en apprendre davantage sur l'Ahnenerbe. Après quoi, on essaiera de trouver Dante et de le questionner sur ses liens avec ce groupe et avec Christof Prager en particulier. Je ne m'attends pas à ce qu'il nous réponde honnêtement, mais ça vaut la peine d'essayer.

Il se tourna vers les deux militaires.

— Karl et Lukas, pourquoi ne pas prendre votre journée, visiter la ville et jouer les touristes pendant qu'Hana et moi, on s'occupe du reste ? Vous êtes encore en vacances, après tout. Javier peut nous recevoir dans une heure. Quand on en aura terminé avec lui, on passera au bureau de Dante pour une visite impromptue, en espérant qu'il y sera. Je préfère ne pas le prévenir de notre arrivée.

— C'est plus sage, effectivement, acquiesça Hana. Mais étant donné son penchant pour l'espionnage, il sait probablement déjà que nous sommes sur place.

Ils se retirèrent dans leurs chambres respectives pour se rafraîchir puis se retrouvèrent dans le hall de l'hôtel, quelques minutes plus tard, et demandèrent au portier de leur héler un taxi.

— Merci de nous recevoir aussi vite, Javier, dit Dominic en saluant l'agent d'un ton chaleureux. Nous sommes revenus en Argentine pour terminer notre mission. Il s'est passé beaucoup de choses, depuis la dernière fois.

Il expliqua à Batista qu'ils avaient trouvé les trois fragments de l'énigme — sans entrer dans les détails sur la manière dont ils se les étaient procurés — et découvert l'artefact sacré, qui avait ensuite été volé, vraisemblablement par Jacob Rausch et Christof Prager accompagnés de deux associés, ce qui signifiait que l'objet avait très probablement été ramené en Argentine pour servir les sinistres desseins des voleurs.

— Quelle histoire ! Je suis navré de l'apprendre, *Padre*, surtout après tous vos efforts. Comment puis-je vous aider ?

— Javier, commença Dominic, que pouvez-vous nous dire d'autre sur Jacob Rausch et Christof Prager ? Il y avait également un certain Günther, en leur compagnie, mais j'ignore son nom de famille. Et je n'ai aucune information sur le quatrième homme. Nous ne cherchons pas à nous venger, simplement à récupérer l'artefact qui nous a été brutalement volé.

Batista se leva pour aller fermer la porte de son bureau, puis se rassit. Il tira le tiroir coulissant du clavier et tapa plusieurs mots à la suite dans la barre de recherche de la base de données individuelles d'Interpol. Quelques instants plus tard, le dossier de Jacob Rausch apparut à l'écran. Si Rausch avait eu affaire à la police à n'importe quel moment et où que ce soit dans le monde, son nom apparaîtrait ici.

— Visiblement, le *señor* Rausch a un casier vierge. Aucune infraction connue à ce jour.

Il plissa les yeux pour lire les informations supplémentaires et s'adossa à sa chaise.

— Comme vous le savez, il habite à Paris, mais il possède également une résidence à Bariloche. Il a hérité de plusieurs millions de son grand-père, le colonel nazi Walther Rausch de la SS. C'est une affaire délicate, comme vous pouvez l'imaginer. Le secret bancaire auquel sont soumises les banques suisses ont empêché Interpol de découvrir l'origine de certaines fortunes suspicieuses, après la guerre. Cela dit, même un observateur lambda saurait vous dire qu'il s'agit d'actifs saisis des mains des Juifs et autres victimes de l'Allemagne nazie. Il est précisé ici que le colonel Rausch a amassé une fortune considérable sous forme d'or, or que Jacob a récupéré il y a quelques mois seulement auprès de la filiale chilienne d'une banque Suisse située à Santiago.

— C'est vrai, confirma Dominic en opinant. Jacob m'a parlé de cet héritage, lors de notre première rencontre. Il était encore en train de régler certaines affaires concernant ces possessions. Lui aussi estimait que leur origine était douteuse, mais il ne souhaitait pas creuser davantage. C'est même comme cela que tout a commencé, d'ailleurs. En fouillant parmi les affaires de son grand-père, il a appris l'existence des fragments et de l'artefact.

— Il y a autre chose qui me préoccupe et que je n'avais pas remarqué avant, nota Batista en pointant l'écran du doigt. Rausch semble avoir des affiliations avec une ramification active de l'Ahnenerbe que nous surveillons depuis récemment.

L'agent se leva et longea lentement son bureau en se frottant le visage des deux mains, visiblement pensif. Il s'arrêta devant une armoire à dossiers sécurisée, tourna le cadenas à combinaison plusieurs fois pour le déverrouiller et ouvrit le tiroir supérieur.

— J'ai ici un document récemment déclassifié par la CIA qui relate les activités des néonazis et des nationalistes allemands sur le sol argentin. Il contient certaines informations qu'il me paraît important de vous communiquer, en particulier ces deux paragraphes.

Il tendit la feuille de papier à Dominic et Hana qui se penchèrent dessus pour la lire.

CENTRAL INTELLIGENCE AGENCY
SECRET

La situation en Argentine est particulièrement favorable à ce renouveau. Une organisation cachée bien enracinée y avait été établie avant le rappel ou l'expulsion des officiers allemands et agents nazis dont la localisation était connue. Le mouvement néonazi en Argentine et les organisations radicales et nationalistes en Allemagne manquent toutefois d'unité et de leadership bien défini. Cela dit, ils sont guidés par un même objectif fondamental qui est celui de détruire ou d'invalider le capitalisme démocratique par le biais de gouvernements totalitaires puissants.

Les néonazis dispersés de par le monde partagent également un certain optimisme quant à l'avenir et semblent disposer d'un soutien financier conséquent. Depuis 1946, de nombreuses preuves ont été établies sur les intentions de certains membres de la communauté allemande établis en Argentine de poursuivre les activités nazies. Il paraît également évident que ces membres croient fermement en une résurgence du mouvement nazi tout autour du globe. De nombreux Allemands ont immigré en Argentine depuis 1945, parmi lesquels des anciens combattants de la Wehrmacht et des SS, des économistes nazis, des propagandistes, des agents des services de renseignement, des scientifiques et des experts militaires.

— Ce que je m'apprête à vous dire est hautement confidentiel, reprit Javier. Nous soupçonnons depuis quelque temps déjà qu'un établissement néonazi implanté en Argentine, et plus exactement à Bariloche, travaille sur un programme d'eugénisme visant à élever des enfants aryens de race pure. Bien qu'il n'existe aucune loi contre ce genre de chose, ce qui nous inquiète, ce sont leurs intentions à long terme. Un concept tout aussi odieux avait été discrètement mis en place à Auschwitz pendant la Seconde Guerre mondiale par le Dr Josef Mengele, surnommé l'Ange de la mort, avec des résultats désastreux pour les individus qui ont servi de cobayes à ses expériences. La *Kinderklinik*, comme ils l'appellent, a des critères d'adhésion extrêmement strictes. Les patients sélectionnés doivent prouver une ascendance germanique ou nordique remontant sur plusieurs générations. Et les justificatifs fournis sont scrupuleusement vérifiés. Nous essayons actuellement d'insérer une taupe dans cette clinique afin de surveiller leurs activités de plus près, mais nous n'avons pas eu beaucoup de succès sur ce front-là pour le moment. Pas du tout, d'ailleurs. Enfin, bref. Voyons ce que je peux vous trouver sur ce dénommé Prager.

Il retourna derrière son écran et saisit le nom de Christof dans la barre de recherche de la base de données. Les informations qui s'affichèrent confirmèrent ce que Batista savait déjà : Prager était également en contact étroit avec le l'Ahnenerbe, un fait qui avait déjà été passé en revue en détail par son assistante, Rosa Cruz, lors de la dernière visite de Dominic et Hana.

— Oh, intéressant…, marmonna Batista en fixant l'écran. Christof Prager semble également avoir des liens avec la *Kinderklinik*. Ce sont des gens influents, dans la région, et ils ne sont pas en mal de financement. Je l'ignorais. C'est mon collègue qui s'occupe de ce dossier.

Il s'interrompit un instant pour réfléchir, puis se tourna vers Dominic et Hana.

— Vous pensez que l'artefact qui vous a été dérobé pourrait avoir un lien avec le programme d'eugénisme de l'Ahnenerbe ?

TRENTE-QUATRE

—L*eur programme d'eugénisme ?* s'exclama Hana en réfléchissant. En quoi l'artefact pourrait-il avoir une quelconque utilité dans un tel programme ?

Chacun réfléchit à la question en silence. Alors que les possibilités leur venaient à l'esprit, ils se tournèrent l'un vers l'autre, le visage décomposé.

— Tu penses à ce que je pense ? demanda Hana, la peur dans les yeux.

— Tu crois qu'il pourrait s'agir du sang ? poursuivit nerveusement Dominic tout en la fixant.

— C'est impossible ! L'ADN ne peut pas se conserver aussi longtemps, si ? s'enquit-elle en réfléchissant à cent à l'heure.

— Si, c'est possible, confirma Dominic d'un ton certain. L'ADN peut se conserver un million d'années.

Batista sentit que quelque chose d'important venait de se passer.

— Attendez ! De quoi vous parlez ? Quel ADN ?

Ce fut désormais au tour de Dominic de se lever pour faire les cent pas. Il prit une grande inspiration.

— Ce que nous ne vous avons pas encore dévoilé, Javier, c'est l'origine de l'artefact. Non pas que nous ne vous fassions pas confiance, croyez-moi. Il ne m'a simplement pas semblé nécessaire de l'évoquer jusqu'à maintenant. Les pièces du plan de Jacob finiront sans doute par s'assembler, et ce grâce à vous. Avez-vous déjà entendu parler du voile de Véronique ? Le *sudar*, ou tissu dans lequel on sue, qu'une femme parmi la foule de spectateurs aurait tendu à Jésus lorsqu'il portrait la Croix, en route vers sa crucifixion ? Celui par lequel Sa sainte image a été révélée en détail, et dont la légende dit qu'il aurait fini entre les mains de Marie Madeleine ?

— Oui, bien sûr, nous avons tous entendu cette histoire étant petits.

— C'est précisément l'artefact que nous avons trouvé, Javier, et qui nous a été volé par Rausch et Prager ! Il avait été caché dans un coffre-fort d'un ancien château nazi allemand, autrefois occupé par Heinrich Himmler. Nous l'avons découvert, il y a quelques jours seulement, après avoir trouvé les trois fragments d'une énigme écrite par Himmler en 1945.

Dominic expliqua à Batista les détails de l'expédition française de 1937 parrainée par l'Ahnenerbe et ayant abouti à la découverte du voile par Otto Rahn, ainsi que leurs récents exploits au château de Wewelsburg.

— Lorsque nous avons ouvert le coffret d'albâtre et posé les yeux sur le voile, il y avait des traces de sang dessus, du sang dont l'ADN pourrait éventuellement être extrait. Le sang et l'ADN de Jésus Christ !

Dominic s'exprimait à toute vitesse, de plus en plus animé à mesure qu'il relatait les faits.

— Adolf Hitler lui-même était convaincu que Jésus était un « combattant aryen » venant d'une longue lignée d'anciens Israélites, eux-mêmes descendants d'Abraham, de Jacob et d'Isaac. Rausch et Prager devaient le savoir, ce qui a dû nourrir leur désir de mettre la main sur le voile par tous les moyens. Mais de là à l'utiliser dans un programme d'eugénisme aryen ! C'est absolument inconcevable !

— Raison de plus pour le récupérer, affirma Hana. Javier, nous n'y arriverons pas sans vous.

— Je crains que ce ne soit pas quelque chose sur lequel Interpol puisse intervenir. Nous ne faisons que coordonner les données des forces de l'ordre ; nous ne sommes pas un organisme policier à proprement parler. Mais avec l'aide des autorités locales, nous aurions peut-être plus de chances.

— Nous avons rencontré Ramón Santos, le chef de la police de Bariloche, lors de notre passage dans cette ville, il y a deux semaines, ajouta Hana. Il avait l'air serviable. Je suis sûre que nous pouvons compter sur lui.

— N'oubliez pas, avertit Batista, que dans une petite ville comme Bariloche, avec une population allemande aussi importante, vous risquez de faire face à une certaine résistance en attaquant l'une de leurs opérations légitimes. Nous ne savons pas à quel point l'influence de l'Ahnenerbe est forte, là-bas, mais ils ont certainement un grand pouvoir politique.

— Alors il va falloir se débrouiller tout seuls, dit Dominic avec une pointe de colère dans la voix en se rasseyant. Si c'est réellement ce qu'ils prévoient, c'est un projet qui défit toute raison.

— Je suis d'accord avec toi, Michael. Il faut faire quelque chose, assura Hana en posant ses mains sur les épaules de son ami pour appuyer ses propos. Si les autorités locales ne peuvent pas ou ne veulent pas nous aider, alors nous devrons prendre les choses en main nous-mêmes. Ce voile devrait se trouver au Vatican, pas en la possession de néonazis aux desseins profanes. Peut-être que mon grand-père et ses collègues de l'équipe Hugo pourraient nous aider.

L'équipe Hugo faisait référence au triumvirat composé du baron Armand de Saint-Clair, du président de la République française, Pierre Valois, et du secrétaire d'État du Vatican, le cardinal Enrico Petrini, tous camarades proches ayant combattu au sein du Maquis, une branche des opérations spéciales du mouvement de la Résistance française lors de la Seconde Guerre mondiale.

Saint-Clair étant le grand-père d'Hana, Valois son parrain et Petrini ayant été le mentor de Dominic tout au long de sa vie, ils avaient, à eux deux, accès à de sacrées ressources.

Dominic fut soudainement pris de courage.

— Oui ! Pierre Valois connaît certainement son homologue argentin, si on devait en arriver là. Et le soutien officiel du Vatican serait inestimable, bien que leur implication serait des plus discrètes. À ce stade, nous ne voulons pas attirer l'attention sur l'existence du voile avant qu'il n'ait fait l'objet d'une analyse exhaustive, de peur de discréditer l'Église.

— Javier, demanda Hana, si je me souviens bien, Max Colombo a mentionné que vous aviez des liens étroits avec le Mossad. Les Israéliens soutiendront certainement l'éradication de ce genre d'activités, non ? On parle quand même d'une chaîne de production de néonazis dont le sang d'Abraham coule dans les veines.

— C'est vrai que vu sous cet angle, c'est une notion terrifiante, admit l'agent. Je pense que nous pouvons compter sur le soutien du Mossad dans nos efforts, bien que, comme avec l'Église, la discrétion serait d'une importance capitale. Le Mossad ne souhaite ni crédit ni publicité dans ses actions et travaille la plupart du temps dans l'ombre.

— Quelle est notre prochaine étape, selon vous ? demanda Batista.

— Cela mérite mûre réflexion, répondit Dominic. Nous partons pour Bariloche demain et y resterons quelques jours. Je vous propose de vous joindre à nous. Nous avons notre propre avion, alors le transport est pris en charge.

— Je vais devoir déplacer certains rendez-vous, mais oui, je peux me joindre à vous. Nous pourrions élaborer une ébauche de plan sur le trajet.

Dominic se leva et balaya le groupe du regard.

— Prions pour que tout se passe bien. Les Italiens ont un dicton : *quando Dio vuole castigarci, ci manda quello che desideriamo.*

Hana haussa les sourcils, pensive, puis traduisit la phrase pour Batista.

— Quand Dieu souhaite nous châtier, Il exauce nos prières.

TRENTE-CINQ

Alors qu'ils déambulaient dans les rues pavées de San Telmo, l'un des *barrios* les plus anciens et plus animés de Buenos Aires, Karl et Lukas tombèrent sur une foire de rue où des centaines de marchands vendaient babioles, œuvres d'art et antiquités, et où des dizaines de restaurants servaient des grillades à l'*asado*, des *empanadas* et autres spécialités locales. Un magnifique couple en tenue traditionnelle dansait le tango accompagné d'un orchestre de rue, un *orquesta típica*, composé de deux violons, une flûte, un piano, une contre-basse et deux accordéons *bandoneones*.

C'était là une rare récompense pour les deux membres de la Garde suisses, dont les devoirs usuels occupaient tout leur temps et les confinaient, aussi bien pendant les heures de travail que de repos, à l'intérieur du Vatican. Bien que Rome organise également des festivals de plein air du même acabit, profiter de ce spectacle à l'étranger, a fortiori dans un pays aussi romantique que l'Argentine, rendait ce moment véritablement spécial.

Karl tira son partenaire vers l'arrêt de bus le plus proche.

— La cathédrale métropolitaine n'est pas loin d'ici, Lukas. Allons visiter l'église de notre Saint Père !

Le trajet en bus ne dura que dix minutes, et quand ils descendirent et posèrent le pied sur le trottoir, ils se retrouvèrent devant un bâtiment plus proche du temple grec que de la cathédrale catholique, avec ses douze colonnes néoclassiques dorées, représentant chacune l'un des apôtres du Christ, qui soutenaient un frontispice triangulaire massif dans lequel un bas-relief était sculpté.

Ils entrèrent par l'une des deux portes principales et furent accueillis par une première vision enchanteresse au-dessus du sanctuaire : un impressionnant orgue construit en Allemagne en 1871 comptant plus de 3 500 tuyaux. Sur le sol, une œuvre d'art à couper le souffle mettant en scène différents symboles religieux et mosaïques vénitiennes retint leur regard tandis qu'ils pénétraient dans l'espace voûté de 41 mètres de haut. Édifiée pour la première fois en 1593, la *Catedral Metropolitana de Buenos Aires* constituait véritablement le fleuron de l'architecture et de l'histoire de la ville.

Il y avait étonnement peu de monde à l'intérieur à cette heure de la journée, et Karl et Lukas en profitèrent pour allumer un cierge et se laisser aller à un moment d'introspection. Ils s'avancèrent vers l'autel principal et s'agenouillèrent silencieusement sur le côté, à l'ombre d'une épaisse colonne de marbre, la tête inclinée en signe de prière.

Au bout de quelques instants, les deux jeunes hommes prirent place sur le banc, assimilant silencieusement la splendeur sacrée du lieu. Ce fut alors qu'ils entendirent des voix basses dans leur dos qui se rapprochaient de l'allée centrale de la nef. Probablement une visite guidée.

Intrigué, Karl jeta un coup d'œil par-dessus son épaule et vit un petit groupe d'hommes, quatre au total, qui s'approchaient du sanctuaire. Il se figea en voyant de qui il s'agissait.

— *Lukas !* chuchota-t-il, tout en indiquant les nouveaux venus d'un signe de tête quand ce dernier se tourna vers lui.

Instinctivement, les deux amis se tassèrent dans leurs sièges, comme absorbés par une pieuse prière, tandis que le cardinal Dante conduisait Jacob Rausch, Christof Prager et Günther vers une porte privée au large du transept sud. Ils la franchirent et refermèrent derrière eux.

— Comme si on avait besoin de plus de preuves de l'implication de Dante ! dit Karl en sentant la colère enfler en lui. Dieu nous a amené ici pour une bonne raison, Lukas. Viens, il faut en parler aux autres.

Ils remontèrent la sombre allée nord de la nef et sortirent par la porte principale par laquelle ils étaient entrés pour retourner à l'hôtel.

— MAIS, Votre Éminence, bafouilla Jacob, je suis certain que Dominic et sa bande ne feront que redoubler d'efforts pour récupérer le voile. Je vous le dis : il faut se débarrasser d'eux. N'y a-t-il personne au Vatican qui pourrait les faire rappeler à Rome sur demande de votre part ?

— J'ai bien peur que Dominic n'ait déjà planifié une solution à toute tentative de ma part, maugréa Dante. Vous n'aurez qu'à leur faire débarrasser le plancher vous-même. Vous avez ma bénédiction absolue. Pour le moment, assurez-vous que le voile est en lieu sûr. Et demandez à vos scientifiques de commencer l'extraction d'ADN. Dois-je vraiment prendre toutes les décisions ?

— Je vous assure que le voile est en sécurité, Votre Éminence, lui affirma Christof. Et non, nous n'attendons pas de vous que vous preniez toutes les décisions. Nous espérions simplement trouver une manière moins brutale de faire disparaître les soucis que nous causent ces *Schweine*. Mais nous nous en chargerons nous-mêmes.

Un taxi déposa Dominic et Hana devant les bureaux administratifs de la Cathédrale métropolitaine, qui se trouvaient en face de la porte principale de l'édifice que Karl et Lukas venaient de franchir.

Ils entrèrent par des portes baroques dorées et se dirigèrent vers l'accueil.

— Je suis le père Michael Dominic, préfet des Archives apostoliques du Vatican. Voudriez-vous bien annoncer ma présence au cardinal Dante ?

— Avez-vous un rendez-vous avec Son Éminence, Père Dominic ? lui demanda la nonne espagnole d'un certain âge.

— Je crains bien que non.

— Je vais appeler son secrétaire et me renseigner, si vous le permettez.

— Bien sûr, faites donc, répondit Dominic.

Hana et lui prirent place dans la salle d'attente.

On toqua brièvement à la porte, après quoi le secrétaire de Dante pénétra dans le bureau de ce dernier, un petit

morceau de papier plié à la main. Il le passa silencieusement au cardinal et attendit ses instructions.

— Il semblerait que notre réunion doive prendre fin, Messieurs. Le père Dominic et une femme qui est proba-blement Hana Sinclair attendent de me voir en ce moment-même. Je vous saurais gré de bien vouloir sortir par l'entrée que nous avons utilisée, par l'Église, et de faire en sorte que personne ne vous remarque.

— Je le savais ! Ils sont déjà là ! gronda Christof. Nous allons retourner à Bariloche sans attendre, Votre Éminence. Vous pourrez nous contacter là-bas, si nécessaire.

Le secrétaire de Dante, le grand et dégingandé père Vannucci, sortit du bureau et s'approcha de Dominic et Hana qui patientaient dans la salle d'attente.

— Bien que vous n'ayez pas de rendez-vous, Son Éminence accepte de vous recevoir dès maintenant.

D'une main émaciée, il les dirigea tous deux vers le bureau du cardinal, son ombre planant au-dessus d'eux tandis qu'ils approchaient du bureau fermé. Il les dépassa, ouvrit la porte et les fit entrer.

— Voulez-vous que je reste pour prendre des notes, Votre Éminence ?

— Non, Bruno, ils ne resteront pas longtemps. Alors, Père Dominic, Mademoiselle Sinclair. À quoi dois-je ce... plaisir ?

— Pouvons-nous nous asseoir, Votre Éminence ? demanda Dominic.

— Bien sûr, mais je n'ai pas beaucoup de temps.

Dante prit place derrière son bureau et posa les coudes

sur la table, le bout de ses doigts joints devant lui, en attendant qu'Hana et Dominic lui expliquent la nature de leur visite.

— Nous ne prendrons que quelques minutes de votre temps, commença Dominic. Nous avons cru comprendre que vous connaissiez deux individus en particulier du nom de Jacob Rausch et Christoph Prager et aviez affaire avec eux, d'une manière ou d'une autre. Puis-je vous demander si cette information est exacte et de quelle sorte d'affaire il s'agit ?

— Je rencontre beaucoup de gens au cours de mes devoirs quotidiens, Père Dominic. Ces deux noms-là ne signifient rien pour moi, mais il est tout à fait possible que nous nous soyons rencontrés. Je trouve cependant assez présomptueux de votre part de me questionner au sujet de mes occupations. Pourriez-vous me faire l'honneur de m'expliquer la nature d'un tel interrogatoire ?

Dominic se pencha sur sa chaise.

— Ces deux individus nous ont volé quelque chose d'une importance primordiale : un artefact qui pourrait contenir le sang du Christ. Et nous avons de bonnes raisons de croire qu'ils ont l'intention d'en extraire de l'ADN afin de l'utiliser dans une croisade abjecte visant à produire des enfants aryens.

Dante s'esclaffa.

— Vous n'êtes pas être sérieux ! C'est la chose la plus absurde que j'aie jamais entendue. Et venant d'un homme de Dieu, c'est encore plus grotesque. Avez-vous perdu la tête, Dominic ?

Hana intervint pour défendre le prêtre.

— Croyez-le ou non, Votre Éminence, ce que nous disons est vrai, aussi peu crédible que cela puisse paraître.

Et je conçois qu'un tel projet semble impensable, même de la part d'idéologues fous. Cela dit, en tant qu'homme de Dieu vous-même, je me serais attendue à un minimum de foi à l'encontre d'un homme comme le père Dominic, qui n'a jamais agi que conformément au dogme de l'Église.

— Ce dernier point pourrait être contesté, mais soit ! Qu'est-ce que tout cela peut bien avoir à faire avec moi ? Je ne suis qu'un simple curé de paroisse dans un recoin perdu d'Amérique du Sud.

Dominic bondit de sa chaise et frappa du poing le bureau.

— Bon sang, Dante ! Vous savez pertinemment que ces gens œuvrent avec les forces du Diable et que vous avez le pouvoir d'arrêter tout cela !

— Ne me parlez pas sur ce ton, jeune homme, rugit Dante à son tour en se levant de sa chaise. Je refuse que l'on s'adresse à moi d'une telle manière. Sortez de mon église, immédiatement !

— Je vous préviens, nous n'en avons pas encore fini, dit Dominic en menaçant le cardinal du doigt. Sa Sainteté aura vent de votre entêtement. Vous pensez avoir été affecté dans un trou paumé ? Attendez donc un peu !

Sur ces mots, Dominic attrapa Hana par le bras et l'entraîna hors du bureau, à travers le couloir, puis à l'extérieur du bâtiment. Ils remontèrent la rue en silence, Dominic bouillant de rage après l'échange qui venait d'avoir lieu.

Hana finit par prendre la parole au bout de quelques minutes.

— Au moins, nous aurons essayé, Michael. On ne s'attendait pas à grand-chose de sa part, pas vrai ? Il va falloir nous en occuper nous-mêmes. Javier nous sera d'une grande aide, tout comme mon grand-père et ses amis. Tu le sais bien.

— Ma colère à l'encontre de Dante ne cesse de s'accroître depuis un certain temps, déjà, avoua-t-il. Cet incident m'aura au moins donné l'occasion de me défouler. Je me sens déjà mieux.

Il la regarda avant de pousser un long soupir, puis sourit.

— Il l'a bien mérité, ça et bien plus encore, approuva-t-elle. Il est inutile de compter sur lui pour quoi que ce soit. As-tu vraiment le pouvoir de l'envoyer dans un trou encore plus paumé, comme tu le prétends ?

— Cela dépend. Si le voile n'est jamais retrouvé et que son existence-même est contestée, il n'y aurait alors aucun motif de représailles. Mais le cardinal Petrini lui-même ne supporte pas cet homme, et une fois que le pape aura appris ce qu'il se passe, je ne donnerai pas cher de la carrière de Dante. Encore une fois, à supposer que l'on retrouve le voile.

— Retournons à l'hôtel pour dîner. Nous partirons pour Bariloche demain matin. Karl et Lukas seront peut-être de retour d'ici là et pourront nous rejoindre. Tout ce que nous avons traversé aura été en vain si nous ne retrouvons pas ce voile.

TRENTE-SIX

L'hôtel Alvear Palace grouillait d'activité quand Hana et Dominic pénétrèrent dans le hall d'entrée. Des voyageurs arrivaient, d'autres partaient, et quelqu'un les héla depuis la salle adjacente.

— Hana !

Hana se tourna vers le bar et aperçut Karl qui agitait la main dans leur direction, assis à une table en compagnie de Lukas.

Dominic et elle s'approchèrent.

— Alors, quelles sont les nouvelles ? demanda Karl. Je vous offre un verre ?

La serveuse venait d'arriver pour prendre leur commande.

— Je prendrai un Dirty Martini, merci, dit Hana en ôtant sa veste.

— Et une bière pour moi. Une Quilmes, je vous prie, ajouta Dominic.

— On est allés visiter la Cathédrale métropolitaine de

Buenos Aires, avec Lukas, aujourd'hui. Devinez qui on a vu !

Hana saisit la perche qu'il lui tendait.

— Ce ne serait pas le cardinal Dante, par le plus grand des hasards ?

— Et pas seulement lui ! Il était avec Jacob, Christof et même Günther ! On était en train de prier dans la nef quand ils sont arrivés.

— Si je n'avais pas été là, s'immisça Lukas, Karl se serait jeté sur Günther, en plein milieu de la maison de Dieu.

— On en sortait, nous aussi, dit Hana en souriant. Michael s'est disputé avec Dante dans son bureau. Une minute de plus et ils se seraient étripés. Mais les autres n'étaient pas là. Ils ont dû partir avant notre arrivée.

— Il nous ment effrontément en prétendant ne pas les connaître, râla Dominic. Mais après tout, je ne suis pas surpris.

— Si tu réfléchis bien, les mots qu'il a choisis ne sont pas anodins. Il a dit « ces deux noms-là ne signifient rien pour moi », ce qui est une manière astucieuse de détourner la vérité.

— On a eu de meilleurs résultats du côté de Javier Batista, relata Dominic. Il nous a montré un rapport déclassifié de la CIA confirmant la présence d'un groupe néonazi croissant en Argentine. Il pense que ses membres ont pour objectif d'étendre la portée de leur fraternité grâce à ce qu'ils appellent leur *Kinderklinik*, un programme de l'Ahnenerbe implanté à Bariloche visant à mettre au monde des enfants aryens. J'imagine que ce n'est pas la seule de ce genre, sur cette planète, mais notre but, pour le moment, c'est de récupérer le voile des mains de Jacob et de ses hommes. Hana a suggéré que nous fassions appel à l'équipe Hugo, s'ils sont intéressés par cette mission, bien sûr. Javier a même laissé entendre que le Mossad pourrait nous offrir son aide. Il ne nous reste plus qu'à monter un plan d'attaque solide, une fois que l'on saura où se trouve le voile, et de faire venir la cavalerie.

— Mangeons un morceau et arrêtons-nous-en là pour aujourd'hui. J'ai prévenu le pilote que l'on décollerait de Bariloche demain matin.

TRENTE-SEPT

Il était presque midi lorsque le jet se posa à l'aéroport de San Carlos de Bariloche et que le SUV qu'Hana avait réservé vint récupérer toute l'équipe et leurs bagages pour les conduire à l'hôtel Cristal au centre-ville.

— Vous voyagez toujours dans un tel luxe, *señorita* ? s'enquit Batista.

Hana rit.

— Non, Javier, loin de là. Mon grand-père ne sort pas souvent le jet, mais il rémunère quand même l'équipage tous les mois, alors autant en profiter, sinon ce serait gâcher de l'argent. Et puis, nous savions que ce voyage ne serait pas de tout repos, alors c'est pratique de pouvoir aller et venir à notre guise.

— Je suis souvent venu à Bariloche, commenta Batista, mais jamais à bord d'un tel engin. C'est tellement agréable.

Ils étaient en train de s'enregistrer à l'accueil de l'hôtel lorsque Batista remarqua la présence d'un vieux prêtre assis dans le hall.

— Père Castillo ! s'exclama-t-il en s'approchant du vieillard. Que faites-vous ici ?

— *Señor* Batista ! Je vous retourne la question ! Qu'est-ce qui vous amène à Bariloche ? demanda le prêtre.

— J'avais des affaires à régler avec des amis. Attendez, je vais vous présenter.

Batista fit le tour de la petite troupe en présentant chacun d'entre eux.

— Et voici mon vieil ami, le père Juan Castillo, dit-il enfin. Il dirige une petite paroisse tout au sud de Bariloche que l'on appelle bien à propos Notre Dame des Neiges. C'est une église de taille modeste avec un petit clocher noir, nichée à l'ombre d'une forêt de pins qui surplombe le lac et les sommets enneigés des Andes. Le sanctuaire est vraiment magnifique

Dominic s'avança.

— Quel plaisir de rencontrer un homme d'église, mon Père, dit-il en serrant la main de son homologue. J'adorerais voir votre église, pendant que nous sommes encore dans la région.

Le visage du vieil homme s'illumina à cette idée.

— Pour tout vous dire, vous pourriez peut-être me donner un coup de main, si vous avez un peu de temps, Père Dominic.

Son expression se ferma presque aussitôt.

— Pardon, c'était présomptueux de ma part de vous faire une telle requête. Et puis de toute manière, la plupart de nos fidèles sont allemands. Il faudrait pour cela que vous parliez la langue.

— Mais je parle couramment allemand ! s'exclama Dominic. Qu'est-ce que je peux faire pour vous ?

Le visage ridé du vieil homme s'illumina de nouveau et ses yeux brillèrent de gratitude.

— Dieu soit loué ! Avec Pâques qui approche, mes ouailles arrivent en masse pour se confesser et expier tous leurs péchés avant le jour saint, comme à leur habitude. Et avec tous les préparatifs, je ne peux pas me permettre de rester dans le confessionnal à longueur de journée. Pourriez-vous vous occuper des confessions, ce soir ? J'espère que ça ne chamboulera pas trop votre emploi du temps.

Dominic se tourna vers Hana et ses compagnons.

— Vous pensez que je peux me permettre d'accorder quelques heures au père Castillo ?

Javier prit la parole.

— Je peux emmener tout le monde dîner pendant que vous accomplissez le travail de Dieu, Père Dominic.

Dominic se tourna vers le prêtre.

— Votre requête tombe à pic, Père Castillo, dit-il avec enthousiasme. Avec tout ce temps passé à voyager, ces derniers jours, j'ai négligé mes devoirs cléricaux. Ce serait un privilège pour moi de vous porter assistance.

— Excellent ! Rendez-vous à dix-sept heures, dans ce cas.

Une fois enregistrés à l'accueil de l'hôtel, tous les membres de l'équipe montèrent dans leurs chambres respectives pour défaire leurs bagages et se rafraîchir, avant de se retrouver dans le vestibule, une demi-heure plus tard.

— Je suis impatient de retrouver le banc du confessionnal, dit Dominic à ses amis. Cela fait longtemps que je ne me suis pas adonné à ce genre de tâche.

— En attendant, on a du pain sur la planche, fit remarquer Javier. Je suggère que l'on commence par le chef de la police, Ramón Santos. Il aura peut-être quelque chose à nous révéler, si on le cuisine un peu.

— On risque de l'intimider, si on arrive à cinq, nota Hana. Michael, pourquoi tu ne prendrais pas un taxi pour rendre visite à Santos avec Javier ? Pendant ce temps, j'irai faire un tour en voiture avec Karl et Lukas pour voir si l'on trouve cette fameuse *Kinderklinik*, dans le coin.

— C'est une bonne idée, acquiesça Dominic. Mais si vous la trouvez, évitez de vous faire remarquer, surtout par Jacob et ses gars. Ils sont peut-être déjà rentrés de Buenos Aires.

Légèrement chagrinée, Hana fit la moue en inclinant la tête sur le côté.

— Je suis une grande fille, le réprimanda-t-elle.

Après avoir hélé un taxi, Dominic et Batista partirent pour le Q.G. de la police de Bariloche pendant qu'Hana et Lucas tentaient leur chance, armés d'une liste des hôpitaux et cliniques de la région, et du GPS du SUV.

— C'est un plaisir de vous revoir, *capitán*, dit Dominic à l'intention du chef de la police en lui serrant la main. Je vous présente votre collègue d'Interpol, Javier Batista.

L'intéressé sortit sa carte de la poche de son manteau et la présenta au chef.

— *Interpol ?* répéta Santos surpris. Qu'est-ce qu'Interpol est venu faire dans ma ville ? Y a-t-il quelque chose que je devrais savoir ?

Il désigna les chaises d'un geste du bras pour les inviter à s'asseoir.

— Pour tout vous dire, *capitán*, nous menons une enquête sur l'organisation internationale qui se fait appeler l'Ahnenerbe. Ça vous parle ?

Le capitaine se rassit, visiblement déconfit.

— Pourquoi ce groupe en particulier ?

— Nous avons des raisons de croire que certains de ses membres ont été impliqués dans le vol d'un artefact qui devrait revenir au Vatican, expliqua Dominic. Les faits ont eu lieu en Allemagne, il y a quelques jours à peine. Lors de notre dernière visite, avec ma collègue Hana Sinclair, nous vous avons posé quelques questions sur l'un de vos citoyens, un certain Christof Prager. Vous devez vous en souvenir. Il se trouve que Prager est directement lié à cette affaire. Il nous faut le trouver et récupérer l'objet en question. Est-ce que vous pouvez nous aider à le localiser ?

Santos grimaça, pesant intérieurement le poids politique de sa réponse.

— Nous sommes au courant de l'existence de l'Ahnenerbe, mais à ma connaissance, ce n'est rien de plus qu'une œuvre de charité, un peu comme le Rotary Club. Il me semble qu'ils ont pour mission d'améliorer la vie des enfants ou quelque chose dans ce genre.

Dominic et Batista échangèrent un regard. Le capitaine n'était pas très loin de l'horrible vérité.

— Le seul point étrange, c'est que leurs critères d'entrée sont extrêmement rigides. Ils ne m'ont même pas accepté ! Pour devenir membre, il faut être allemand et avoir des enfants en bas âge ou attendre un bébé, ce qui n'est pas mon cas. Quant au *señor* Prager, poursuivit Santos d'un ton plus officiel, si vous avez des preuves contre lui, je veux bien les voir. On ne peut pas l'arrêter sur de simples accusations. Qu'est-ce qu'il a volé, exactement, selon vous ?

Conscient que leurs preuves étaient pour le moins limitées, Batista tenta la carte de l'intimidation.

— *Capitán*, si nécessaire je peux déclencher une notice rouge pour faire arrêter cet homme immédiatement. Votre coopération dans cette affaire vous serait plus favorable qu'une apparente entrave à l'exercice de la justice. Une fois résolu, le dossier sera clos.

— Je vous assure, messieurs, que je ne fais que mon devoir. Montrez-moi vos preuves et je me ferai un plaisir d'honorer votre demande.

Batista montrait des signes d'impatience.

— Vous êtes en train de dire que vous ne croyez pas sur parole le prêtre du Vatican qui a lui-même été victime du vol ?

— Ce que je dis, c'est que si vous me montrez vos...

— Je crois qu'on va s'arrêter là pour aujourd'hui, interrompit Dominic en se levant de sa chaise. Merci de nous avoir reçus, *capitán*. Nous vous recontacterons au besoin.

— Et maintenant ? demanda Dominic à Batista dans le taxi qui les ramenait à l'hôtel.

— J'ai l'impression que Santos a peur. La communauté allemande doit avoir une certaine emprise sur lui. Si ça se trouve, l'Ahnenerbe le soudoie. La corruption est partout, dans le système judiciaire argentin, surtout dans les petites villes comme celle-ci, où les contrôles sont rares. Je crains qu'on ne doive se débrouiller tout seuls, sur ce coup-là, Michael.

— Tu as raison, soupira Dominic en baissant les yeux sur sa montre. Javier, tu veux bien me déposer à l'église du père Castillo ? Il est bientôt dix-sept heures. Je te rejoins plus tard.

TRENTE-HUIT

— Pardonnez-moi, mon Père, car j'ai péché. Je ne suis pas venu me confesser depuis plus d'un an...

Le jeune Sud-américain de l'autre côté du paravent du confessionnal entreprit alors de décrire une série de péchés véniels ne méritant pas plus qu'une pénitence minimale : ne pas prier tous les jours, proférer des jurons, manquer de respect aux femmes.

Et la soirée se poursuivit ainsi, de fidèle en fidèle, pendant qu'au moins deux douzaines de pénitents patientaient sagement sur les bancs de l'église.

La réconciliation était l'un des sacrements préférés de Dominic, parmi les rites chrétiens. Il avait toujours été à l'écoute de ses ouailles et estimait qu'il était de son devoir d'aider son prochain, tant en tant que prêtre qu'être humain.

Peu de confessions le surprirent. Les gens lui avouaient, dans l'anonymat de la petite cabine obscure, ce qu'ils avaient fait ou s'étaient abstenus de faire dans telle ou telle situation, se déchargeant ainsi du poids qui pesait sur leurs épaules. Mais Dominic s'efforçait toujours de creuser plus profondément pour découvrir les raisons qui les avaient poussés à agir de la sorte.

La porte du confessionnal s'ouvrit, puis se referma. Le pénitent suivant était une jeune femme qui ne maîtrisait visiblement pas très bien l'espagnol. En entendant son accent teutonique, Dominic la rassura et l'invita à s'exprimer en allemand, si elle le souhaitait. Elle se détendit à ces mots, visiblement soulagée de pouvoir se confesser dans sa langue maternelle.

Il l'entendit également sangloter alors qu'elle cherchait ses mots.

— Prenez votre temps, mon enfant, la réconforta-t-il. Il n'y a pas d'horloge, dans la maison de Dieu.

La jeune femme laissa échapper un petit rire, puis soupira et sécha ses larmes. Elle commença par confesser quelques péchés mineurs, puis se remit à pleurer, visiblement profondément chagrinée. Enfin, elle baissa la voix et lui expliqua ce qui n'allait pas dans un murmure.

— Je suis désolée, mon Père. Je n'ai personne d'autre vers qui me tourner. Je suis enceinte de cinq mois de mon premier enfant mais je crains pour la vie du bébé. Mon mari, Günther, est impliqué dans une espèce d'association qui élève nos enfants pour en faire des néonazis ! Ils se font appeler l'Ahnenerbe. J'ai fait quelques recherches sur le sujet et...

Dominic continua d'écouter la jeune femme d'une oreille distraite, choqué de l'entendre mentionner l'Ahnenerbe et le nom de son mari, Günther. Se pouvait-il qu'il s'agisse du même homme qui avait tabassé Karl et volé le voile ?

— Ils les envoient dans des écoles spéciales où ils leur lavent le cerveau avec je ne sais quelles sottises, continua la jeune femme. Les Faucons rouges, qu'ils les appellent. Vous rendez-vous compte ? *NaziKinder* ? Je dois vous paraître folle, mais c'est la pure vérité. J'ai peur, mon Père. Que dois-je faire ?

— Où est votre mari, en ce moment ? Vous pensez courir un danger ?

— Il est à la maison, mais il revient tout juste d'Allemagne, répondit-elle. Il avait des affaires à régler là-bas, selon lui, mais il est boucher ! Quel genre d'affaires amènent un boucher à l'autre bout du monde ? Il ne me raconte jamais rien de ses activités. Et pour répondre à votre question, non, je ne me sens pas en danger, mais...

Elle ne termina pas sa phrase, néanmoins il était clair qu'elle avait peur.

Dominic était désormais certain que ce Günther était bien le même homme. Et sa relation avec l'Ahnenerbe semblait le confirmer.

— Ce que vous m'avez confié est protégé par le secret de la confession, donc votre histoire est en sécurité avec moi. Quant à la marche à suivre, il va falloir que j'y réfléchisse. Puis-je vous demander votre nom ?

— Je m'appelle Hilda. Hilda Fischbein. Il ne faut surtout pas que mon mari apprenne ce que je vous ai dit, mon Père. Il peut être cruel, s'il le veut. J'ignore même s'il fera un bon père. Ce n'est même pas un bon mari, conclut-elle en se remettant à sangloter.

— Je prierai pour vous, Hilda. Et je ferai tout ce qui est en mon pouvoir pour vous venir en aide, vous avez ma parole. Je ne suis ici ce soir que pour décharger le père Castillo de ses nombreux devoirs, mais je séjourne à l'hôtel Cristal, et ce pendant les quelques jours à venir. Auriez-vous la possibilité de passer un coup de fil là-bas, demain ?

— Oui, mon Père, répondit Hilda en reniflant. Je vous serais très reconnaissante si vous vouliez bien reparler de mon problème avec moi. Je n'ai personne vers qui me tourner, dans cet endroit maudit.

— Très bien. Nous reparlerons demain. En attendant…

Il lui offrit sa pénitence, prononça la prière d'absolution, puis lui donna sa bénédiction.

— Merci, mon Père. Merci infiniment.

Elle se leva et quitta le confessionnal en refermant doucement la porte derrière elle.

Günther Fischbein. Dominic allait devoir poser quelques questions à Batista pour en apprendre plus sur cet homme. Hilda était peut-être la clé qui lui permettrait d'obtenir les faveurs du chef de la police. Il adressa une rapide prière de gratitude au Seigneur pour l'avoir mis sur la bonne voie. Mais il savait pertinemment qu'il aurait encore besoin de Son aide prochainement.

TRENTE-NEUF

Assis dans son fauteuil roulant électrique, le Dr Johann Kurtz, ancien colonel décoré de la Gestapo et ex-assistant en géonomie du Dr Josef Mengele à Auschwitz, contemplait le lac chatoyant de Nahuel Huapi en attendant une livraison très spéciale de ses collègues d'Ahnenerbe.

À quatre-vingt-douze ans, Kurtz était encore vif d'esprit et lucide. Pourtant, bien qu'impatient de recevoir l'artefact sacré, il ne pouvait afficher qu'un sourire difforme des plus frêles en raison des nombreux AVC dont il avait souffert.

Cette livraison allait également plaire à son petit frère, censé arriver plus tard dans la journée.

Le manoir gothique en brique hautement surveillé de Kurtz, situé à l'extrémité nord de Bariloche, était fin prêt pour ce genre de mission, avec son laboratoire de génétique moderne entièrement équipé et les généticiens allemands les plus qualifiés qui soient, convaincus de se rallier à la cause à grands renforts d'or. Sans compter la promesse que leur travail allait littéralement marquer l'histoire.

— *Herr Doktor*, voulez-vous prendre votre thé dans la bibliothèque ? demanda l'infirmière.

— *Ja*, Inge, j'arrive tout de suite.

Kurtz posa une main osseuse sur le joystick commandant son fauteuil roulant et conduisit l'appareil hors du salon et à travers le grand hall pour se rendre dans la bibliothèque ovale à architecture ouverte et ses milliers de livres alignés sur deux étages. Entre les grandes étagères en bois de palissandre qui entouraient la pièce, se trouvaient, en guise de trophées, diverses têtes d'animaux de la forêt bavaroise, les yeux posés sur les visiteurs : cerfs rouges de la Forêt-Noire, chevreuils, chamois, antilopes, et le symbole le plus notable du Troisième Reich, l'aigle royal. Une plateforme surélevée située au centre de la pièce était surmontée d'un grand lion ouest-africain attaquant un gnou bleu. La mort était le thème dominant, bien qu'involontaire, de ces représentations de la nature.

Tandis que Kurtz roulait vers son bureau, Inge y posa un plateau d'argent et laissa infuser le thé. Kurtz avait une préférence pour le guayusa, un thé rare, doux et crémeux provenant de la forêt amazonienne dont il s'était pris d'intérêt en arrivant en Amérique du Sud, soixante ans plus tôt.

Il venait d'en boire une première gorgée lorsque les portes de la bibliothèque s'ouvrirent sur son secrétaire, debout sur le seuil.

— *Herr Doktor*, les deux gentlemans que vous attendiez sont arrivés, dois-je les faire entrer ?

— *Ja*, bien sûr, Hans. Faites-les entrer.

Jacob Rausch et Christof Prager, tous deux vêtus d'un

costume noir, entrèrent dans la pièce et se dirigèrent vers le vieil homme. Jacob tenait une mallette en cuir à la main.

— Messieurs, prenez place, je vous en prie, chuchota Kurtz de sa voix basse et gutturale. Je crois comprendre que vous avez rencontré des difficultés à mettre la main sur cet objet, là-bas en Mère patrie. Je suppose que vous l'avez amené avec vous ?

— Oui, *Herr Doktor*, nous vous l'avons rapporté comme convenu, répondit Jacob. Quant aux difficultés, ce n'était rien d'insurmontable.

— Bien. Alors, je dois voir le voile, déclara Kurtz d'une voix rauque. Sans attendre, je vous prie.

Jacob posa la mallette sur le bureau, saisit le code secret et l'ouvrit. Il en retira un objet enveloppé dans un épais tissu de velours rouge qu'il plaça sur le bureau face à Kurtz, puis retira le tissu avec précaution, révélant ainsi la boîte d'albâtre.

Assis dans son fauteuil, Kurtz observa le coffret à la lueur des rayons de soleil qui traversaient les fenêtres situées derrière lui, donnant à l'albâtre une lueur diaphane, comme si la lumière émanait directement de l'écrin.

Il tendit la main, détacha le crochet de bronze et souleva le couvercle.

— Hans, allez chercher mes gants et ma loupe, s'il vous plaît.

Ayant anticipé cette requête, le secrétaire sortit une paire de gants de conservation blancs ainsi qu'une petite loupe grossissante de joaillier et les positionna sur le bureau. Inge l'infirmière s'approcha, s'empara des gants et les glissa sur les mains du vieil homme.

Les doigts tremblants, Kurtz retira le voile du coffret et

le laissa se dérouler naturellement. Il ne laissa paraître aucune émotion, se contentant simplement de le contempler pendant un long moment, comme pour mémoriser l'image qu'il avait sous les yeux, les différentes couleurs et la pureté du byssus lui-même. Saisissant la loupe, il examina de près les détails du tissu qui semblait montrer des traces de sang, s'attardant sur plusieurs zones qui s'annonçaient prometteuses pour le travail à venir. La pièce resta plongée dans le silence pendant que le docteur analysait l'artefact.

— Bien, finit-il par dire tout en remettant le voile dans son coffret. Parfait. Merci messieurs, vous avez fait du bon travail. Retournez à vos fonctions, maintenant. Notre tâche devrait commencer d'ici peu.

— *Danke schön*, *Herr Doktor*, *Auf wiedersehen*, répondirent simultanément Jacob et Christof avant de tourner les talons pour se diriger vers la sortie de la bibliothèque.

Alors que les deux hommes remontaient la longue route menant au portail du domaine, ils croisèrent une berline Mercedes S550 noire aux vitres teintées qui pénétrait dans la propriété.

Une fois garé devant la porte d'entrée, le chauffeur sortit du véhicule et ouvrit la porte arrière à l'intention de l'unique passager qui obtint immédiatement le droit de pénétrer dans le manoir.

Hans frappa à la porte de la bibliothèque puis l'ouvrit.

— *Herr Doktor*, votre frère est arrivé.

— Oh, faites-le entrer, je vous prie, Hans.

Un grand homme aux traits aquilins pénétra dans la

pièce et s'approcha du bureau. Il se pencha pour faire une accolade maladroite à son demi-frère.

— Il est bon de te revoir, Johann, dit Hans en s'asseyant.

— Le plaisir est partagé, Fabrizio, répondit Kurtz, en levant la tête pour adresser un sourire tordu à son interlocuteur. J'ai quelque chose de très spécial à te montrer.

Le cardinal Dante était désormais tout ouïe.

QUARANTE

L a boucherie Le Veau Noble sur l'Avenida de Julio était plus bondée que d'habitude. Le propriétaire, Günther Fischbein, était en train de trancher un morceau de bœuf argentin pour plusieurs clients qui faisaient la queue quand sa femme sortit de l'arrière-boutique.

— Günther, dit Hilda, il faut que j'aille au marché à présent, et après cela j'ai mon échographie à la clinique. Est-ce que tu as besoin que je te ramène quelque chose ?

— Oui, râla Günther, un coup de main. Dépêche-toi de faire ce que tu as à faire et reviens m'aider ici.

— Oui, *Schatz*. Je reviens vite.

Elle se hâta de sortir par la porte d'entrée.

Hilda marchait d'un bon pas dans ses ballerines confortables, non pas en direction de l'épicerie locale mais vers l'hôtel Cristal, à plusieurs pâtés de maisons de là, où elle et le père Dominic avaient prévus de se retrouver pendant que son époux s'occupait du magasin. C'était une bonne chose qu'il y ait beaucoup de clients, cela occupe-rait Günther un moment.

La journée était froide, elle avait donc enfilé un épais pull à torsades sous un manteau sombre. Ne souhaitant pas être reconnue, elle avait mis une paire de lunettes de soleil. Heureusement, le soleil brillait haut dans le ciel et de nombreux touristes venus skier portaient également des lunettes de soleil en ville, de sorte qu'elle ne sortait pas du lot. Il ne fallait surtout pas que Günther entende parler de sa visite au prêtre.

Quinze minutes plus tard, le portier de l'hôtel Cristal lui ouvrit la porte et elle entra dans le vestibule. Elle aperçut le père Dominic en compagnie d'une femme, assis dans un coin du hall d'entrée. D'abord hésitante, elle s'ap-procha lorsque le prêtre lui fit signe d'avancer.

— Bonjour, Hilda ! la salua-t-il. Hilda Fischbein, je vous présente ma collègue, Hana Sinclair. Nous sommes tous deux venus à Bariloche dans un but bien précis, qui, je pense, est en lien avec les choses dont vous m'avez parlé. Je n'ai pas touché mot à Hana de ce que vous m'avez dit, mais c'est une amie très proche, et je suis convaincu qu'elle sera également en mesure de vous aider. Avec votre permission, j'aimerais que nous nous rendions tous les trois dans ma chambre pour discuter en privé des éléments dont nous avons discuté, afin que chacun de nous ait la même compréhension de la situation et le même objectif, celui de soulager votre fardeau ; mais seulement si vous êtes à l'aise avec cette idée. Je ne révé-lerai jamais rien de ce que vous m'avez confié au confes-sionnal sans votre permission, bien évidemment. Qu'en dites-vous ?

Hilda hocha la tête, rassurée à l'idée de ne pas se

retrouver seule avec le prêtre dans sa chambre et de pouvoir échanger en privé plutôt que dans le vestibule public.

Quand elle acquiesça d'un signe de la tête, Hana la remercia dans un allemand courant de lui permettre de l'aider. Hilda sourit, désormais à l'aise en compagnie de l'associée du *padre*. Ils prirent l'ascenseur jusqu'à la chambre de Dominic, au deuxième étage.

Une fois à l'intérieur, elle leur expliqua rapidement la situation.

— Je... Je doute que quiconque puisse convaincre mon mari de changer d'avis, mon Père. J'y ai longuement réfléchi et j'ai décidé de divorcer. Cette grossesse n'était pas prévue et c'est la seule raison pour laquelle nous nous sommes mariés. Je me rends compte à présent que je ne ressens rien pour cet homme. Et pour l'amour de Dieu, je ne veux surtout pas de Günther dans la vie de mon enfant s'il compte en faire un néonazi quand il sera grand ! Non, c'est hors de question. J'ai seulement peur de la réaction de Günther lorsque je le lui annoncerai. Il peut se montrer très violent, voyez-vous.

À ces mots, elle porta une main à son visage, comme si son corps se remémorait quelque chose du tempérament passé de son mari.

— Mais je ne vois aucune raison de ne pas partager ce dont nous avons parlé avec *Fräulein* Hana, ajouta-t-elle. Tant que vous n'abordez pas mes péchés.

Elle adressa à Hana un petit rire poli que cette dernière lui rendit.

— Je vous en prie, asseyez-vous, Hilda, dit Hana en désignant une chaise à côté d'elle. C'est un plaisir de vous rencontrer. Désirez-vous un thé ou un café ?

— *Nein, danke.*

Hilda retira son manteau, le posa sur le lit et s'assit à côté de Hana.

Dominic raconta ensuite à Hana ce qu'Hilda lui avait dit dans le confessionnal sur les activités de Günther au sein de l'Ahnenerbe et la *Kinderklinik*, ainsi que l'endoctrinement des enfants dès leur naissance via le programme Faucon Rouge.

— Bonté divine ! s'exclama Hana après que Dominic eut fini. Tout cela a l'air absolument monstrueux ! Ma pauvre, vous n'avez vraiment pas de chance.

Elle tendit une main et la posa sur celle d'Hilda qui fondit en larmes, enfin capable de s'adresser à quelqu'un qui compatissait avec sa situation jusque-là gardée sous silence.

Hana estima le moment opportun pour se renseigner un peu plus sur Günther.

— Comment savez-vous que votre mari est impliqué dans les activités de l'Ahnenerbe, Hilda ? Est-ce qu'il rencontre des complices chez vous ou... ?

Hilda se tapota le nez du bout de son mouchoir.

— Il y a une grande grange sur la propriété de l'un des membres où ils se retrouvent toutes les semaines. Günther m'a dit que leur prochaine réunion devait avoir lieu dans deux jours, mercredi.

— Où se trouve cette grange ? demanda Dominic.

— Je peux vous dessiner une carte, si vous voulez, répondit-elle.

Hana hocha la tête, puis sortit d'un tiroir du bureau un stylo et une feuille, et les fit glisser vers Hilda. Cette dernière se mit à dessiner une carte des environs comprenant plusieurs points de repère pour les guider, avant de leur montrer où la propriété était située.

— Hilda, commença Dominic, il y a quelque chose que je dois vous dire à propos de Günther. C'est difficile à entendre, mais je pense que c'est nécessaire, compte tenu des décisions que vous avez prises. Hana et moi étions en Allemagne, la semaine dernière, en même temps et au même endroit que votre mari. Sans trop entrer dans les détails, Günther a été impliqué dans le vol d'un objet qui intéresse grandement le Vatican. Il a même blessé l'un de nos collègues, un Garde suisse et un ami très cher, afin de le dérober. C'est pourquoi nous sommes venus ici, à Bariloche, pour récupérer ce qui doit revenir à l'Église.

Plutôt que des larmes ou un ébranlement, deux réactions auxquelles Dominic se serait attendu, le visage de Hilda se durcit et ses yeux se firent perçants.

— C'est un acte impardonnable, mon Père, gronda-t-elle. Je vous présente mes excuses pour son comportement. Vos révélations ne font que faciliter ma décision.

— Vous comprenez à présent pourquoi nous avons besoin d'en savoir plus sur l'Ahnenerbe et ses activités ici. Malgré son jeune âge, Günther fréquente des individus très dangereux. Et bien que nous ne puissions influencer leurs idéologies, nous ne pouvons pas leur permettre de garder l'artefact qu'ils nous ont volé. Les conséquences sont bien trop importantes, tant pour l'Église que pour la société.

— Je ferai tout ce qui est en mon pouvoir pour vous aider, mon Père, et vous aussi *Fräulein* Hana. Dites-moi, en quoi puis-je vous être utile ?

Hana leva les yeux vers Dominic.

— Michael, je propose qu'Hilda et moi commencions

par aller visiter cette *Kinderklinik* pour voir si on y trouve quelque chose d'intéressant. Nous pouvons nous y rendre dès aujourd'hui, n'est-ce pas, Hilda ?

— Il s'avère que j'ai rendez-vous pour une échographie, cet après-midi. Vous pouvez m'accompagner et vous faire passer, disons, pour ma sœur venue de Heidelberg. Cela devrait suffire pour qu'ils ne se méfient pas. Ils sont très à cheval sur la sécurité, là-bas.

— Dans ce cas, aujourd'hui, nous serons sœurs.

Hana sourit à Hilda et remarqua une unique larme de soulagement et de gratitude rouler sur la joue de la femme.

QUARANTE-ET-UN

— Vous êtes enceinte de combien ? demanda Hana alors qu'elle conduisait Hana à la *Kinderklinik*, à quelques kilomètres de là.

— De cinq mois, soupira l'intéressée. Dès la première échographie, on a su que ce serait un garçon. Mais entre les bouffées de chaleur, le mal de dos et les crampes dans les jambes, je ne m'attendais pas à ce que la grossesse soit aussi douloureuse avant la naissance. Ma mère est morte peu après que je suis née et je n'ai aucune amie ici. Tout ceci est nouveau pour moi. J'apprends sur le tas. Je n'ai pas besoin des lubies de Günther par-dessus le marché. Avec le recul, je sais désormais que je n'aurais pas dû l'épouser.

Elle tourna le regard vers le paysage qui défilait derrière la fenêtre en se rappelant des jours plus heureux.

Quand elles approchèrent de leur destination, Hilda indiqua la route à suivre. C'était un chemin sans marquage ni panneau, ce qui surprit Hana. Cinq cents mètres plus loin, elle s'arrêta devant un bâtiment de brique rouge de trois étages, niché au milieu d'une épaisse forêt de pins. Ici aussi, aucun panneau n'était en vue.

Hana balaya les environs du regard et vit plusieurs voitures sur le parking. Celle à côté de laquelle elle s'était garée avait un autocollant ovale indiquant le numéro 88, le genre d'autocollant qui représentait le pays d'origine du véhicule. De quel pays pouvait-il bien s'agir ? Après un rapide coup d'œil aux autres voitures, elle confirma que la plupart affichaient le même numéro sur leur fenêtre arrière. Étrange.

— Hilda, c'est quoi ces autocollants 88 à l'arrière des voitures ?

— Aucune idée. C'est la première fois que je les remarque. Des autorisations de parking, peut-être ?

Une fois à l'intérieur de la clinique, Hilda signa un document à la réception indiquant que sa sœur l'accompagnait. La dame allemande d'un certain âge assise derrière le comptoir décocha un regard sévère à Hana mais ne commenta pas et leur tendit une carte à chacune.

— Vous ne pouvez pas vous déplacer dans les locaux sans escorte. Merci d'attendre dans la zone qui vous a été assignée.

La zone qui vous a été assignée ? Quel manque de savoir-vivre, songea Hana. Elle lança un coup d'œil en coin à Hilda en levant les yeux au ciel, puis toutes deux se dirigèrent vers la salle d'attente.

Vingt minutes plus tard, une autre infirmière tout aussi avenante que la première pénétra dans la pièce.

— *Frau* Fischbein ? lança-t-elle d'une voix forte.

Hilda et Hana se levèrent et suivirent la dame le long du couloir, jusqu'à une salle d'examen.

— Le docteur ne va pas tarder, annonça sèchement

l'infirmière en tendant une blouse à Hilda. Déshabillez-vous entièrement en-dessous de la taille. Ça s'ouvre sur le devant.

Sur ce, elle sortit de la pièce et referma la porte derrière elle.

— Ce n'est pas très chaleureux, par ici, fit remarquer Hana en s'asseyant pendant qu'Hilda se changeait.

— Je les trouve froids et indifférents, même pour des Allemands, commenta Hilda. Chaque fois que je viens, je vois un médecin différent. C'est normal, selon vous ?

— Je ne suis pas experte en la matière et je n'ai jamais eu d'enfant, mais il me semble que normalement, une future mère est suivie par le même médecin tout au long de sa grossesse. Cela permet de mieux connaître les patients. Mais comme vous le dites, cette clinique n'est pas très orthodoxe.

La porte s'ouvrit et une radiologue fit irruption dans la pièce, suivie d'un vieil homme en fauteuil roulant. Il prit la parole en allemand et se présenta.

— Bonjour, mesdames. Je suis le docteur Kurtz, directeur de cette clinique. Comment allez-vous aujourd'hui, *Frau* Fischbein ? J'ai cru comprendre que votre sœur était venue vous rendre visite, c'est bien cela ?

Il observa Hana d'un air curieux.

— Oui, docteur. Voici ma sœur, Hana. Elle nous arrive d'Heidelberg.

— Heidelberg ? Quelle coïncidence ! Je suis moi-même originaire d'Heidelberg, s'exclama le vieil homme en esquissant un sourire tordu. Vous êtes venue assister votre sœur au cours de cet heureux événement, *Fräulein* ?

Hana sentit un frisson glacé lui remonter le long de l'échine. Bien qu'elle ne puisse expliquer pourquoi, la simple présence de cet homme lui donnait la chair de poule. Elle lui répondit avec autant d'enthousiasme que possible.

— Oui, *Herr Doktor*. Je n'ai pas vu ma sœur depuis longtemps. Il paraît que c'est un garçon.

— C'est cela, confirma Kurtz en décochant à Hana un regard inquisiteur teinté d'une touche de suspicion.

— Votre accent..., commença-t-il d'un ton hésitant en haussant un sourcil. Je n'arrive pas à mettre le doigt dessus, mais cela ne me semble pas provenir du dialecte palatin de notre région. Vous avez grandi à Heidelberg ?

Hana se reprit rapidement.

— Mon père nous faisait souvent déménager. Il était dans l'armée, voyez-vous. On a vécu un peu partout, en Allemagne. J'imagine que mon accent est un mélange des nombreux dialectes auxquels j'ai été exposée dans mon enfance.

— *Herr Doktor*, plaida Hilda en pressentant un danger, si ça ne vous dérange pas, j'aimerais que nous commencions rapidement. Je n'ai pas beaucoup de temps devant moi. Mon mari a besoin de moi à la boutique.

— Bien sûr, *Frau* Fischbein, répondit Kurtz sans détourner son regard soupçonneux d'Hana. Voyons comment grandit ce bébé.

Il reporta son attention sur Hilda.

L'infirmière, qui avait préparé le matériel, réalisa l'échographie pendant que le docteur observait la scène depuis son fauteuil roulant. Quatre paires d'yeux se tournèrent vers l'écran du sonagramme sur le meuble adjacent à la table d'auscultation.

— Tout a l'air normal, déclara le docteur d'un ton neutre. Nous allons commencer une nouvelle cure de vitamines aujourd'hui et nous vous donnerons une liste d'exercices à faire pour participer à votre confort comme à celui du bébé. Je vous recommande fortement de les suivre à la lettre. Le but étant que votre garçon devienne un jeune homme fort et en bonne santé.

Hana sentit un autre frisson lui glacer le dos à ces mots dont elle comprenait désormais le sous-entendu. Elle croisa les bras sur sa poitrine pour se réchauffer.

Kurtz fit pivoter son fauteuil à l'aide du joystick pour se tourner vers elle.

— Combien de temps avez-vous prévu de rester à Bariloche, *Fräulein* ?

— Je compte repartir dans quelques jours, répondit-elle.

— J'espère que vous profiterez de notre belle ville d'ici là et que vous prendrez soin de votre sœur.

Sur ce, l'infirmière ouvrit la porte et Kurtz fit pivoter son fauteuil et se dirigea vers la sortie. Le bruit du moteur électrique s'évanouit petit à petit dans le couloir et la porte se referma.

— Quel étrange personnage, commenta Hana pendant qu'Hilda renfilait ses vêtements. Est-ce qu'il connaît Günther ? Il ne faudrait pas que votre mari ait vent de la venue de votre sœur.

— Je ne sais pas, répondit Hilda d'un air inquiet. Peut-être qu'ils se croisent dans leurs réunions de l'Ahnenerbe, si le docteur y participe, ce qui est probablement le cas. J'espère qu'il ne dira rien à Günther. J'aurais dû y penser plus tôt. Quelle sotte je fais !

— Ne vous faites pas de mouron, Hilda. Vous avez déjà suffisamment de soucis en tête.

Après avoir rendu leurs cartes de visite à la réception,

les deux jeunes femmes quittèrent la clinique. Sur le parking, Hana remarqua un gros monospace Mercedes qui sortait de l'enceinte, le docteur Kurtz assis à l'arrière dans son fauteuil roulant.

Sur la fenêtre de la plage arrière se trouvait le fameux autocollant 88. Elle regarda le véhicule s'éloigner lentement en direction de la ville, le long du chemin flanqué d'arbres.

Une fois assise sur le siège passager, Hana jeta un coup d'œil dans le rétroviseur intérieur par habitude et remarqua un homme au volant du véhicule garé derrière le sien. C'était le beau Français qu'elle avait croisé dans le hall de l'hôtel à Buenos Aires !

Il sembla la reconnaître et lui sourit, puis enclencha la marche arrière pour faire sortir sa BMW verte de son emplacement et quitta le parking.

QUARANTE-DEUX

Le restaurant Nebbiolo, non loin de l'hôtel Cristal, était le havre de paix idéal pour se ravitailler après une longue journée. On y servait des plats aux saveurs argentines assaisonnés d'une touche italienne.

Dominic, Hana, Javier et Lukas avaient pris place à une grande table et le personnel était aux petits soins pour eux. Deux serveurs déposèrent les plats qu'ils avaient commandés parmi la longue liste de choix possibles à la carte : une truite arc-en-ciel grillée, un porc aux pêches et à la sauce aux sureaux, un *locro*, ce ragoût de viande typiquement argentin composé de bœuf, de haricots de Lima et de maïs, une escalope panée à la milanaise accompagnée de son flan maïs-brocoli et un *matambre arrolado*, cette bavette roulée farcie aux légumes et aux œufs durs. Chacun goûta le plat du voisin tout en s'extasiant devant la richesse des saveurs d'Amérique du Sud.

Toute l'équipe avait décidé de dîner ensemble pour échanger sur leurs activités de la journée. Le restaurant étant bondé ; leur conversation passerait inaperçue parmi celles des autres clients.

— J'ai rencontré un type très bizarre, aujourd'hui, commença Hana, le directeur de la clinique où Hana est allée faire son échographie, un certain Dr Johann Kurtz. Il doit avoir au moins quatre-vingt-dix ans et gère l'établissement d'une main de fer. Je me suis fait passer pour la sœur d'Hilda, originaire d'Heidelberg. Comme par hasard, le monsieur vient d'Heidelberg, lui aussi. Je ne vous raconte pas l'angoisse. Mais j'ai réussi à détourner ses questions. Je ne serais pas surprise d'apprendre qu'il a quelque chose à voir avec l'Ahnenerbe.

— *Johann Kurtz* ? s'exclama Javier. Évidemment qu'on le connaît, c'est un ancien généticien de la Gestapo. On pense qu'il a travaillé avec Josef Mengele dans le cadre de ses expériences ignobles sur des êtres humains à Auschwitz. Le Mossad essaie de lui mettre la main dessus depuis un moment mais il a disparu des radars depuis des années. Ils seraient ravis d'apprendre qu'on l'a localisé, Hana. Je leur ferai part de la nouvelle demain.

— Et ce n'est pas tout, poursuivit Hana. Presque toutes les voitures sur le parking de la clinique avaient un auto-collant ovale avec le nombre 88 marqué dessus. Vous avez une idée de ce que ça peut vouloir dire ?

Batista reposa lentement sa fourchette et la fixa droit dans les yeux.

— Presque toutes les voitures, tu dis ?

— Oui, presque toutes. Pourquoi ?

L'agent jeta un coup d'œil autour d'eux avant de répondre à voix basse. Tout le monde se pencha pour l'écouter.

— Le huit représente la lettre *h*, la huitième de l'alphabet, expliqua-t-il d'un air sombre. Le 88, c'est deux *h*, un code néonazi qui signifie *Heil Hitler*.

Le silence s'abattit sur la tablée à cette nouvelle perturbante.

— De toute évidence, la clinique d'Hilda a quelque chose à voir avec l'extrême-droite de la région, commenta-t-il. Ce n'est pas étonnant, étant donné le passé de cette ville, mais l'afficher aussi ouvertement est tout de même surprenant. Du moins, ils n'essayent pas de le cacher.

— Même le monospace du docteur en avait un, ajouta Hana. Il se déplace en fauteuil et roule en fourgonnette Mercedes adaptée au transport des personnes à mobilité réduite.

— J'imagine que quand ton organisation contrôle les rouages politiques de toute la ville, il n'y a pas de raison d'avoir peur, fit remarquer Dominic. L'influence de l'Ahnenerbe doit être très présente, par ici.

— Ce qui veut dire qu'on doit se montrer très prudents en posant nos questions, ajouta Batista. Les néonazis sont partout en Amérique du Sud, surtout ici, en Argentine. Ils ne sont jamais inquiétés donc ils ne craignent rien. Un peu comme les cartels mexicains qui contrôlent le gouvernement, si l'on veut.

— Comment va-t-on récupérer le voile, alors ? s'enquit Karl.

— J'y ai réfléchi, répondit Dominic, et je pense qu'il vaut mieux qu'on en reparle à tête reposée, demain matin. Les révélations d'Hilda feront partie du plan.

— Le veau est délicieux, Johann, dit le cardinal Dante entre deux gorgées de Pinot noir. Mes compliments à ton chef. Au fait, quand est-ce que tu comptes commencer l'extraction de l'ADN ? Tu es sûr que cela va marcher ?

Assis à l'autre extrémité de la longue table de la salle à manger éclairée à la bougie, Kurtz reposa son verre de vin et réfléchit un moment avant de répondre à la question de son frère.

— Rien n'est certain, dans cette tâche, Fabrizio. Mais les chances sont de notre côté. L'ADN se conserve très longtemps, mais il faut d'abord procéder à la datation carbone du tissu. Et comme tu l'as certainement deviné, nous ne serons jamais sûr à cent pour cent qu'il s'agit bien du sang du Christ. Cela dit, étant donné les efforts qu'Himmler, ou plutôt Otto Rahn, en l'occurrence, a déployés pour le dénicher, sans compter les nombreuses légendes historiques de Rennes-le-Château, je pense que c'est assez prometteur. C'est pourquoi nous agirons comme convenu. J'ai déjà rassemblé plusieurs sujets à la clinique sur lesquels nous pourrons procéder aux expériences. Malheureusement, je ne serai plus là pour voir les fruits de mon propre labeur.

— Sottises ! le réprimanda Dante. Maman a vécu jusqu'à 103 ans et nos pères étaient tous les deux nonagénaires quand ils nous ont quittés. Il me semble que le tien est parti à 99 ans, non ? Je suis sûr que tu as encore plusieurs années devant toi. Et puis, je t'ai toujours pris comme modèle. Tu ne peux pas me lâcher maintenant, Johann. Il y a trop en jeu. Alors cesse de dire n'importe quoi !

Le vieil homme laissa échapper un rire crasseux qui se

transforma en une toux grasse. Il but une gorgée de vin avant de reprendre.

— Il faut que tu saches, Fabrizio, que j'ai l'intention d'administrer l'ADN du Christ sur ma personne en premier. S'il s'avère que Jésus possédait des gènes divins, qui sait ce que cela pourrait signifier ? La vie éternelle, peut-être ? Étant donné mon âge avancé, je n'ai pas grand-chose à perdre.

— Johann ! gronda Dante. C'est une procédure trop risquée, à ton âge ! N'est-il pas préférable de l'injecter aux nourrissons de la clinique d'abord, pour voir comment ils réagissent ?

— Je n'ai rien à perdre, Fabrizio. Et l'idée d'avoir le sang des aryens de l'époque qui coule dans mes veines me remplit d'un sentiment de puissance et de justice à nul autre pareil. Je suis persuadé que c'est ce qu'Hitler lui-même envisageait et c'est pour cela qu'il tenait tant à récupérer le voile. Nous serons bientôt fixés, de toute manière. Et si les choses ne se déroulent pas selon nos plans, tout ceci te reviendra à ma mort, petit frère, ajouta-t-il d'un ton mélancolique en reposant son verre d'une main tremblante. Pour alors, il faudra que tu quittes l'Église et que tu reprennes le flambeau ici. Je n'ai confiance en personne d'autre. Et en tant que mon seul et unique héritier, tu disposeras de tous les fonds nécessaires pour poursuivre mes recherches.

— Tu as ma parole, Johann. Je prendrai grand soin de ton héritage, dit Dante en levant un regard admiratif vers le plafond de l'opulente demeure. Mais que Dieu m'entende quand je dis que ça ne doit pas arriver tout de suite.

— Tu seras encore là pour la réunion de mercredi ?

Dante but une autre gorgée de vin et se tapota les lèvres de sa serviette en tissu.

— Je compte rester encore quelques jours, oui. Je serai présent.

QUARANTE-TROIS

L e vent soufflait avec force sur le lac Nahuel Huapi lorsque Dominic, Karl et Lukas rentrèrent à l'hôtel après un long jogging matinal. Les joues rougies par le froid qui annonçait l'arrivée de l'hiver, ce fut avec soulagement qu'ils pénétrèrent dans le hall chauffé.

— On n'est même pas encore en juin et il fait un froid de canard, commenta Karl. J'ai l'impression que le monde marche à l'envers, ici.

— Bienvenue dans l'hémisphère sud, dit Dominic. Les saisons sont inversées, par rapport à chez nous. Je trouve cela revigorant, pas toi ?

— Si le ski n'existait pas, je vivrais bien sur une plage italienne ensoleillée tout au long de l'année, gémit Karl en frissonnant. J'ai eu mon compte de températures glaciales en Suisse pendant mon enfance.

— Je propose qu'on aille se doucher, qu'on avale un petit-déjeuner rapide et qu'on se retrouve dans ma chambre pour planifier la journée, suggéra Dominic en se dirigeant vers l'ascenseur.

. . .

— On va se servir de la carte de la grange fournie par Hilda pour partir en reconnaissance et explorer la zone en amont de la réunion de demain, expliqua Dominic. Karl et Lucas, trouvez-nous un moyen d'écouter ce qu'il se passe à l'intérieur. Je doute qu'ils laissent n'importe qui assister à leurs réunions mais vous devriez pouvoir profiter de l'obscurité de la nuit, demain soir. Prenez garde à ne pas attirer l'attention. On ignore à quel point ces gens sont dangereux. S'ils nous prennent la main dans le sac en train de fouiner, qui·sait comment ils pourraient réagir. Alors ne prenez pas de risques. On vous déposera en voiture un peu plus haut avec Hana et on vous attendra là.

Il désigna une route adjacente sur la carte, non loin de la propriété.

— C'est à quelques minutes de marche seulement. Je pense que c'est notre meilleure option. Javier, vous voulez ajouter quelque chose ?

Javier Batista plongea la main sous sa veste dans son dos et en sortit un Glock 17 chargé qu'il fit glisser sur la table en direction de Karl.

— Croisons les doigts pour que vous n'ayez pas besoin de vous en servir, mais je serai plus tranquille si vous avez de quoi vous protéger, le cas échéant.

Karl s'empara du pistolet d'une main experte, vérifia le cran de sûreté, puis glissa l'arme dans la ceinture de son pantalon dans son dos.

— Fais attention à toi, Karl, dit Hana en posant une main sur son épaule. Toi aussi, Lukas.

Dominic se leva, sur le point de partir.

— Bon, c'est l'heure de charger la voiture et de se mettre en route, déclara-t-il.

— Je vais rester derrière, déclara Batista. J'ai quelques coups de fil à passer. Le Mossad veut un compte-rendu des informations qu'Hana a trouvées au sujet de Kurtz. Peut-être qu'ils seront prêts à nous filer un coup de main, si besoin.

Quelques flocons de neige s'étaient mis à tomber lorsque l'équipe monta à bord du SUV de location. De l'autre côté du lac, Karl aperçut des skieurs qui dévalaient la montagne.

— Dommage que nous n'ayons pas le temps d'aller skier, hein, Lukas ! Si tu veux mon avis, c'est bien le seul avantage de l'hiver.

— Je dois avouer que la poudreuse me fait de l'œil, acquiesça Lukas.

Tous deux avaient grandi dans les Alpes suisses. Ils skiaient depuis leur plus tendre enfance et avaient continué à pratiquer ce sport après être devenus grena-diers pour l'armée suisse.

— Qui sait ? Peut-être qu'une fois notre tâche termi-née, on pourra prendre un jour ou deux pour dévaler les pentes, hasarda Lukas.

— J'en doute, intervint Dominic. Nous avons déjà mis plus de temps que prévu.

— Michael, on approche de la route qui mène à la propriété, annonça Hana qui gardait un œil sur la carte, assise sur le siège passager. C'est la prochaine à droite.

En atteignant la voie indiquée par Hana, Dominic prit le virage et s'enfonça dans la forêt. L'épaisse canopée vint bloquer le peu de lumière qui filtrait à travers les nuages sombres, leur donnant l'impression que la nuit venait de tomber.

Quelques minutes plus tard, ils atteignirent la propriété. Des panneaux en espagnol indiquaient « Défense d'entrer ». Dominic s'y engagea tout de même. Personne ne montait la garde. D'ailleurs, il n'y avait pas un chat. Il roula jusqu'à la grange et laissa le moteur tourner.

Soudain, deux bergers allemands sortirent de nulle part et se précipitèrent vers eux en aboyant férocement. Attiré par le raffut, un homme large d'épaules coiffé d'un chapeau de cowboy sortit de la maison concomitante à la grange, un fusil à la main.

— *Ésta es propriedad privada !* cria-t-il en agitant son arme. Dominic baissa la vitre du côté conducteur pour lui parler.

— Excusez-moi, dit-il en français. *No hablo español.* On est perdus.

— C'est une propriété privée, répéta l'homme, en français cette fois. Faites demi-tour et partez. Je ne le répéterai pas deux fois.

— Pardon ! *Gracias*, répondit Dominic avec un sourire en remontant la vitre. Karl, Lukas, regardez bien autour de vous pendant que je fais demi-tour.

Il prit tout son temps pour faire pivoter le véhicule, laissant ainsi à ses compagnons le loisir d'inspecter l'agencement de la propriété.

— C'est bon, déclara Karl.

— Parfait, maintenant allons faire un tour des environs. Il doit bien y avoir un chemin pas loin où je peux vous déposer discrètement demain.

Hana baissa les yeux sur la carte et désigna ce qui semblait être l'endroit idéal.

— Ici, Michael, dit-elle en pointant du doigt une petite route derrière le domaine. Ça doit être à cinq minutes de marche de la grange.

Dominic suivit les conseils d'Hana et tomba sur une petite zone plate, à l'écart de la route principale, où ils pourraient aisément garer discrètement le SUV à l'abri des arbres. L'endroit leur servirait de point de dépôt et de rendez-vous.

De retour à l'hôtel, Javier Batista avait téléphoné à Eli, son contact du Mossad au Q.G. de Tel-Aviv. Il avait servi à ses côtés au cours de missions clandestines pendant la guerre du Golfe.

— Eli ! Quel plaisir d'entendre ta voix, mon ami !

— Le plaisir est partagé, Javi, *shalom*. Mais on ne s'est pas parlé depuis des années. J'imagine que tu ne m'appelles pas sans raison, auquel cas je suis tout ouï.

— Tu n'as jamais été du genre à tourner autour du pot, fit remarquer Batista. C'est ce que j'aime chez toi. Écoute, Eli, je crois que je suis tombé sur un truc, ici en Argentine, qui devrait intéresser tes collègues. Le docteur Johann Kurtz, ça te parle ? Le type que l'on soupçonne d'avoir travaillé à Auschwitz avec Mengele ?

— Si ça me parle ? Il est sur notre liste des criminels les plus recherchés du monde entier ! Pourquoi cette question ?

— Je suis actuellement à Bariloche, en Patagonie, dans le cadre d'une mission avec des amis. Il semblerait que l'on ait trouvé ce fameux Kurtz. Il dirige une clinique pédiatrique néonazie, et ce depuis un petit moment déjà. Je me suis dit que tu aurais aimé le savoir, mais j'ai une faveur à te demander.

— Javi, si c'est dans mes cordes, je te l'accorde sans problème, cette faveur. Et oui, on veut effectivement mettre la main sur Kurtz. Le plus tôt sera le mieux.

— Super, alors écoute...

QUARANTE-QUATRE

Niché au milieu des platanes noueux sur la rive du lac Léman près de la ville de Cologny, le château du baron Armand de Saint-Clair, La Maison des Arbres, recevait le président de la République française, Pierre Valois, et son épouse Jacqueline, à l'occasion de leurs vacances à Genève.

Des agents du GSPR, le Groupe de sécurité de la présidence de la République, étaient postés un peu partout sur la vaste propriété et des cordons de sécurité avaient été établis tout au long de la rue principale sur laquelle donnait la demeure du baron, créant un certain nombre de perturbations pour le voisinage huppé de Saint-Clair.

— Où que j'aille, j'ai toujours l'impression que ma présence est un fardeau. Je te présente mes excuses, Armand, soupira Valois. Mais que veux-tu ? On ne peut pas faire de politique sans s'exposer à une menace constante, de nos jours.

— Il n'y a pas que les politiciens qui en font les frais, Pierre, répondit Saint-Clair. N'importe quelle star ou célébrité doit prendre des précautions, dans notre monde actuel. C'est le prix à payer. Si ma petite-fille m'y autorisait, je la flanquerais bien de deux gardes du corps 24 heures sur 24, mais elle refuse et elle peut être têtue, quand elle veut.

— Ah, c'est donc une femme indépendante ?

— Oui, acquiesça Saint-Clair en secouant la tête. Mais tout de même, je veille à sa sécurité, même quand elle est en Argentine comme en ce moment.

— En Argentine ? C'est une mission pour *Le Monde* ? s'enquit Valois.

— C'est pour un article, oui, mais je crois que c'est encore l'une de ses aventures avec le père Dominic. Les responsabilités de cet homme en tant qu'archiviste sont bien plus attirantes que l'on ne penserait. Et souvent dangereuses, comme tu le sais. C'est pourquoi ta filleule doit être protégée, Pierre.

L'assistant de Saint-Clair apparut.

— Monsieur le baron ?

— Oui, Frédéric. Qu'y a-t-il ?

— Mademoiselle Hana au téléphone pour vous.

Saint-Clair haussa les sourcils, surpris, et se leva pour aller répondre.

— Ma chérie, on était justement en train de parler de toi avec Pierre et Jacqueline. Ils sont venus me rendre visite.

— Pépé ! Quel plaisir de t'avoir au téléphone. J'adorerais leur parler mais avant cela, je dois te raconter ce qu'il se passe. On va avoir besoin de ton aide.

Hana relata à son grand-père la découverte et l'origine du voile de Marie Madeleine, le vol de l'artefact en Allemagne, leur traque des suspects jusqu'à Buenos Aires, puis

Bariloche, et le plan de Dominic pour récupérer l'objet qui, elle devait l'admettre, était encore en cours de construction. Elle lui révéla également avoir croisé Dr Johann Kurtz et l'informa de ses activités sordides au sein de la *Kinderklinik.*

— Tu pourrais te renseigner à son sujet pour nous ? Il fricote avec les nazis depuis la guerre et il semblerait qu'il ait l'intention d'utiliser l'ADN présent sur le voile pour perpétuer une lignée d'enfants aryens.

— Tu ne crois tout de même pas que ce voile est authentique, ma chérie.

— Je t'accorde qu'il y a de nombreux facteurs à prendre en compte, mais dans le doute, il est préférable de supposer que c'est le cas. Si on a tort, alors tant pis. Mais imagine qu'on ait raison, ne serait-ce que partiellement ! Un tel objet devrait être entre les mains de spécialistes, pas celles de néonazis.

— Tes capacités de raisonnement ne faiblissent pas, à ce que je vois, admit le vieil homme. Je vais en parler à Pierre et au cardinal Petrini. Je te rappelle très vite. En attendant, Hana, je t'interdis de prendre le moindre risque. Si ce que tu dis est vrai, alors tu as peut-être affaire à des fascistes fanatiques. Je ne voudrais pas que tu te retrouves en danger.

— Oui, pépé. Moi aussi, je t'aime, répondit-elle avec affection. Passe-moi mon parrain, que je lui dise bonjour. J'attendrai ton appel avec impatience. Au revoir.

QUARANTE-CINQ

Il était vingt-et-une heures passées lorsque Dominic éteignit les phares du SUV. Il avait quitté la route en bifurquant vers la forêt, à quelques minutes à pied de la grange. Quand Karl et Lukas sortirent du véhicule, le quart de lune flottant dans le ciel sombre n'offrait aucune lumière sous la canopée.

— Faites attention, les gars, ne prenez aucun risque, chuchota Hana, inquiète.

— À part celui-là, tu veux dire ? plaisanta Karl en vérifiant une nouvelle fois son Glock. Ça va aller, cousine, on se retrouve ici dans une demi-heure.

Pendant que Dominic et Hana attendaient dans la voiture sombre, les deux soldats de la Garde suisse se faufilèrent à travers la forêt en direction de la grange qui n'était éclairée que par une unique ampoule au-dessus de la porte d'entrée.

Lentement, ils se frayèrent prudemment un chemin entre les arbres en faisant attention où ils mettaient les pieds, comme pendant leur entraînement aux manœuvres furtives dans les taillis des montagnes. Le moindre craquement de brindille pouvait signaler leur présence et un berger allemand l'entendrait à coup sûr.

Ils virent des gens approcher, tous des hommes à première vue, et un garde avec un fusil accroché à l'épaule cocher les noms des visiteurs sur un bloc-notes.

La vieille grange en bois de séquoia avait été érigée sur deux étages et de la lumière filtrait à travers les fissures entre les planches du mur. Karl ouvrit la voie jusqu'à l'arrière du bâtiment, où ils espéraient réussir à entendre ce qu'il se tramait à l'intérieur. Ayant trouvé un endroit convenable à côté d'un grand tas de bois, les deux hommes s'immobilisèrent et attendirent, en écoutant les murmures qui s'échappaient de l'intérieur.

Quelques minutes plus tard, les discussions se turent et des bruits de pas sur le bois se firent entendre de l'autre côté de la cloison. Il devait s'agir d'une sorte de scène où se tenaient les locuteurs. L'instant d'après, Karl et Lukas sursautèrent lorsque deux voix masculines s'écrièrent « *Heil Hitler !* » et que la foule se leva pour leur rendre leur salut à l'unisson.

— Tu crois qu'on est au bon endroit ? chuchota Lukas à Karl sans vraiment attendre de réponse.

L'un des hommes sur la scène se mit à parler en allemand, à moins de trois mètres de leur cachette.

— Mes amis, notre mission en Mère patrie fut une véritable réussite ! Nous avons récupéré l'artefact sacré d'Himmler qui se trouve désormais entre de bonnes mains dans le laboratoire de génétique du manoir du Dr Kurtz. Nous allons bientôt pouvoir poursuivre le programme *Lebensborn* entamé par nos ancêtres.

Des applaudissements enjoués suivirent son discours,

accompagnés des vivats de la foule frénétique qui scanda
« *Seig Heil ! Seig Heil !* » à cette nouvelle.

— C'est la voix de Jacob ! reconnut Karl à voix basse. Il
fait forcément partie des leaders.

Ils essayèrent de jeter un coup d'œil à travers les
fissures des murs de la grange mais ne parvinrent qu'à
apercevoir une partie de la foule.

— Cela dit, nous avons rencontré un écueil sur notre
chemin, continua Jacob. Un prêtre du Vatican et ses trois
compagnons sont venus dans notre ville et mettent leur
nez dans nos affaires. Ils cherchent à voler ce qui nous
revient de droit. Nous allons distribuer des photos de
chacun d'eux. Si vous les apercevez, contactez-nous
immédiatement. Il faut les mettre hors d'état de nuire au
plus vite.

Karl et Lukas échangèrent un regard inquiet dans
l'obscurité, avant de se rendre compte qu'ils faisaient face
à un problème bien plus urgent.

Un faible grognement menaçant résonna dans leur
dos, à quelques mètres seulement du tas de bois derrière
lequel ils se cachaient. Ils se retournèrent avec précaution
et se retrouvèrent face à un berger allemand, la queue
entre les jambes, les oreilles baissées, la posture ferme et
inflexible.

Les deux hommes se figèrent. Lentement, Lukas pivota
et commença à reculer, s'éloignant de l'animal pour
détourner son attention de Karl.

Doucement, il plongea la main dans la poche de sa
veste et saisit la dernière poignée de friandises pour chien
qu'il avait utilisées avec Fritzi, quelques jours plus tôt. Il
s'agenouilla avec précaution et prononça quelques mots

en allemand pour amadouer la bête en tendant la main vers sa truffe.

Sentant les friandises et comprenant que Lukas n'était pas une menace mais plutôt une source de pitance, l'animal avança lentement le museau jusqu'à sa main pour renifler les friandises, avant de les engloutir. Il se mit à frétiller de la queue et Lukas en profita pour le caresser, puis leva les yeux vers Karl en souriant.

— Gentil chien, dit-il tout en lui grattouillant la tête.

— Je pense qu'il est temps pour nous de partir, chuchota Karl. On a trouvé ce qu'on voulait.

Ils s'éloignèrent lentement du berger allemand qui ne les considérait désormais plus comme une menace. Après tout, des dizaines d'autres humains étaient entrés dans la grange ; l'animal avait dû penser que ces deux-là faisaient partie du groupe.

Sans révéler leur présence, les deux hommes se retirèrent en direction de la forêt où Dominic et Hana devaient les attendre avec impatience.

— Quand ont-ils bien pu prendre des photos de nous ? se demanda Lukas, incrédule, sur le chemin du retour. Tu crois qu'ils nous suivent depuis le début ?

— La nouvelle a dû se propager très vite. On n'a pas vraiment cherché à se cacher en essayant de nous renseigner.

Les arbres devinrent moins denses à l'approche du véhicule, mais quand ils bifurquèrent au coin de la route, ils remarquèrent que les deux portes avant étaient grandes ouvertes. Peut-être qu'Hana et Dominic étaient sortis prendre l'air, songea Karl.

Lorsqu'ils arrivèrent à hauteur du SUV, ce dernier était

vide. Les deux hommes balayèrent les environs du regard en appelant leurs amis à voix basse, mais ils durent bientôt se rendre à l'évidence.

Dominic et Hana avaient disparu.

QUARANTE-SIX

— Où sont-ils passés ? demanda Karl. Il n'y a nulle part où aller !

— Tu penses qu'ils nous ont suivis jusqu'à la grange ?

— Non, ça ne faisait pas partie du plan. Ils devaient rester ici et nous attendre.

Lukas remarqua que les clés étaient toujours sur le contact.

— Ça m'inquiète, Karl. Pourquoi est-ce qu'ils laisseraient la voiture comme ça, les portes grandes ouvertes avec les clés à l'intérieur ?

Karl se mit à angoisser sérieusement, lui aussi.

— Il faut se rendre à l'évidence : on les a kidnappés.

Il venait de prononcer ces mots lorsqu'une voiture remonta rapidement la route, avant de s'engouffrer dans l'embranchement et de s'approcher lentement d'eux à travers les arbres, tous phares éteints, pour finalement s'arrêter à côté du SUV. Karl s'empara du Glock.

Un homme sortit de la BMW verte, les mains levées en signe de reddition.

— Vous devez être Karl et Lukas, dit le bel inconnu en avançant prudemment. Je m'appelle Marco Picard, je fais partie du Service de Protection Personnel d'Armand de Saint-Clair et ça fait un petit moment que je garde un œil de loin sur sa petite-fille, à la demande du baron, aussi bien ici qu'à Buenos Aires. J'ai bien peur qu'elle et le père Dominic n'aient été capturés.

— Vous connaissez le baron ? demanda Karl avec méfiance, la main toujours sur la crosse du Glock.

— Je fais partie de son SPP depuis sept ans, maintenant.

— Comment s'appelle son assistant personnel ?

— Frédéric.

— Et son château à Zurich ?

— La Maison des Arbres. Mais il est à Genève, pas à Zurich.

Karl s'arrêta un instant, songeur.

— Écoutez, à votre place, je serais tout aussi prudent que vous, admit hâtivement Marco. Pour ce que ça vaut, j'ai été béret vert au sein des commandos de la Marine nationale française avant de travailler pour le baron. Je suis tout à fait apte à me défendre et serais honoré de travailler avec vous, mais il nous faut agir rapidement.

Karl n'avait pas besoin d'en entendre plus.

— Bienvenue dans l'équipe, dit-il en lui serrant la main. Alors, que s'est-il passé ?

— Je suis garé un peu plus bas, de l'autre côté de la route, caché sous les arbres tout comme vous, depuis votre arrivée. Environ dix minutes après votre départ, un fourgon noir est arrivé. Quatre hommes en sont sortis et ont appréhendé vos amis. Ils étaient trop nombreux pour que j'intervienne seul, alors je les ai suivis de loin. Ils ont emmené mademoiselle Sinclair et son compagnon jusqu'à un manoir donnant sur le lac. Une fois que j'ai pu confirmer leur localisation, je suis revenu ici à la hâte, sachant que vous seriez déboussolés en retrouvant la voiture vide. Alors, qu'est-ce qu'on fait, maintenant ?

Karl briefa Marco sur les informations essentielles de leur mission, les individus impliqués, les événements qui avaient lieu dans la grange et la probabilité que Dominic et Hana aient été conduits chez le Dr Johann Kurtz, qui était vraisemblablement le leader de l'Ahnenerbe et possédait l'artefact qu'ils étaient venus récupérer.

— Oui, admit Marco, le baron m'a dit qu'Hana l'avait appelé, hier soir, pour lui parler du voile et de ce Dr Kurtz. Je crois qu'il est en train d'assembler l'équipe Hugo afin de vous porter assistance. Ou devrais-je dire de nous porter assistance.

— Bien, notre force de frappe n'en est que renforcée, du moins politiquement, dit Karl. Mais je crains qu'il ne soit trop tard.

— Je sais que tu veux foncer dans le tas pour leur porter secours, dit Lukas, mais sans véritable plan, nous risquons de les mettre encore plus en danger.

Marco acquiesça.

— J'ai vu de nombreux agents de sécurité postés autour du manoir, en plus des quatre hommes qui les ont capturés.

Karl finit par hocher la tête à contre-cœur.

— Retournons à l'hôtel pour mettre en place un plan avec Javier.

— Tu as ton feu vert, Javi.

Eli Raziel du Mossad appelait sur une ligne sécurisée depuis Tel-Aviv.

— Tu seras peut-être intéressé d'apprendre que le Premier ministre a reçu un appel personnel de Pierre Valois, le président français, pour lui demander d'envoyer une équipe clandestine de l'unité Shayetet 13 afin de vous aider dans votre tâche à Bariloche. Leur vol atterrit demain matin, avec à son bord six agents spéciaux formés aux assauts terrestres comme marins. Un hélicoptère Chinook amènera les hommes et leur équipement directement à Bariloche. Le chef d'équipe, Yossi Geffen, te retrouvera au niveau de l'escadrille 34 de la base aérienne de la *Gendarmería Nacional* à son arrivée, puis à la planque afin de coordonner l'opération. Je t'enverrai l'adresse. Valois a également demandé à son homologue argentin l'autorisation d'intervenir dans son pays, autorisation qui lui a été accordée à contre-cœur. Nous voulons Kurtz, Javi, et l'équipe S23 a pour ordre de le ramener mort ou vif, avec une préférence pour la seconde option, afin qu'il soit jugé ici, en Israël. Sa collaboration avec Mengele ne sera pas oubliée et cette nouvelle mission qu'il s'est donnée d'élever des bâtards nazis comme du bétail est inconcevable. Enfin, et ceci est confidentiel, nous avons actuellement un sous-marin de classe Dolphin qui patrouille au large des côtes sud du Chili. Il procédera à l'extraction dans la baie de Puerto Montt une fois que nous aurons mis la main sur Kurtz.

— Je suis impressionné par la vitesse à laquelle tu as organisé tout cela, Eli, déclara Batista. Je te tiendrai au courant de l'évolution des opérations de notre côté. Merci et *shalom*.

Ils raccrochèrent.

Batista se renfonça dans son siège, tiraillé entre la bonne nouvelle d'un tel soutien à venir et l'appel qu'il avait reçu des Gardes suisses à propos de l'enlèvement. Le temps leur était compté et il était peut-être déjà trop tard pour le bon père et Hana Sinclair.

QUARANTE-SEPT

Dominic roula sur le flanc et ouvrit lentement les yeux. Il se trouvait dans une pièce sombre et calme, nota-t-il. Puis, il se souvint de l'injection que l'un des hommes leur avait administrée, à lui et Hana.

Hana ! Où était-elle ?

Une petite fenêtre éclairant faiblement les environs à l'extrémité de la longue pièce lui permit de distinguer la silhouette de son amie, quelques mètres plus loin, allongée sur un lit de camp tout comme lui.

Il se redressa doucement et lutta contre un mal de tête carabiné pendant plusieurs minutes. Après s'être étiré pour soulager son cou, il se leva et s'approcha d'Hana, qui gisait inconsciente.

— Hé, réveille-toi, murmura-t-il en la secouant gentiment par l'épaule.

Au bout de quelques secondes, Hana gémit et se mit à bouger. Elle porta une main à son front et ouvrit les paupières.

Apercevant Dominic, elle lui adressa un regard interrogateur.

— On est où ? Il y a quelqu'un d'autre, avec nous ?

Elle voulut se lever mais l'anesthésiant faisant encore son effet, elle dut se rallonger.

— Seigneur ! Combien de temps j'ai dormi ? grogna-t-elle.

Dominic se mit à marcher de long en large dans la pièce, tant pour se dégourdir les jambes que pour éclaircir ses pensées.

— Aucune idée, mais il fait nuit, donc je suppose qu'on est mercredi soir. À moins que ce ne soit déjà jeudi soir. J'ai l'esprit tout embrumé. Tu te souviens de quoi ?

— De quatre inconnus qui parlaient de violation de domicile en espagnol. Je me rappelle avoir été jetée à l'arrière d'une camionnette et un type a sorti une trousse à pharmacie et nous a injecté une sorte de produit.

Elle baissa les yeux et se frotta le cou.

— Les seringues étaient petites, je dirais environ 150 milligrammes. Probablement de la kétamine, ce qui veut dire qu'on a dû rester inconscients pendant une heure, pas plus.

— Comment tu sais tout ça ? demanda Dominic, émerveillé, tout en s'étirant de nouveau le cou.

— J'ai écrit un article sur le sujet, une fois. Et puis je me souviens des symptômes uniques en leur genre de cette drogue qu'on appelle la drogue du violeur. Un rencard qui a mal tourné, quand j'étais à la fac. Toi aussi, tu te sens un peu désorienté ?

— Oui, confirma Dominic en revenant se placer à son chevet. C'est comme si mon esprit était sorti de mon corps.

— Bienvenue dans le monde de la kétamine, Special K pour les intimes. Les effets ne devraient pas tarder à disparaître, mais ça ne nous dit pas où on est, poursuivit-elle en regardant autour d'elle. C'est moi ou l'on entend le clapotis de l'eau ? On doit être à côté du lac, voire très proches, à en juger par la force du bruit.

Un son métallique se fit entendre à l'extrémité de la pièce, semblable à celui d'un cadenas que l'on déverrouille. La porte s'ouvrit, et Jacob et Günther pénétrèrent, puis refermèrent derrière eux. Ce dernier tenait dans sa main un pistolet braqué sur eux.

— Je me doutais bien que vous étiez dans le coup, Jacob, gronda Dominic.

— Ah, là, là, père Dominic, rétorqua Jacob avec un petit sourire moqueur. Qu'allons-nous faire de vous deux ? Telle est la question. Dr Kurtz évalue nos options au moment où je vous parle, mais je doute que ses idées vous plaisent.

Hana se leva maladroitement et s'avança vers les deux hommes d'un air résolu.

— Vous avez déjà le voile. Je doute qu'on vous soit très utiles, maintenant.

— Je crois que vous avez parfaitement répondu à votre propre question, Hana. Vous ne nous êtes plus d'aucune utilité. Mais vous attendrez sagement ici pendant que le docteur décide que faire de vous. On vous fera porter à manger tous les matins et il y a un seau dans le coin pour vos besoins. Ne vous fatiguez pas à appeler à l'aide. Ce domaine est grand et bien gardé ; personne ne vous entendra et ceux qui vous entendront n'en auront que faire de vous. Cela dit, j'aimerais bien savoir où sont vos deux associés de la Garde suisse. On finira par leur mettre la main dessus, mais pourquoi ne pas vous montrer coopératif et nous faire gagner du temps ?

— Comment pourrait-on savoir où ils sont alors qu'on est retenus prisonniers ici ? répondit Hana avec colère. Je ne les sous-estimerais pas, si j'étais vous. Ce sont des tueurs d'élite et ils ont des comptes à régler vous, Jacob, alors surveillez vos arrières.

Jacob sembla légèrement décontenancé en entendant Hana parler de tueurs d'élite et ne put réprimer un mouvement de recul.

— Qu'ils essayent ! cracha-t-il d'un ton peu convaincant. Il y a des gardes partout sur cette propriété. En attendant, prenez vos aises. Oh ! Et pourquoi ne pas réciter une petite prière ou deux, tant que vous y êtes ?

Sur ce, Jacob et Günther s'esclaffèrent, tournèrent les talons et ressortirent de la pièce, non sans avoir verrouillé le cadenas derrière eux pour empêcher leurs deux prisonniers de s'enfuir.

QUARANTE-HUIT

Il était presque vingt-trois heures quand Karl, Lucas et Marco retournèrent à l'hôtel à bord de leurs deux voitures. Batista les attendait, impatient de leur annoncer les dernières nouvelles arrivées de Tel-Aviv.

Après avoir présenté Marco à Batista, Karl lui fit un rapport de leurs activités de la soirée : comment ils avaient espionné la grange, ce qu'ils avaient entendu, la découverte du SUV vide et la disparition d'Hana et de Dominic, la rencontre avec Marco et comment ce dernier avait assisté à leur enlèvement.

— Qu'est-ce que ça peut bien leur apporter de kidnapper Hana et le père Michael ? demanda Batista. Si je comprends bien, ces gens sont sans pitié et ils considèrent vos deux amis comme un grain de sable pouvant nuire à leur engrenage. J'aurais cru qu'ils les auraient tués sur-le-champ. Quel intérêt de les retenir prisonniers ?

— Ils ont distribué des photos de nous quatre à tous les gens qui étaient présents à la réunion et leur ont dit de se méfier de nous. Peut-être que Kurtz a une idée malsaine derrière la tête. Tout ceci ne me dit rien qui vaille, Javier.

Batista leur raconta ensuite sa discussion avec Eli Raziel du Mossad et leur annonça qu'ils avaient rendez-vous avec l'équipe S13 le lendemain matin.

— Ce qui veut dire que nous prendrons le domaine d'assaut le soir-même pour profiter de l'obscurité de la nuit. Nous en profiterons pour libérer Dominic et Hana tout en arrêtant Kurtz, en supposant qu'il habite bien là et que tout se passe comme prévu. Le chef d'équipe, Yossi, vous expliquera la mission plus en détail à son arrivée.

Armand de Saint-Clair était inquiet. Voilà plusieurs fois qu'il avait tenté de joindre sa petite-fille mais elle ne répondait pas à ses appels ni à ses messages. Il s'empara du combiné et composa un autre numéro.

— Marco ! s'exclama-t-il d'un ton bourru lorsque Marco Picard décrocha. Où est Hana ? Ce n'est pas son genre de m'éviter.

— Monsieur le baron, il s'est passé beaucoup de choses en très peu de temps ici, c'est pourquoi je n'ai pas encore pu vous appeler. J'ai bien peur qu'Hana et le père Dominic aient été enlevés. On pense qu'il s'agit d'un groupe de néonazis en lien avec le Dr Kurtz. Ils étaient bien plus nombreux que moi ; je n'ai pas pu m'interposer. On a l'intention de faire une descente sur le domaine de Kurtz dès demain. Il y a de grandes chances qu'Hana y soit retenue prisonnière.

Marco lui expliqua dans les grandes lignes l'opération

S13 qui allait se dérouler le jour suivant, ce qui rassura légèrement Saint-Clair.

— Appelez-moi dès qu'Hana aura été libérée, exigea-t-il. Ou plutôt, dites-lui de me contacter dès que possible, Marco. Je vous fais confiance. Je sais que vous ferez tout ce qui est en votre pouvoir pour la récupérer.

— Bien sûr, monsieur le baron. Nous ferons tout notre possible pour assurer sa sécurité et celle du père Dominic.

— J'ai déjà engagé mon plan du mieux que j'ai pu, assura Saint-Clair. Et j'ai ma petite idée de comment faire payer Kurtz. Il ne s'en sortira pas comme cela.

QUARANTE-NEUF

Le lendemain matin, les effets de la kétamine avaient presque entièrement disparu et Dominic faisait les cent pas dans la grande pièce dans laquelle ils étaient retenus prisonniers. La fenêtre à une extrémité était trop étroite pour passer à travers, mais il avait empilé deux caisses l'une sur l'autre pour jeter un coup d'œil à l'extérieur.

Ils se trouvaient bien au bord du lac Nahuel Huapi, en haut d'une longue pente de gazon bien entretenu qui descendait jusqu'à la rive. À leur gauche s'élevait un haut mur de brique et derrière ce dernier, une épaisse forêt de séquoias géants et quelques eucalyptus centenaires parsemaient le paysage du vaste domaine.

Il avait également remarqué les gardes armés qui patrouillaient dans le périmètre.

Impossible de s'échapper par là.

— Ils n'ont pas dit qu'ils nous apporteraient à manger ? gémit Hana en enfilant ses bottes à lacets. Je meurs de faim.

À peine avait-elle prononcé ces mots qu'elle entendit le cadenas s'ouvrir. Dominic bondit de son perchoir et s'approcha de la porte comme si de rien n'était.

C'étaient Jacob et Günther, accompagnés cette fois d'un troisième homme, armé d'un pistolet-mitrailleur Uzi, qui patienta derrière eux dans le couloir.

— J'espère que vous avez bien dormi, dit Jacob. On a une surprise pour vous, ce matin. Le docteur Kurtz vous a invités à le rejoindre pour le petit-déjeuner. Il n'est pas du genre à manger en bonne compagnie, alors prenez cela comme un privilège. Venez.

Jacob ouvrit la voie tandis que Günther et le troisième homme fermaient la marche. La petite procession remonta le couloir, puis descendit un escalier en colimaçon construit autour d'un atrium ouvert, au centre duquel se trouvaient un bassin et une cascade entourés de fougères colorées et de plantes vertes tropicales asiatiques. Quelques instants plus tard, ils furent escortés à l'intérieur d'une immense salle à manger au décor étrangement écossais, avec de vieilles armures aux quatre coins de la pièce et une immense tapisserie à carreaux bleus et verts sur le mur principal.

Le Dr Kurtz était assis en bout de table. À sa droite, une femme corpulente, probablement la cuisinière, lui servait une tasse de thé.

— Ah, vous voilà ! s'exclama le docteur d'une voix rauque tandis que Jacob tirait deux chaises pour inviter Hana et Dominic à s'asseoir, à quelques places de Kurtz. J'ose espérer que le logement est à votre goût, étant donné les circonstances.

— Venez-en au fait, Kurtz. Qu'est-ce qu'on fait ici ? demanda Dominic d'un ton sec. Vous avez récupéré ce que vous cherchiez. Qu'est-ce que vous espérez nous soutirer de plus ?

— Très bonne question, dit le vieil homme en dépliant sa serviette qu'il déposa sur ses genoux. J'y viens, j'y viens. Mais avant cela, j'ai une surprise pour vous.

Des pas lourds approchèrent dans leur dos et quelqu'un s'assit en bout de table.

— Bonjour, Dominic. Mademoiselle Sinclair, salua le cardinal Dante avec un sourire narquois.

Stupéfaits de voir leur ennemi juré ici, à Bariloche, à la table du célèbre nazi Johann Kurtz, Dominic et Hana restèrent sans voix.

Dante éclata de rire.

— C'est exactement la réaction que j'espérais. J'ai bien fait d'attendre que vous ayez pris place. L'effet de surprise est particulièrement exquis, ne trouvez-vous pas ?

— Que... qu'est-ce que vous fichez là ? balbutia Dominic.

— Cela surprendra peut-être un historien et archiviste de votre trempe, Dominic, mais je suis un habitué des lieux. Johann, ici présent, est mon demi-frère. Nous sommes nés de deux pères différents mais de la même mère. Elle était écossaise, comme vous pouvez le voir à la décoration.

Il balaya la tapisserie et les armures d'un geste théâtral du bras.

— Cela dit, mon cher frère et moi-même avons bien plus en commun que notre mère, à commencer par notre vif intérêt pour la génétique. Rares sont les hommes sur cette terre qui maîtrisent l'art de l'extraction et du séquençage de l'ADN aussi bien que Johann.

— Oh, Fabrizio, lâcha Kurtz entre deux quintes de toux. Cesse de me flatter.

Hana, qui s'était remise de sa surprise, se tourna vers Dante.

— J'aurais dû me douter que vous étiez impliqué dans cette affaire. Vous êtes l'homme le plus hypocrite que je connaisse ! Un cardinal de l'Église qui fricote avec un généticien nazi et faillit à ses vœux et obligations sacrés ! C'est à vomir !

— Que d'étroitesse d'esprit, ma chère. Il faut élargir le champ de votre imagination, ricana Dante qui semblait visiblement prendre grand plaisir à voir leur colère.

La cuisinière corpulente revint dans la pièce en poussant un chariot surmonté de quatre assiettes sous cloche. Elle déposa celle de Kurtz en premier et souleva le dôme d'argent, révélant un somptueux petit-déjeuner composé d'œufs de canard, de saucisses Brätwurst et d'une salade de fruits frais. Elle fit ensuite le tour de la table et répéta le même rituel pour chaque invité, avant de servir un café à Dante, Hana et Dominic.

— Si je comprends bien, cela risque d'être notre dernier repas, plaisanta Dominic.

Ni Kurtz ni Dante ne répondirent, laissant la question en suspens pendant que chacun se penchait sur son assiette.

— *Herr Doktor*, les interrompit un homme de petite taille en blouse blanche qui venait de pénétrer dans la pièce. On a besoin de vous au labo, monsieur. C'est au sujet du spectrophotomètre que vous avez commandé.

Kurtz laissa bruyamment retomber sa fourchette sur son assiette en porcelaine

— Zut, Franz ! Vous ne voyez pas que je suis en train de déjeuner ?

L'homme fit un pas en arrière en tremblant.

— Je suis vraiment désolé, monsieur. Ils ont dit que c'était urgent.

Kurtz soupira, jeta sa serviette en tissu sur la table, recula son fauteuil et pivota en direction de l'ascenseur adjacent à l'escalier.

— Je ne serai pas long, Fabrizio. Merci de prendre soin de nos invités en mon absence.

La cuisinière réapparut et plaça une cloche sur l'assiette du docteur pour garder son plat au chaud, puis plia sa serviette pour la déposer sur le dôme.

Ce faisant, elle décocha un regard empli de peur à Hana et hocha la tête en direction de la cuisine, puis repartit d'où elle était venue.

Incertaine mais plus en confiance désormais que Kurtz avait quitté la pièce, Hana saisit la chance qui se présentait à elle. Elle balaya la table du regard comme si elle cherchait quelque chose et déclara qu'elle allait se servir un verre d'eau. En se levant, elle croisa le regard de Dominic qui comprit immédiatement qu'elle avait une idée derrière la tête.

— Tu peux m'en prendre un, aussi ? demanda-t-il.

— Entendu. Et... euh... J'imagine que « Votre Éminence » n'est plus tellement approprié, étant donné les circonstances, dit-elle en décochant un regard noir à Dante, mais je vous ramène un verre d'eau, également ?

— Vous pouvez m'appeler comme il vous plaira,

Mademoiselle Sinclair. Nous ne sommes plus à cela près. Et non merci, je n'ai pas soif.

Elle longea la grande table, passa devant les armures et entra dans la cuisine. La cuisinière se tenait près du lavabo, tremblante. Dans la pièce adjacente, les voix de Dominic et de Dante lui parvinrent. Le prêtre venait d'engager la discussion, probablement pour étouffer la discussion qu'Hana s'apprêtait à avoir avec la cuisinière. *Bien joué, Michael. Tu as compris mon message !*

— Il faut vous enfuir à tout prix, *Fräulein* ! murmura la cuisinière à la hâte, le crucifix à son cou brillant à la lumière des plafonniers. Je les ai entendu parler. Ils ont l'intention de vous tuer. Je refuse de croire que tout ceci fait partie des desseins du Seigneur !

— Mais comment ? s'enquit désespérément Hana à voix basse.

Visiblement terrifiée, la pauvre femme réfléchit à un moyen de les aider. Elle s'empara d'un couteau de cuisine d'une quinzaine de centimètres de long et le tendit à Hana.

— Tenez, prenez ça. Ça pourra peut-être vous servir. Je suis désolée, je ne peux rien faire de plus.

Hana accepta le couteau tout en réfléchissant à comment le cacher. Elle finit par le glisser dans sa botte droite et demanda à la cuisinière de lui préparer deux verres d'eau.

— Merci pour tout ! murmura-t-elle, les yeux brillant de gratitude.

Elle prit les verres d'eau et retourna dans la salle à manger.

Après avoir posé le premier devant Dominic, elle se rassit à côté de lui et porta son verre à ses lèvres d'une main, tout en serrant la cuisse de Dominic de l'autre pour lui confirmer que son plan avait marché. Ne s'attendant pas à un tel geste, il sursauta légèrement.

— Vous avez le hoquet, mon Père ? s'enquit Dante en dévisageant le prêtre d'un air étrange.

— Euh, oui. Ça va passer.

Il fit semblant de sursauter deux à trois fois de plus, pour faire bonne mesure, puis but une gorgée d'eau.

Kurtz n'était toujours pas revenu. Hana décida de tenter le tout pour le tout.

— Vous n'espérez tout de même pas réussir à extraire l'ADN du Christ de ce voile, Dante !

— Je soutiens mon frère dans tout ce qu'il entreprend, que cela me semble faisable ou non, déclara-t-il. Ce n'est pas à moi de dire si l'artefact est authentique ou non. Mais si c'est le cas...

À cette idée, son regard se perdit sur le lac de l'autre côté de la fenêtre.

— Vous ne croyez pas que l'humanité aurait bien besoin d'un peu de divinité ?

— Dieu a dû se tromper parce qu'il ne vous en a pas laissé une once, rétorqua Hana d'un ton provocateur. Si vous voulez mon avis, ce dont l'humanité à besoin, c'est de se débarrasser des hommes dans votre genre.

Le cardinal émit un petit rire à ces mots et se mit à couper sa saucisse.

— Quel langage acerbe, ma chère. Dommage pour vous, vous allez devoir me supporter encore un jour ou deux.

Le tintement des portes de l'ascenseur qui s'ouvraient dans le couloir retentit dans la salle à manger, suivi du bourdonnement électrique du fauteuil de Kurtz.

— J'espère que vous avez pu profiter de la délicieuse

cuisine de Berta en mon absence, lança-t-il à la ronde. Et du don de mon frère pour la conversation.

— Berta s'est donnée du mal pour préparer ce repas et c'est tout à son honneur, répondit Hana. Surtout si c'est notre dernier.

— Oh, ne montez pas sur vos grands chevaux, Mademoiselle Sinclair, marmonna le docteur en reprenant place à table. Je vais peut-être avoir besoin de vous encore un peu.

CINQUANTE

Une trentaine d'heures plus tôt, le vol Swiss Air numéro 257 décollait de l'aéroport de Ben Gurion, au sud-est de Tel-Aviv, en route pour Buenos Aires, arrivée prévue à sept heures dix, heure locale, après une escale à Zurich.

Six membres de l'unité Shayetet 13 des Forces de Défense israéliennes se trouvaient à bord. Ils apparaissaient sur la liste des passagers sous de fausses identités d'attachés militaires de défense munis de passeports diplomatiques. Conformément à la réglementation, leurs armes et leur équipement se trouvaient dans une section sécurisée de la soute de l'avion et avaient été clairement étiquetés « cargo diplomatique », ce qui les exemptait de toute inspection ou détention douanière.

Lorsque le Boeing 777 atterrit à l'aéroport international d'Ezeiza, Yossi Geffen, le chef de l'équipe S13, débriefa calmement ses hommes assis à l'arrière de l'avion en vue de l'activité préopératoire qui devait avoir lieu ce matin-là.

— Un CH-47 Chinook va nous amener à Bariloche, chuchota-t-il en hébreu à ses gars. Comme vous l'avez fait à Zurich, vous ne lâchez pas l'équipement des yeux pendant son transfert d'un appareil à l'autre. Ne faites pas confiance aux bagagistes. Notre zone d'atterrissage se trouve à cinq kilomètres de la cible. Le Mossad nous a prévu une maison sécurisée pour nous préparer à l'assaut de ce soir. Un autre agent nous y retrouvera pour nous fournir des cartes et de plus amples informations. Tel-Aviv veut récupérer Kurtz vivant, dans la mesure du possible. Un sous-marin nous attendra dans la baie de Puerto Montt, près de Bariloche, pour l'extraction. Vous avez bien fait de dormir pendant le vol. La nuit va être longue.

Ce fut émerveillé que Javier Batista regarda le lourd Chinook aux couleurs camouflage se poser maladroitement sur la zone d'atterrissage, à proximité de la base aérienne de l'escadron 34 de la *Gendarmería Nacional*, non loin de la maison sécurisée de Bariloche qu'il avait préparée en collaboration avec Eli Raziel du Mossad.

Batista avait également emprunté un camion militaire Deuce-and-a-half auprès de la *Gendarmería* afin de transporter les hommes et leur équipement, parmi lequel se trouvait un bateau pneumatique Zodiac Milpro dont on se servirait sur le lac.

Il savait pertinemment que la Shayetet 13 était l'unité d'élite la plus performante et la plus secrète de la marine israélienne, au même niveau que d'autres forces de commando telles que les SEAL de la marine américaine ou le *Special Boat Service* britannique. Les agents de la S13 étaient experts en lutte contre le terrorisme, en sauvetage d'otages, en incursions de la mer à la terre, en opérations de sabotage et en missions d'abordage hostiles. Faire venir une unité des S13 aussi loin de leur zone d'opération principale n'avait pas été une mince affaire, mais avec l'aide de l'équipe Hugo composée de Pierre Valois, de Petrini et de Saint-Clair dont l'influence politique n'était plus à prouver, les arrangements avait été conclus rapidement et amicalement. Sans compter qu'étant donné que le Mossad souhaitait arrêter Johann Kurtz, quiconque était impliqué dans cette affaire pouvait difficilement refuser.

Quand les hommes eurent mis pied à terre, leur lourd sac de patrouille tactique sur l'épaule, le chef d'équipe, Yossi Geffen, se dirigea tout droit vers Batista qui les attendait, debout à côté du camion, les bras croisés sur la poitrine.

— Batista, je suppose ? demanda-t-il en esquissant un rapide sourire de bienvenue, la main tendue.

— Bienvenue à Bariloche, Yossi. Enchanté. Appelez-moi Javi, répondit l'intéressé en serrant fermement la main qu'il lui offrait.

Comme il était d'usage dans leur profession, les deux hommes se jaugèrent instinctivement du regard, évaluant le degré de fiabilité de l'autre en cas de pépin.

Pendant qu'ils discutaient sur le tarmac, le reste de l'équipe déchargea l'équipement du Chinook et le transféra dans le camion en l'espace de quelques minutes. Une fois que tout le monde fut monté à bord du véhicule, Batista les conduisit jusqu'à la maison sécurisée pour procéder aux préparatifs en vue de l'opération qui devait avoir lieu le soir-même.

. . .

KARL, Lukas et Marco les attendaient à leur arrivée. Les présentations faites, les dix hommes se retrouvèrent à l'intérieur et l'on discuta du plan de la nuit à venir, armé de cartes et d'images satellites extraites de Google Earth montrant la disposition du domaine de Kurtz et de ses environs.

— Notre drone nous aidera à évaluer le nombre d'adversaires auxquels nous aurons affaire à l'extérieur, expliqua Yossi, mais dans tous les cas, mon équipe n'en fera qu'une bouchée. On arrivera par le lac pour créer une diversion à l'arrière de la propriété, ce qui devrait éloigner leurs forces du portail et permettre à votre équipe d'entrer par devant. Je posterai un sniper dans les arbres environnants pour en éliminer le plus possible. Je veux que chacun de vos hommes et des miens porte un brassard spécial et des lunettes de vision nocturne. Cela nous permettra de faire la différence entre les gentils et les méchants.

Yossi distribua à chacun un brassard élastique vert olive sur lequel on avait cousu des traceurs fluorescents invisibles.

— J'ai cru comprendre qu'il y avait des otages.

— Oui, confirma Karl. Ma cousine Hana et son ami, le père Michael Dominic. Nous ignorons ce qu'ils ont l'intention de faire d'eux ni même où ils se trouvent dans la maison, mais je voudrais m'occuper de leur sauvetage.

Il expliqua rapidement à Yossi ses qualifications et celles de Lukas, en tant que membres de la Garde suisse pontificale et anciens grenadiers des montagnes, ainsi que celles de Marco, ex-béret vert au sein des commandos de la Marine française.

— Je n'aurais pas pu demander mieux pour servir à

mes côtés, les félicita Yossi. Vos camarades ont de la chance d'avoir des soldats aussi qualifiés que vous à leurs côtés. Tenez, donnez-leur un brassard à chacun, quand vous les aurez libérés.

Lukas prit les deux brassards que Yossi lui tendait et les fourra dans sa poche.

— Il faut aussi qu'on récupère un artefact spécial que Kurtz nous a dérobé, ajouta Karl.

— C'est noté, confirma Yossi. On m'en a parlé et je compte bien vous aider à le retrouver. Bien, maintenant que tout le monde sait ce qu'il a à faire, allons préparer le matériel. L'opération commencera à 22 h 00 tapantes.

CINQUANTE-ET-UN

Dominic et Hana furent escortés par un garde jusqu'à la pièce qui leur servait de cellule et ils s'assirent sur les lits de camp.

Quand ils furent seuls, Hana sortit le couteau que Berta lui avait donné et informa Dominic des intentions meurtrières de Kurtz.

— Super ! s'exclama Dominic en s'empara du couteau pour le cacher dans son dos, entre sa chemise noire et la ceinture de son pantalon. Le couteau, j'entends, pas le fait que Kurtz ait l'intention de nous tuer. Mais je me demande pourquoi la cuisinière nous a aidés.

— Je pense qu'en tant que chrétienne, elle refuse de se plier aux plans que Kurtz a prévu pour nous. Cette opportunité était inattendue. Merci d'avoir détourné l'attention de Dante pendant que j'étais dans la cuisine.

— J'ai bien vu à ta tête que tu préparais un mauvais coup, répondit-il en souriant.

Le regard d'Hana se fit vague tandis que son esprit s'en allait ailleurs.

— J'espère que Karl, Lucas et Javier vont essayer de nous porter secours. Les connaissant, ils doivent déjà être en train d'y réfléchir, mais je ne vois pas comment ils pourraient savoir où l'on se trouve. Ce n'est pas la première fois qu'on est dans la panade, toi et moi, Michael. Mais cette fois, cela ne me dit rien qui vaille.

— Au moins, maintenant, on sait que le laboratoire de Kurtz est au sous-sol. J'imagine que c'est là qu'il a stocké le voile. Étant donné les intentions de Kurtz à notre égard, le temps presse, déclara Dominic en baissant les yeux sur sa montre. Il est presque midi. Quand le garde reviendra, je ferai diversion avec le couteau et tu attraperas son arme. Après ça, il faudra improviser.

Hana lui adressa un regard empli d'inquiétude.

— Fais attention, Michael, je t'en prie. Je ne voudrais pas qu'il t'arrive quelque chose, dit-elle, les yeux brillants.

— Ne t'inquiète pas pour moi, Hana. Je ferai de mon mieux pour que personne ne soit blessé et je sais me défendre. On va s'en sortir. Sains et saufs.

CINQUANTE-DEUX

Une épaisse couche nuageuse obscurcissait le peu de lumière qui émanait du quartier de lune et une petite bruine s'était mise à tomber sur Bariloche. Le lac Nahuel Huapi clapotait calmement dans l'obscurité silencieuse que seul le souffle de la brise sur les flots venait briser.

Quatre hommes armés patrouillaient à l'arrière du domaine, le long des deux murs espacés de cinq cents mètres délimitant la propriété. Deux autres montaient la garde à l'arrière du bâtiment.

Aucun d'entre eux ne vit les six casques noirs qui émergèrent lentement et silencieusement de la surface calme du lac, suivis de six carabines M4 en position de tir, entre les mains expertes de l'équipe S13 qui se fraya discrètement un chemin jusqu'à la rive. Ils avaient laissé leur Zodiac pneumatique sur le rivage, à une trentaine de mètres de là, pour une exfiltration express en cas de besoin.

Pendant que ses collègues maintenaient leur position,

accroupis sur le sable, l'éclaireur sniper s'avança vers les grands séquoias qui jouxtaient le mur ouest de la propriété. Il grimpa en haut de l'un d'entre eux et s'y installa à un endroit adéquat pour avoir une vue dégagée sur l'intégralité du domaine grâce à ses lunettes de vision nocturne. Une fois perché sur une grosse branche solide, il sortit un nanodrone Black Hornet PRS de son sac d'assaut tactique et le fit décoller.

Ultraléger et quasiment silencieux, le minuscule drone survola le terrain, sa caméra à large champ de vision nocturne scrutant les activités en contrebas. En vol, l'appareil envoyait un flux vidéo haute définition en direct au tireur embusqué dans l'arbre, qui transmettait les données à son équipe via un canal de communication sécurisé intégré dans son casque.

— Quatre tangos à l'arrière. Un devant chaque mur. Deux sentinelles derrière la maison.

Un faible bruit de radio statique lui répondit lorsqu'il relâcha le bouton de communication.

Dans le plus grand silence, il fit voler le drone jusqu'à l'avant de la propriété.

— Cinq autres tangos à l'avant : deux devant le portail, un devant la porte, deux qui patrouillent le long de la clôture. Deux véhicules garés devant le bâtiment.

Autre grésillement. Il fit revenir le drone jusqu'à son perchoir et le rangea dans son sac, duquel il sortit un fusil de précision équipé d'un silencieux OPS. Il ajusta sa ligne de mire en direction du garde qui se tenait près du mur le plus proche, puis recula la culasse, prit une profonde inspiration et appuya doucement sur la détente. Il y eut un petit souffle presque silencieux et la cible s'écroula.

Le tireur répéta l'opération avec le garde posté devant le mur opposé. Déjà deux tangos hors d'état de nuire.

Il informa ses équipiers que la voie était libre et qu'ils pouvaient approcher pour immobiliser les deux autres gardes qui patrouillaient près de la maison. Quelques instants plus tard, les quatre tangos avaient été éliminés.

Une alarme retentit soudain à l'intérieur de la maison, envoyant un signal sonore assourdissant toutes les secondes. Apparemment, quelqu'un avait remarqué ce qu'il se passait à l'extérieur et déclenché le système de sécurité. Plusieurs hommes armés apparurent de nulle part et, puisque les intrus semblaient opérer depuis le lac, les hommes postés devant le bâtiment se précipitèrent à l'arrière de la maison pour aller aider leurs camarades, laissant le portail sans surveillance.

Karl, Lukas et Marco, armés chacun d'un pistolet Heckler & Koch de calibre 45, pénétrèrent dans la propriété dans le plus grand silence en sautant sans la moindre difficulté par-dessus le portail en fer forgé. En formation de combat tactique, les yeux et les oreilles aux aguets, ils scannèrent les environs à la recherche d'éventuels adversaires.

N'en trouvant aucun, ils vérifièrent les deux véhicules garés près de l'entrée, puis pénétrèrent dans la demeure.

L'AGITATION ÉTAIT PARVENUE aux oreilles d'Hana et de Dominic qui se précipitèrent vers la fenêtre donnant sur le lac. Debout sur les caisses empilées, le prêtre tenta d'apercevoir ce qu'il se passait dehors. Plusieurs militaires en tenue de camouflage approchaient de la maison.

— Il y a des soldats en approche, dit-il en se tournant vers Hana. Vite ! Trouve-moi quelque chose pour casser la vitre pour qu'ils sachent qu'on est là.

Hana balaya rapidement la pièce du regard à la recherche d'un outil adéquat mais ne trouva rien.

— Essaye avec ton coude, suggéra-t-elle.

— Pourquoi n'y ai-je pas pensé plus tôt ?

Dominic se pencha sur le côté pour protéger son visage des éclats de verre et, le bras plié, envoya son coude dans la fenêtre qui se brisa en mille morceaux.

— On est là ! cria-t-il à travers l'ouverture. Au deuxième étage !

Au même instant, un garde fit irruption dans la pièce et les menaça de son pistolet-mitrailleur Uzi.

— Descendez de là ! cria-t-il en espagnol, visiblement agité par tout ce désordre.

Dominic sauta à terre et s'avança vers l'homme, les mains en l'air.

— Vous devriez être en train d'aider vos amis dehors, lui dit-il en espagnol. Nous ne représentons aucune menace à vos yeux !

Le type était nerveux, ses mouvements brusques, et l'Uzi pointé sur Dominic et Hana tremblait entre ses mains. Il hésitait visiblement quant à la marche à suivre, mais puisque les prisonniers étaient retenus contre leur gré, il sembla en conclure qu'ils devaient forcément être du côté des assaillants qui prenaient la maison d'assaut.

Il prit sa décision et pointa son pistolet-mitrailleur sur Dominic.

— Non ! s'écria Hana quand une explosion retentit.

Le garde s'écroula au sol, et Karl et Lukas firent irruption dans la pièce, arme à la main. Ils scannèrent les environs à la recherche de cibles. L'endroit étant sécurisé, Lukas retourna se poster dans le couloir pour garder l'entrée.

— Karl ! s'exclama Hana en se précipitant vers lui pour se jeter dans ses bras. Tu es arrivé juste à temps !

— Ce n'est pas le moment, déclara Karl d'un ton professionnel en leur tendant les brassards de la S13. Enfilez ça. Javier et les commandos israéliens sont en train de prendre le bâtiment d'assaut. Il faut vous faire sortir d'ici.

— C'est bien beau, mais je ne partirai pas sans le voile, Karl, déclara Dominic.

— Il est où ?

— Au sous-sol, dans un labo. Kurtz y est probablement, lui aussi.

— Les Israéliens veulent le capturer vivant, comme vous pouvez l'imaginer. Venez, descendons.

Quand ils atteignirent l'atrium, Yossi et deux de ses gars attendaient, en position défensive, que Karl fasse sortir les otages. Ensemble, ils coururent le long du balcon et dévalèrent l'escalier pour rejoindre l'équipe à l'étage inférieur.

Dominic se dirigea vers l'ascenseur.

— Ça doit mener au sous-sol. Du moins, je l'espère.

Hana, Karl, Lukas et Dominic se serrèrent à l'intérieur du petit espace au revêtement de bois tandis que Yossi et son équipe empruntaient l'escalier qu'ils avaient trouvé derrière une porte adjacente.

Dominic appuya sur le bouton « L » et les portes se refermèrent lentement. Au bout d'un moment qui leur parut une éternité, l'ascenseur atteignit enfin l'étage inférieur. Leurs armes pointées sur les portes, Karl et Lukas protégeaient Dominic et Hana qui se tenaient derrière eux, le dos contre les pans latéraux de la cabine.

Les portes s'ouvrirent. Yossi et ses hommes les attendaient déjà sur place, postés de part et d'autre du couloir. Derrière Yossi se trouvait Marco.

— Hé, s'exclama Hana surprise. C'est le type qui n'arrête pas me suivre ! Vous êtes qui, bon sang ?

— Excusez-moi, Mademoiselle Sinclair, répondit Marco à la hâte. J'aurais probablement dû me présenter mais votre grand-père m'avait ordonné de faire profil bas. Il dit que vous n'auriez pas aimé l'idée qu'il m'ait envoyé vous protéger.

Toute la troupe longea le couloir jusqu'à une porte qui semblait donner sur un laboratoire.

— Vous travaillez pour mon grand-père ? demanda Hana sans s'arrêter. Je ne m'attendais pas à cela mais je suis contente que vous soyez là.

Marco lui raconta brièvement comment il avait assisté à leur enlèvement, à elle et Dominic, mais n'avait pas pu intervenir à quatre contre un, et avait par conséquent décidé d'alerter ses compagnons.

— Je suis donc sorti de l'ombre, en quelque sorte, et je suis content de l'avoir fait.

— Moi aussi, dit Hana en adressant son plus beau sourire au charmant jeune homme.

— Bon, interrompit brusquement Dominic alors qu'ils atteignaient la porte, trouvons ce voile et déguerpissons.

. . .

LE LABORATOIRE se trouvait derrière une baie vitrée qui montait jusqu'au plafond. Derrière la porte, ils trouvèrent tout un tas de machines et de matériel scientifique, mais pas âme qui vive.

Dominic et son équipe passèrent la pièce au peigne fin à la recherche du coffret d'albâtre ou de toute autre boîte pouvant contenir l'artefact. Ils ouvrirent chaque machine, chaque meuble et chaque tiroir, et vérifièrent même dans le frigo. Aucun voile en vue.

— Et merde ! jura le prêtre. Où peut-il bien être ?

Mark trouva une porte qui donnait sur une pièce adjacente et l'ouvrit, révélant un bureau richement décoré appartenant probablement à Kurtz. Il prit place sur la chaise de ce dernier et se mit à fouiller dans les tiroirs.

Dans son dos, la porte d'un placard en bois s'ouvrit lentement et Günther en sortit discrètement pour venir coller le canon de son pistolet contre la tempe de Karl.

— Comme on se retrouve.

Il était sur le point d'appuyer sur la détente quand Marco entra en trombe dans la pièce, son arme pointée devant lui. Günther releva la tête. Sans prendre le temps de réfléchir, Marco tira, atteignant Günther en pleine poitrine. L'Allemand tituba vers l'arrière et un coup partit de son pistolet.

La balle effleura à un cheveu près le crâne de Karl qui se réfugia sous le bureau, indemne mais choqué, les oreilles encore sifflantes d'avoir entendu l'explosion tonitruante de si près.

— Pfiou, ce n'est pas passé loin, souffla-t-il en secouant la tête pour recouvrer son audition. Merci, Marco.

Les deux hommes échangèrent un regard soulagé. Toute l'équipe fit irruption dans le bureau. Le corps de Günther allongé par terre derrière Karl suffisait à expliquer ce qu'il s'était passé. Marco s'approcha de lui avec précaution, donna un coup de pied dans le pistolet tombé au sol pour l'éloigner de Günther et prit son pouls. Rien. Il n'était déjà plus de ce monde.

Au même instant, l'un des gars de Yossi s'approcha de lui et lui dit quelque chose en hébreu tout en désignant une porte ouverte au bout du couloir.

— J'ai l'impression que les autres se sont enfuis par un tunnel, dit le chef d'équipe. Et je vous parie ma chemise que ça mène au lac. Vite. Suivez-nous.

Tout le monde se précipita sur ses talons tandis que Yossi activait le système de communication pour ordonner à son équipe de se rassembler sur la rive et à deux de ses hommes de récupérer le Zodiac pour l'amener sur la plage.

Le tunnel sous-terrain était bien éclairé et conduisait effectivement au lac. La petite troupe finit par atteindre une porte camouflée dans le flanc de la colline et trouva un chemin menant à un quai en bois, auquel rien n'était amarré.

Yossi balaya l'horizon du regard et aperçut au loin les lumières d'un bateau — une verte sur la droite, une rouge sur la gauche — qui s'éloignaient à toute vitesse.

Quelques minutes plus tard, le Zodiac s'arrêta devant eux en faisant rugir son moteur.

— Attendez ici, déclara Yossi. On va les prendre en chasse.

Les six agents de la S13 s'entassèrent dans l'embarcation pneumatique et le véhicule partit en trombe, le nez au-dessus de l'eau, en direction du bateau en fuite. Avec sa vitesse maximale de 55 nœuds, le Zodiac Milpro les atteindrait en l'espace de quelques minutes.

Le bateau à moteur Bertram 50 Express s'éloignait à toute vitesse de la rive, en direction de l'est où il rejoindrait la route conduisant à l'aéroport de Bariloche, avec à son bord Kurtz, Jacob, Christof et les gardes du corps du docteur. Un van les attendait déjà de l'autre côté du lac, prêt à les récupérer, conformément au plan d'évacuation en cas de déclenchement de l'alarme.

— Qui nous attaque ? demanda Jacob à Kurtz une fois en sécurité à bord de l'embarcation.

— Certainement les Israéliens, cracha Kurtz en agrippant les accoudoirs de son fauteuil tandis que le bateau rebondissait sur l'eau. À l'efficacité de leur approche, je parierais sur le Mossad. Je doute qu'ils soient venus jusqu'ici pour récupérer le voile. À mon avis, c'est après moi qu'ils en ont. Ils peuvent toujours se brosser car ils n'auront ni l'un ni l'autre.

Il se tourna vers l'homme à la barre.

— Capitaine ! Quelle est la vitesse maximale de cet engin ?

— On peut aller jusqu'à 44 nœuds, *Herr Doktor.* Ça devrait nous permettre de semer n'importe qui, répondit l'homme, confiant.

Kurtz ne parut pas convaincu.

— Il faut qu'on atteigne l'aéroport au plus vite, s'exclama-t-il d'une voix stridente. Mon avion m'attend. On sera au point de rendez-vous dans combien de temps ?

— Dans une dizaine de minutes, monsieur.

Jacob et Christof jetèrent un regard derrière eux mais ne virent rien d'autre que les eaux calmes et sombres du lac.

— Peut-être qu'ils n'avaient pas de bateau, hasarda Jacob.

— Ils sont arrivés par le lac. Ils doivent certainement en avoir un, rétorqua Christof. Et si c'est une embarcation pneumatique, elle ne sera pas éclairée. Si ça se trouve, ils sont juste derrière nous mais on ne les voit pas.

L'éclat de la bouche d'un fusil resplendit dans l'obscurité. Une milliseconde plus tard, une balle frappait l'arrière du bateau.

— Ils sont là ! À cinq cents mètres à peine ! s'écria Jacob en pointant du doigt l'endroit où il avait aperçu le flash.

Le sifflement aigu du moteur Volvo Penta D6 du Zodiac leur parvenait désormais aux oreilles et grossissait à mesure que leurs poursuivants se rapprochaient.

D'autres coups furent tirés. Debout sur le pont à la poupe, Jacob et Christof s'accroupirent derrière la rambarde du Bertram, exposant ainsi Kurtz et le capitaine.

Les trois gardes du corps se précipitèrent à l'arrière de l'embarcation et prirent position devant le poste de pilotage et de part et d'autre de la rambarde. En équilibre instable, ils se mirent à tirer à l'aveuglette dans l'obscurité en espérant toucher leur cible.

Un à un, les trois gardes s'écroulèrent au sol, mis hors d'état de nuire par les snipers de Yossi. Le Zodiac n'était plus qu'à une centaine de mètres du Bertram et gagnait du terrain.

Une voix tonitruante résonna dans l'obscurité, amplifiée par un porte-voix.

— Coupez le moteur et rendez-vous !

— Ne vous arrêtez pas ! cria Kurtz à l'intention du capitaine.

Trente secondes plus tard, un autre avertissement leur parvint.

— Coupez le moteur ou nous continuerons à tirer !

Dix secondes s'écoulèrent. Le bateau ne ralentit pas. Le capitaine mit le véhicule sur pilotage automatique, ramassa le pistolet-mitrailleur du garde qui était tombé à côté de lui et pivota pour faire feu.

Une balle en provenance du Zodiac l'atteignit et il s'écroula. Désormais hors de contrôle, le Bertram fonçait à plein régime en direction de la rive.

Impuissant dans son fauteuil roulant, Kurtz paniqua.

— Prenez le volant ! Prenez le volant ! cria-t-il à Jacob qui était toujours accroupi sur le pont à côté de Christof pour se protéger des balles.

Mais le rugissement du moteur Caterpillar était bien trop bruyant pour qu'ils puissent entendre le docteur qui se trouvait dans le cockpit. Et ils ignoraient que le capitaine était mort. Le bateau continua sa route.

Quelques mètres derrière, le Zodiac avait encore gagné du terrain mais ses occupants ne pouvaient rien faire pour arrêter la course folle du Bertram. La vitesse et la gravité achèveraient de résoudre la situation, en conclut Yossi.

Dans le cockpit, incapable d'atteindre la barre ni même de désactiver le pilotage automatique, Kurtz regarda avec terreur le rivage s'approcher à vitesse grand V.

L'instant d'après, la coque en fibre de verre de quinze mètres de long du Bertram filait sur le sable et s'écrasait dans les arbres, projetant Kurtz à travers le pare-brise. Le vieil homme alla s'écraser sur un séquoia géant et mourut sur le coup.

Jacob et Christof connurent un sort similaire quand leurs corps furent éjectés du pont arrière et traversèrent la verrière de l'embarcation avant d'atterrir dans les branchages.

Le Bertram n'explosa pas. Les appareils électroniques arrachés de la proue mutilée cessèrent de fonctionner, le moteur finit par s'éteindre et les hélices ralentirent pour finalement s'arrêter.

Quelques secondes plus tard, le Zodiac s'arrêta sur la rive, à côté des restes du bateau, et cinq hommes sautèrent à terre, leurs armes brandies devant eux, pendant qu'un sixième agent tirait l'embarcation pneumatique sur la plage.

— Vous deux, regardez s'il y a des survivants dans les bois, ordonna Yossi à ses hommes. Les autres, sur le bateau avec moi.

Pendant que deux agents ratissaient la forêt, leur lampe frontale allumée, Yossi et son équipe montèrent à bord du Bertram, lampe torche à la main. Hormis les corps des gardes et du capitaine, ils ne trouvèrent personne à bord de la carcasse.

. . .

Quand le Zodiac eut disparu à l'horizon à la poursuite de Kurtz, Dominic et les autres retournèrent dans la maison par le tunnel. Sur le chemin, ils croisèrent plusieurs corps sans vie de l'équipe de sécurité du docteur. Une fois dans l'atrium, Dominic se détacha du groupe pour adresser une prière pour chacun des morts qui étaient tous des enfants de Dieu et méritaient sa bénédiction. Après quoi, il implora le Seigneur de protéger l'équipe qui se trouvait à bord du Zodiac.

Quand il eut terminé, il aperçut Karl posté devant les baies vitrées de l'entrée.

— Attendez, commenta ce dernier d'une voix inquiète. Il n'y avait pas deux voitures garées sur le parking, quand on est arrivés ?

— Si, confirma Lukas qui remarqua également le portail grand ouvert. On dirait que quelqu'un est passé entre les mailles du filet. Peut-être un simple garde qui aura manqué de courage.

— J'espère simplement que ce n'était pas Kurtz, ajouta Karl. Attendons le retour de Yossi pour savoir qui était à bord de ce bateau.

Une heure plus tard, l'équipe de Yossi les rejoignit dans la maison par le tunnel. Il ne faisait aucun doute qu'il y avait eu de l'action sur le lac. L'adrénaline coulait encore dans leurs veines, leurs mouvements étaient vifs et leur esprit aux aguets.

Yossi déposa un sac polochon en cuir imperméable sur la table la plus proche, à laquelle Dominic était assis.

— On les a rattrapés sans difficulté et on a éliminé les gardes et le capitaine. Malheureusement, le pilote avait activé le pilotage automatique et le bateau s'est écrasé sur le rivage à toute allure. Kurtz et les deux Allemands n'ont pas survécu au crash. Mon équipe s'occupera de faire le ménage sur le site mais Tel-Aviv ne va pas apprécier la nouvelle.

Il était visiblement déçu de ne pas avoir attrapé Kurtz vivant.

— Et le cardinal Dante ? Il est où ? demanda Dominic.

— Il n'y avait que sept personnes à bord : Kurtz, les deux Allemands, le capitaine et trois gardes.

Karl se tourna vers Dominic.

— Si ça se trouve, c'est Dante qui a pris la voiture pour prendre la fuite au milieu de la cohue, en supposant qu'il était là dès le départ.

— Oh, il était là, cela ne fait aucun doute, assura Hana. On a pris le petit-déjeuner avec lui, ce matin. Il comptait rester deux ou trois jours de plus. Je suis sûre que c'est lui qui s'est échappé.

— On s'occupera de lui plus tard. Qu'est-ce qu'il y a dans le sac, Yossi ? s'enquit Dominic.

— Voyez par vous-même, répondit ce dernier avec un sourire.

Dominic repoussa les poignées et ouvrit la fermeture Éclair. À l'intérieur se trouvait un cube de mousse en caoutchouc gris, fendue en son milieu.

Il écarta les deux morceaux et découvrit la boîte en albâtre, puis souleva le couvercle et fut ravi de voir que le voile était toujours intact.

— Nom d'un chien, Yossi ! C'est fantastique ! Votre équipe et vous avez accompli un véritable exploit. Je suis navré que vous n'ayez pas réussi à capturer Kurtz vivant pour lui faire payer ses crimes.

L'expression déconfite sur le visage de Yossi suffit à transmettre sa pensée.

— Oui, c'est bien dommage, répondit le chef des commandos d'un air triste. Amener ces *paskudnyaks* devant un juge est le seul moyen de montrer au monde que nous n'oublierons jamais la Shoah. Mais il reste encore de nombreux criminels, cachés tout autour du globe. Ceux-là n'ont pas encore payé leur dette. Notre mission est de les débusquer et de les traduire en justice.

Dominic lui accorda un moment de silence avant de se lever pour lui serrer la main.

— Merci, Yossi, dit-il en plongeant son regard dans les yeux endurcis de l'homme. Merci pour tout ce que vous avez fait pour nous. Nous vous serons éternellement reconnaissants.

Mark se mit à applaudir les efforts de l'équipe S13, bientôt imité par le reste de l'assemblée.

— Bon, lâcha Hana avec une pointe de soulagement dans la voix. Quand est-ce qu'on rentre à Rome ?

— J'ai laissé ma Jeep sur le parking de l'aéroport à Paris. Ça vous dérangerait qu'on fasse d'abord un saut en France pour la récupérer ? Et puis, il nous reste encore deux jours de vacances, à Lukas et moi.

— Dans ce cas, on vous déposera à Paris avant de redescendre à Rome. Je suis sûre que mon grand-père voudra récupérer son avion, à un moment ou un autre.

Dominic sourit à son amie mais il savait au fond de lui que la tâche qui l'attendait était loin d'être terminée. Et que les résultats de cette dernière pourraient faire l'honneur de l'Église. Ou son déshonneur.

CINQUANTE-QUATRE

Le soleil printanier brillait haut dans le ciel le jour où Dominic revint à Rome. Les jardins du Vatican sentaient bon le chèvrefeuille et le gardénia, et les rayons de l'astre du jour filtraient à travers l'épaisse canopée des vieux arbres noueux. Son sac à dos sur une épaule, le jeune prêtre se dirigeait vers le bâtiment qui abritait le Secrétariat d'État, à l'ombre du dôme de la basilique Saint-Pierre.

Les yeux du cardinal Enrico Petrini s'embuèrent quand il les posa pour la première fois sur le voile de byssus tant l'émotion le submergea à la simple idée de tenir entre ses mains un tel artefact. Dominic combla le silence.

— J'ai conscience qu'il reste beaucoup à faire pour prouver son authenticité, à supposer que cela soit possible, mais cet objet sacré est l'un des rares à m'avoir laissé sans voix, dit-il avec révérence. La foi étant tout aussi puissante que l'acceptation des faits, je veux croire à son authenticité, donc j'y crois.

— Je suis on ne peut plus d'accord, répondit Petrini quand il eut recouvré l'usage de sa voix. C'est une découverte extraordinaire. Et dire qu'une telle merveille a failli être profanée au nom de théories néofascistes. C'est impensable ! Tu as fait du beau travail, Michael. Et quelle aventure !

Dominic haussa les épaules avec humilité.

— Je n'étais pas seul. Plusieurs personnes de l'équipe Hugo ont participé à l'effort. Et sans l'aide d'Hana et des sergents Dengler et Bischoff, je n'aurais jamais réussi.

— Quant à Dante, reprit Petrini, sa voix jusqu'alors calme se teintant d'une colère sourde, je l'ai fait appeler à Rome pour le faire laïciser. Il est indigne de l'Église et sera démis de ses fonctions cléricales. Le processus ne se fait pas du jour au lendemain, donc il est possible que tu croises son chemin au Vatican, mais sache qu'en attendant, même s'il reste cardinal, il n'a aucun véritable pouvoir. Il sera simplement en attente de la décision finale de Sa Sainteté. Une simple formalité, en somme.

— Quand est-ce qu'il revient ?

— Son vol est prévu pour demain. Je me demande même s'il va le prendre.

Dominic réfléchit un instant.

— Ce n'est pas dans mon tempérament de souhaiter du mal à autrui, mais dans son cas, je ferais volontiers une exception. Je ne supporterais pas l'idée de me retrouver dans la même pièce que cet homme répugnant. L'Église sera mieux lotie sans lui, cela ne fait aucun doute.

. . .

Assis à la table de la salle à manger de sa suite privée dans l'hôtel Cavalieri de Rome, Armand de Saint-Clair prenait le petit-déjeuner en compagnie de sa petite-fille lorsque son assistant s'approcha.

— Monsieur le baron, votre banque à Genève est en ligne. Je prends un message ?

— Non, Frédéric. Ce ne sera pas nécessaire. Je vais prendre l'appel. Hana, si tu veux bien m'excuser.

Saint-Clair se leva pour aller répondre dans le bureau adjacent.

— Bonjour, monsieur le baron, le salua le directeur de la Banque Suisse de Saint-Clair au bout du fil. Pardonnez-moi de vous déranger à cette heure matinale, mais je voulais vous confirmer que le propriétaire du compte sur lequel vous m'avez demandé des renseignements possède bien des avoirs de près de deux cents millions de dollars américains sur un compte unique dans l'une de nos filiales en Argentine, la Banco Suiza de Argentina. Que souhaitez-vous que je fasse, monsieur ?

— Gelez immédiatement ce compte, François. Je vous en donne l'ordre personnellement. Le titulaire a-t-il nommé un bénéficiaire ?

Saint-Clair nota la réponse du banquier sur son bloc-notes.

— Merci, François. C'est parfait. À bientôt.

De retour dans la salle à manger, Saint-Clair reprit place à table pendant que Frédéric lui servait une tasse de café chaud.

— Ton article avance, ma chérie ?

Hana lui répondit avec enthousiasme.

— Il est presque fini, pépé. Ça va faire un carton. Mon éditrice dit qu'il contient tous les éléments essentiels d'un

thriller noir historique : des nazis de l'époque, des néonazis, l'Ahnenerbe, la *Kinderklinik* et son ignoble chaîne de
production d'enfants aryens. Les lecteurs vont adorer.

— Et tu y feras mention du voile ?

Hana soupira.

— Non, par respect pour Michael, j'omettrai ce détail,
aussi juteux soit-il. Mais il m'a accordé les droits exclusifs
sur cette information, si elle venait à être rendue publique
un jour. Tu sais bien à quel point le Vatican peut se
montrer secret.

— C'est vrai. D'ailleurs, en parlant d'informations
juteuses, Enrico va destituer le cardinal Dante de ses fonctions dans la semaine. Apparemment, il en a eu assez de
son comportement impulsif.

Hana haussa les sourcils, surprise.

— S'il y a bien un homme qui ne mérite pas de porter
la soutane, c'est lui. Enrico a bien fait. Michael va être ravi.
Je dîne avec lui ce soir. Je peux lui annoncer la nouvelle ?

— Bien sûr, mais j'imagine qu'il est déjà au courant.

CINQUANTE-CINQ

Confortablement installé en première classe du vol Alitalia Buenos Aires-Rome, un scotch à la main, le cardinal Dante se demandait ce que Petrini pouvait bien lui vouloir. Plus vite il en aurait fini avec lui, plus vite il pourrait s'envoler pour Genève et s'occuper de l'héritage de son frère.

Du moins, son aspect financier. Il savait bien sûr que son frère l'avait désigné comme seul et unique bénéficiaire de ses biens. Il ne lui restait plus qu'à trouver un avocat compétent spécialisé en droit de succession pour revendiquer son dû dans cette affaire et s'assurer qu'il aurait le contrôle total sur ce qu'il supposait être une immense fortune déposée sur un compte de la Banco Suiza de Argentina. Johann avait toujours été un homme aisé.

Mais qu'est-ce que Petrini pouvait bien avoir derrière la tête ? Probablement une tape sur les doigts parce que Johann avait retenu Dominic et cette Sinclair contre leur gré. Rien que Petrini ne puisse utiliser contre lui. Après tout, il n'était pas responsable des actes de son frère. Pauvre Johann. Quelle triste façon de mourir.

— Je vous sers un autre whisky, Votre Éminence ? proposa l'hôtesse de l'air. Nous atterrirons dans une heure. Il vous reste encore un peu de temps.

— Volontiers, ma chère. Auriez-vous un Macallan 18 dans vos placards, par le plus grand des hasards ?

La jeune Italienne pouffa.

— Pas sur ce genre de vol, monsieur. Vous allez devoir vous contenter d'un Dewar's 12. Mais il a de belles notes de fond qui font penser à des épices boisées et du caramel salé, relevées d'une pointe de poivre.

— Si vous le dites, j'imagine que ça fera l'affaire, concéda le cardinal d'un air suffisant.

LE PÈRE DOMINIC avait fait construire un étui en bois spécial pour renfermer la boîte d'albâtre contenant le voile. Les menuisiers *sampietrini* spécialisés du Vatican disposaient d'un des meilleurs ateliers du pays et avaient confectionné avec le plus grand soin un magnifique coffret sur mesure doublé d'un épais tissu moiré rouge rembourré pour accueillir et protéger l'artefact.

En attendant que l'on choisisse les techniciens et analystes qui travailleraient à son authentification, Dominic avait conclu qu'il n'existait pas de meilleur endroit pour stocker le voile que la *Riserva*, la pièce la plus sécurisée des Archives apostoliques.

Il déposa le coffret dans l'immense *armadio* Borghèse du XVIIe siècle et l'observa avec tendresse en se remémorant tous les efforts qu'il avait dû fournir pour l'amener jusqu'ici, puis referma les portes de l'armoire et quitta la pièce en la verrouillant derrière lui.

— Comment ça, je vais être laïcisé ?

Outré par le verdict que Petrini venait de lui annoncer, Dante faisait les cent pas dans le bureau du secrétaire d'État.

— Vous ne pouvez pas me faire ça, Enrico ! Je suis cardinal de l'Église, bon Dieu !

— C'est justement pour le bien de notre Sainte Mère l'Église. Quiconque sème le vent récolte la tempête, Fabrizio. Et ne blasphémez pas en ma présence, je vous prie. Vous avez collaboré avec des néonazis, vous étiez impliqué dans l'enlèvement et l'emprisonnement du père Dominic et de mademoiselle Sinclair, et vous avez participé à un plan honteux visant à faire usage d'un artefact sacré pour servir des desseins malsains. Ce sont là des actions très graves et elles méritent un châtiment à leur hauteur. Estimez-vous heureux que je ne vous envoie pas en prison ! J'en ai plus qu'assez de vos machinations odieuses, Dante. Le Saint-Père annoncera officiellement la nouvelle d'ici peu, mais à compter de ce jour, considérez-vous comme dépouillé de vos fonctions et de vos responsabilités cléricales, ainsi que de tous vos devoirs sacerdotaux. Vous resterez ici jusqu'à ce que Sa Sainteté ait rendu sa décision finale, après quoi vous devrez quitter le Vatican en tant qu'homme laïc.

— Vous allez le regretter, Petrini ! cracha Dante dans un accès de rage en se dirigeant vers la sortie à grands pas. Vous et Dominic, je vous le ferai payer. J'en sais beaucoup sur votre compte, Enrico. Ne l'oubliez pas. Si je tombe, vous tomberez avec moi.

Sur ces mots, Dante quitta la pièce en claquant la porte.

Petrini se leva de sa chaise et vint se poster devant la fenêtre. Il baissa un regard empli de mélancolie sur les jardins et les gens qui s'affairaient en contrebas, puis releva les yeux vers le gigantesque dôme de la basilique Saint-Pierre.

— J'imagine que le pire reste à venir, murmura-t-il en soupirant. Pardonne-moi, Michael.

CINQUANTE-SIX

Les quatre-vingt-dix minutes du vol Alitalia Rome-Genève s'écoulèrent à une vitesse d'escargot dans l'esprit de Fabrizio Dante. À chaque seconde qui s'égrenait, il avait l'impression que son pouvoir lui échappait, et le scotch qu'il sirotait en regardant les montagnes défiler en contrebas, assis sur le siège A1 de la cabine, n'aidait pas.

Rester au Vatican, et puis quoi encore ? Personne ne lui disait quoi faire !

Dante avait appelé la branche suisse de son cabinet d'avocats pour les prévenir de son arrivée imminente et leur demander de préparer le nécessaire pour qu'il puisse accéder immédiatement aux comptes de son frère. La maison mère de la Banco Suiza de Argentina était un conglomérat basé à Genève, connu sous le nom de Banque Suisse de Saint-Clair. C'était là qu'il devait se rendre pour récupérer son dû.

Saint-Clair... Ce nom lui disait quelque chose.

La Mercedes avec chauffeur qui l'attendait à la sortie

du terminal le conduisit directement jusqu'aux bureaux de Dreyfus & Bustamante, dans le bâtiment huppé du Quai de l'Île, un petit quartier niché sur une île au milieu du Rhône, en plein centre de Genève.

Vêtu de son costume de laine noire au rabat écarlate de cardinal sur un col clérical blanc, sa croix pectorale autour du cou pour faire bonne impression, Dante pénétra dans les bureaux du cabinet où il avait rendez-vous avec le directeur de la succursale, monsieur Henri Boudet.

— Il reste encore quelques démarches à accomplir pour régler les affaires de votre frère, Votre Éminence, mais en tant que seul bénéficiaire, vous recevez un contrôle immédiat sur l'intégralité de ses avoirs financiers, et les derniers documents à cet effet ont déjà été préparés, confirma Boudet alors que les deux hommes prenaient place dans son bureau. Il vous suffit de signer ici et notre notaire officialisera les documents qu'il vous faudra présenter à la banque.

D'un geste de la main théâtral, Dante apposa sa signature en pied de page, un acte qui eut pour effet de le rendre immédiatement fortuné et d'attiser sa fierté vaniteuse.

L'heure était venue de se rendre à la banque !

La Mercedes l'attendait sur le bord du trottoir, les coordonnées de l'établissement déjà saisies dans le GPS de la voiture.

Un quart d'heure plus tard, Dante sortit du véhicule et pénétra dans les locaux illuminés de la Banque Suisse de Saint-Clair sur le quai du Mont-Blanc. Son costume en laine chaude et rêche commençait à l'irriter, une sensation des plus désagréables pour un homme aussi pressé que lui.

On l'invita à patienter dans la salle d'attente de la

banque donnant sur le lac Léman et il s'y installa tout en repensant à l'ignoble décision de Petrini de le démettre de ses fonctions. Cela n'allait pas se passer comme cela ! Sa Sainteté reconnaîtrait sûrement ses quarante années de bons et loyaux services au sein de l'Église et le restituerait à son poste. Le choix de Petrini était absolument injustifié !

— Vous êtes le cardinal Dante, je suppose ?

Un homme de petite taille d'une soixantaine d'années impeccablement vêtu s'approchait, la main tendue vers lui.

Dante se leva pour le saluer.

— Oui. Et vous êtes ?

— François Trudeau, directeur général de la Banque Suisse de Saint-Clair, à votre service. En quoi puis-je vous aider, monsieur ?

— Je suis ici en tant qu'unique bénéficiaire des biens de mon frère qui étaient jusqu'à présent gérés par la Banco Suiza de Argentina.

— Ah oui, je vois. Suivez-moi, je vous prie.

Les deux hommes remontèrent le couloir de marbre étincelant et pénétrèrent dans une suite d'angle avec vue panoramique sur le lac et les Alpes.

— Asseyez-vous, Votre Éminence.

Dante prit place dans un élégant fauteuil en cuir et sortit les documents que lui avait confiés son cabinet d'avocat pour les présenter au banquier.

Trudeau les examina attentivement, puis consulta le compte sur son ordinateur un instant et fronça les sourcils. Il s'interrompit, tapa quelques mots sur son clavier, lut ce qui s'affichait à l'écran, puis se tourna vers Dante, les sourcils toujours froncés.

— Je suis navré, monsieur. Il semblerait que le compte ait été gelé.

Ne s'attendant pas à cela, Dante ne sut que répondre.

— Il doit y avoir une erreur, dit-il en se creusant la cervelle à la recherche d'une explication. Ça vous dérangerait de revérifier ? Le titulaire du compte, Johann Kurtz, était mon frère, enfin, mon demi-frère. Ces documents sont la preuve que je suis son unique bénéficiaire légal. Ses biens me reviennent. Ce n'est quand même pas compliqué à comprendre !

— Je vous en prie, monsieur, nul besoin d'élever la voix. Restons courtois.

— Je ne suis pas un homme courtois ! cracha-t-il avec colère. Je suis cardinal de l'Église catholique romaine !

— Certes, Votre Éminence, mais ce compte a été gelé sur ordre du PDG de la banque en personne, le baron Armand de Saint-Clair, conformément à la législation argentine sur les activités illégales. Je ne peux rien vous dire de plus, monsieur. Je vous invite à vous retourner vers votre avocat.

Armand de Saint-Clair ? Mais oui ! Il devait avoir un lien de parenté avec la copine de Dominic, la petite Sinclair ! Voilà qui expliquait tout !

Dante s'empara des documents sur le bureau et les envoya valser dans la pièce, le visage tordu par la rage.

Il pointa un doigt menaçant vers Trudeau.

— Dites à votre Saint-Clair qu'il ne s'en sortira pas comme ça ! déclara-t-il d'une voix grave. C'est du vol, pur et simple ! Vous entendrez parler de moi par le biais de mon avocat !

Dante sortit du bureau en trombe, tel un enfant capricieux.

Il aurait sa revanche !

CINQUANTE-SEPT

Le lendemain matin, Dominic et Karl venaient tout juste de s'installer à la terrasse du Pergamino Caffè sur la Piazza del Risorgimento après leur jogging matinal à travers le quartier de Subure.

— C'était exactement ce dont j'avais besoin après tout ce que l'on a traversé ! déclara Karl en trempant les lèvres dans son expresso brûlant. Voilà qui devrait me redonner de l'énergie. On est redescendu en voiture avec Lukas hier, après avoir visité Paris. On est même passés voir les dégâts suite à l'incendie de la cathédrale de Notre-Dame. C'est vraiment horrible, ce qu'il s'est passé, Michael.

— J'ai l'intention de m'y rendre en pèlerinage. Je pourrai peut-être donner un coup de main aux experts antiquaires. Les pertes doivent être incommensurables. Oui, je crois que je vais y aller, prochainement. Si Hana est dans le coin, je passerai lui dire bonjour.

La foule grossissait à mesure que la matinée avançait, parsemée çà et là de membres vêtus de soutanes et de tenues noir et blanc en route pour le Vatican, individus que les enfants de Rome surnommaient affectueusement les *bagarozzi*, ou scarabées noirs.

De l'autre côté de la rue, près des arrêts de taxis, Karl remarqua un homme plutôt grand qui avançait d'un bon pas en direction du nord. S'il n'avait pas marché aussi vite et tiré une énorme valise derrière lui, il serait aisément passé inaperçu parmi la mer de prêtres et de religieuses.

— Ce ne serait pas le cardinal Dante, là-bas ?

Dominic releva les yeux.

— Si, confirma-t-il en fronçant les sourcils. Qu'est-ce qu'il fabrique ? Petrini m'a dit qu'il allait le renvoyer. Si tu veux mon avis, le plus tôt sera le mieux.

Le cardinal monta dans un taxi qui s'en alla vers l'est.

— Bon, déclara Dominic en regardant le véhicule s'éloigner. Il est temps de nous mettre au travail.

Sachant que Dominic serait sorti pour son habituel jogging matinal, le cardinal Dante avait quitté plus tôt que d'ordinaire son appartement de Domus Santa Marta, la résidence hôtelière du Vatican située au sud de la basilique Saint-Pierre, pour éviter la cohue d'employés du Vatican qui se pressaient devant la Porte Saint-Anne pour aller travailler.

Outre sa valise de voyage, Dante emportait avec lui une clé spéciale ouvrant une porte tout aussi spéciale, une clé que seules deux personnes possédaient dans tout le Vatican mais dont il avait secrètement fait faire une copie avant de quitter ses anciennes fonctions de secrétaire d'État, juste au cas où.

Le cas où se présentait désormais et il se félicita d'avoir eu cette présence d'esprit à l'époque, tout en se dirigeant vers le vieil ascenseur des Archives apostoliques pour descendre dans la *Riserva* à l'étage inférieur. Il traversa rapidement la Galerie aux étagères à la lueur des lampes automatiques qui déversaient leurs flaques de lumière ambrée sur son passage. Il savait ce qu'il avait à faire. Il savait aussi qu'il n'y avait pas de caméras de surveillance dans les Archives, et en tant que cardinal, il pouvait accéder librement à l'ensemble des locaux du Vatican. Personne ne saurait qui avait emporté le voile quand on s'apercevrait que l'artefact avait disparu. Du moins, pas incessamment sous peu.

Après avoir déverrouillé la lourde porte en boîte, il pénétra dans la salle la plus précieuse de tout le Vatican et balaya les étagères du regard. Ne voyant rien qui ressemble de près ou de loin à la boîte d'albâtre, il se dirigea tout droit vers l'*armadio* et en ouvrit grand les portes.

Sur le devant de l'une des étagères, il vit un coffret en bois spécialement conçu fermé par un simple crochet en métal. Il en souleva le couvercle et trouva ce qu'il était venu chercher : la boîte en albâtre et, à l'intérieur, le voile. Il retira ce dernier avec précaution et le déposa dans le petit étui en bois qu'il avait apporté, le referma et rangea le tout dans sa valise.

Après quoi, il abaissa le couvercle de la boîte en albâtre, puis celui du coffret en bois des *sampietrini*, enclencha le crochet en métal, ferma les portes de l'armoire et sortit de la *Riserva*.

Vincenzo Tucci déverrouilla la porte de sa boutique d'antiquités donnant sur la Via del Governo Vecchio et tourna le panneau « *Aperto* » pour indiquer que le magasin était ouvert.

À presque quatre-vingts ans, Tucci était un homme corpulent au visage rond. Une l'alopécie aiguë avait fait disparaître le moindre cheveu sur son crâne. Il n'en était pas moins reconnu par ses pairs comme un expert en art et antiquités étrusques. Des collectionneurs du monde entier faisaient appel à lui pour dénicher les pièces les plus convoitées qu'il parvenait à se procurer régulièrement.

Et bien que la majorité de son inventaire ait été acquis de manière légale, il était de notoriété publique que Tucci savait se montrer discret lorsqu'il était question de sa clientèle, qui ne se souciait pas tant de la provenance légitime d'un artefact que de sa rareté singulière, et qui était suffisamment aisée et dépourvue de scrupules pour faire des affaires en cachette, indépendamment du prix ou de l'origine douteuse d'un bien.

En effet, outre les moyens légaux dont disposait Tucci pour se procurer les objets les plus raffinés qui soient, il était également le *capo zona* des *tambaroli* de Rome, le chef régional du marché noir des pilleurs de tombe.

Il était en train de décharger une livraison dans l'arrière-boutique lorsque la clochette de la porte d'entrée retentit, signalant l'arrivée d'un visiteur. Après avoir reposé ses outils et épousseté ses vêtements, il revint dans la boutique pour accueillir son premier client de la journée.

La clochette tinta une seconde fois lorsque la porte se referma et le grand homme qui venait de pénétrer dans la pièce se tourna vers le propriétaire des lieux.

— Cardinal Dante ! s'exclama Tucci. Quelle surprise ! Cela fait bien longtemps que vous n'êtes pas venu dans mon humble caverne aux merveilles. Que puis-je pour vous, Votre Éminence ?

— *Buongiorno*, Vincenzo, répondit furtivement Dante, de peur que d'autres clients ne se trouvent dans le magasin. Peut-on échanger en privé dans votre bureau ?

— Bien sûr, *signore*, acquiesça Tucci dont le sourire s'effaça tandis qu'il conduisait le nouveau venu à travers l'arrière-boutique, jusqu'à un bureau joliment décoré de meubles antiques.

Les deux hommes prirent place.

— En quoi puis-je vous être utile ?

— Je suis en possession d'un bien qui, je pense, vaudrait la peine que vous trouviez un acheteur. Quelque chose d'extraordinaire, mais aussi de... disons... d'extrêmement délicat.

L'expression de Tucci se fit solennelle.

— Je comprends, Votre Éminence. Parlez-moi de cet objet.

Le cardinal sortit le voile de son étui pour permettre à Tucci de l'inspecter tout en lui expliquant sa provenance, son lien avec Himmler, la fascination qu'éprouvait Hitler à son sujet, sa découverte par Otto Rahn en France et la légende de Marie Madeleine.

— Oui, je suis au courant des histoires que l'on raconte au sujet de ce voile, confirma Tucci, les yeux brillants tandis qu'il examinait le byssus. Effectivement, c'est l'artefact le plus extraordinaire qu'il m'ait été donné de voir.

— Il appartenait à feu mon frère qui habitait en Argentine. J'en ai hérité suite à son décès, la semaine dernière, et j'aimerais que vous me trouviez un acheteur pour cette pièce magnifique. En toute confidentialité, bien sûr.

— Cela va de soi. Toutes mes condoléances pour votre frère.

Une fois les bonnes manières d'usage expédiées, Tucci reporta son attention vers le voile.

— Bien entendu, un objet d'une telle nature est inestimable. Cela dit, je pense à un client en particulier, un oligarque russe qui ne s'arrête jamais au prix. Je suis certain qu'un artefact aussi unique que celui-ci éveillera son intérêt. Si vous le permettez, Votre Éminence, je vais prendre quelques photos du voile et vous pourrez le reprendre. Après quoi, je verrai ce que je peux faire pour vous.

— Non, Vincenzo. Je dois le laisser entre vos mains. C'est mieux ainsi.

Tucci cligna plusieurs fois des yeux, surpris par cette requête.

— Très bien, dit-il nerveusement. Je le garderai en sécurité dans le coffre-fort. Et bien sûr, je ne poserai aucune question.

CINQUANTE-HUIT

Enrico Petrini venait tout juste de rentrer du Palais apostolique, où il avait échangé avec le pape à l'occasion de leur réunion quotidienne, lorsque Michael Dominic frappa à la porte de son bureau.

— Michael ! Entre, dit le cardinal en adressant un sourire chaleureux à son visiteur. Tu arrives à point. Sa Sainteté aimerait voir le voile et a insisté pour que ce soit toi que le lui présente.

— Seigneur Dieu ! s'exclama Dominic. Il a demandé après moi ?

— Évidemment. Il te connaît. Le Saint-Père connaît tout le monde, ici.

— C'est super ! Quand et où souhaite-t-il que je le rencontre ?

— Il t'a invité à dîner dans ses appartements ce soir pour que tu lui fasses part de tes aventures. Il semble impatient d'entendre tes exploits.

— Dîner ? Avec le pape ?

— Oui, dîner avec le pape, confirma Petrini d'un ton décontracté. Je te conseille de te porter ton plus beau col.

~

À 3500 mètres d'altitude, les pistes de Chamonix-Mont-Blanc étaient encore recouvertes de poudreuse en cette fin de saison hivernale.

Dmitry Zharkov aimait particulièrement passer cette période de l'année dans sa maison au milieu des Alpes françaises, plutôt que dans la grisaille constante de Moscou. Et puis après tout, il pouvait gérer son vaste domaine entrepreneurial depuis n'importe où dans le monde.

Zharkov et ses deux gardes du corps venaient tout juste de rentrer au chalet après une virée sur les pistes de ski, lorsque son assistant lui tendit une liste de messages téléphoniques laissés en son absence. Il sélectionna ceux qu'il devait rappeler immédiatement et remit les autres à plus tard.

Parmi les messages prioritaires se trouvait celui de Vincenzo Tucci. Zharkov le rappelait toujours en priorité, de peur que d'autres collectionneurs n'aient vent d'une nouvelle trouvaille inestimable avant lui.

Véronique Dupont, l'avocate française à la fois séduisante et impressionnante qui lui servait de « solutionneuse de problèmes », s'occupait exclusivement de toutes les affaires légales et extralégales de l'oligarque russe. Ce genre de service nécessitait souvent l'obtention de passeports falsifiés, le recrutement d'une assistance juridique au nom de certains associés de M. Zharkov ou encore l'éradication expresse de certaines nuisances impliquant souvent des questions de vie ou de mort. Nikky Dupont n'était pas le genre de personne que l'on voulait rencontrer sur sa route, que ce soit au tribunal ou ailleurs, surtout lorsqu'il était question de vie ou de mort.

— Nikky, très chère, murmura Zharkov en pénétrant dans la vaste pièce qui donnait sur la vallée de Chamonix, que dirais-tu d'un verre de champagne ?

— Avec plaisir, Dmitry, merci, répondit-elle sans se lever du canapé de velours cramoisi sur lequel elle était en train de lire un roman, allongée sur le ventre. Comment était la neige ?

— Le soleil fait déjà fondre la poudreuse. Ce n'est pas ce qu'il y a de mieux pour skier. Il faudra repasser. Ne bouge pas, je vais chercher le champagne. Je reviens.

Zharkov se rendit à son bureau pour appeler Tucci. La pièce était décorée de symboles de guerre en tous genres : épées, masses, dagues rituelles, et même un mini trébuchet datant du 17ᵉ siècle, posé à côté d'un globe en bois. Zharkov adorait l'histoire militaire et les armes qui avaient joué un rôle dans son développement au cours des siècles. Il en avait à foison.

Mais la deuxième place dans son cœur était occupée par les artefacts religieux les plus raffinés que l'on puisse se procurer. Et il en possédait tout autant.

Il décrocha le combiné et composa le numéro de Vincenzo Tucci à Rome.

— Ah, *signor Zharkov* ! chantonna le vieil homme, visiblement ravi d'avoir réussi à joindre l'oligarque russe. Je crois savoir que vous n'êtes pas très friand des mondanités, aussi je me permets d'en venir directement aux faits. Je suis en possession d'un article absolument extraordinaire qui devrait grandement vous intéresser.

Il entreprit alors de lui décrire le voile et son histoire, du moins ce qu'il en savait, jusqu'à avoir captivé l'attention de son client.

— Comme vous le savez, Vincenzo, je ne peux plus mettre le pied en Italie suite à un malentendu avec la législation douanière. Quel pays ridicule ! Mais j'enverrai Nikky jeter un coup d'œil à ce voile à ma place. Qu'en dites-vous ?

— C'est parfait, *signore*. *Signorina* Véronique est toujours la bienvenue dans ma boutique, vous le savez. J'attendrai son arrivée avec impatience. En attendant, je vous ferai parvenir quelques photos.

Les deux hommes se souhaitèrent au revoir et raccrochèrent. Ravi à l'idée de cette potentielle acquisition, Zharkov alla à la cuisine, ouvrit une bouteille de champagne Roederer Cristal et en servit deux flûtes.

— On fête quelque chose, Dmitry ? s'enquit Véronique.

— Pas encore, Nikky, murmura-t-il d'une voix grave et gutturale, mais tu prendras le jet demain pour aller à Rome examiner un objet aussi vieux que le Christ. Un artefact absolument extraordinaire. Si la description que tu m'en fais me plaît, tu me le ramèneras, d'accord ?

CINQUANTE-NEUF

Deux soldats de la Garde suisse étaient postés de part et d'autre de la porte de la suite papale quand Dominic s'en approcha. Bien qu'ils sachent pertinemment que le visiteur était le préfet des Archives apostoliques, ils procédèrent à la vérification de son identité aussi sobrement qu'ils l'auraient fait avec n'importe qui. Ils lui demandèrent également d'ouvrir sa valise pour en inspecter le contenu. Voyant que cette dernière ne contenait rien d'autre qu'une boîte en albâtre, ils le laissèrent passer et ouvrirent la porte. Après un bref claquement de talons formel, ils pivotèrent pour escorter Dominic à l'intérieur des appartements du pape.

Dominic fut accueilli par la sœur Amélia, responsable en chef du foyer papal, qui le conduisit jusqu'à un petit salon où le cardinal Petrini était en train de discuter avec Sa Sainteté d'un ton affable. Les deux hommes se levèrent à son arrivée et Dominic posa sa valise par terre.

— Ah, très cher Père Dominic, dit le pape en ouvrant

les bras, un grand sourire sur le visage. Je suis ravi que vous ayez pu vous joindre à nous.

Il ne me serait jamais venu à l'idée de refuser une invitation du pape en personne, songea nerveusement Dominic en prenant les mains du pape dans les siennes.

Il lui fit une petite révérence, tête baissée, et déposa un baiser sur l'anneau du pêcheur à son doigt. Le pape le fit se relever et l'enlaça, ce qui était sa manière de saluer tous ceux qu'il croisait. Se retrouver en sa présence était impressionnant pour le jeune prêtre qui ne croisait que très rarement le Saint-Père au cours de ses obligations quotidiennes.

Petrini lui servit un verre de Chianti et tous trois s'installèrent pour bavarder en attendant que le dîner soit servi. Assis sur son fauteuil aussi fastueux qu'un trône, vêtu de sa soutane blanche en soie gaufrée, le pape discuta de choses et d'autres : sa chère équipe de football de San Lorenzo, les œuvres musicales de Mozart et de Beethoven, les films de Fellini... Il ne faisait aucun doute que cet homme était vif d'esprit et qu'il adorait raconter et écouter des histoires.

À sa demande, Dominic lui relata la longue aventure qui l'avait mené jusqu'au voile, en prenant soin de donner à son récit le ton, la couleur et la richesse dignes d'un maître conteur. Le Saint-Père était pendu à ses lèvres, grimaçant à l'occasion en entendant certains détails sordides... ou le nom de Dante. Il décocha un bref regard entendu à Petrini, que Dominic interpréta comme étant lié à la décision du pape de laïciser le cardinal dans les jours à venir.

— Vous permettez que j'y jette un coup d'œil, à présent ? demanda-t-il à Dominic.

— Bien sûr, Votre Sainteté.

Dominic se leva pour aller récupérer sa valise qu'il avait laissée à l'entrée et la posa sur la table basse. Il en sortit le coffret en bois, sans manquer de chanter les louanges des *sampietrini* qui l'avait confectionné, l'ouvrit et souleva la boîte d'albâtre qu'il plaça devant le pape.

Le Saint-Père la fixa sans un mot, émerveillé par la luminosité de la pierre. Après avoir regardé tour à tour Dominic, puis Petrini, il tendit la main, les yeux emplis d'impatience, et souleva le couvercle.

La boîte d'albâtre était vide.

Le pape leva un regard inquisiteur vers Dominic. Était-ce une plaisanterie ? Tout le monde savait que ce pape avait le sens de l'humour ; il n'était pas impossible que Dominic ait voulu lui faire une blague.

Mais Dominic était livide. Personne n'était entré en contact avec le voile à part lui. Il l'avait rangé dans la *Riserva* en personne, dans cette même boîte. Où était l'artefact ? Comment avait-il pu disparaître ?

Il releva les yeux vers Petrini.

— Votre Éminence, hormis vous et moi, personne d'autre n'a la clé de la *Riserva*, n'est-ce pas ? demanda-t-il en respectant les formules d'adresse d'usage en présence du Saint-Père.

— C'est cela, Michael, confirma Petrini, tout aussi confus que lui face à ce coffret vide.

L'esprit en ébullition, Dominic réfléchit. Qui avait bien pu voler le voile ? Il devait forcément y avoir une explication.

Ce fut alors qu'une image lui revint : celle du cardinal Dante qui montait dans un taxi avec une grande valise, le matin-même.

Mais comment avait-il pu se procurer la clé ?

La réponse lui vint tel un flash.

— Votre Sainteté, cardinal Petrini, je m'avance un peu en disant cela, mais étant donné que le cardinal Dante a été secrétaire d'État, et que la personne nommée à ce poste est la seule, hormis le préfet, à avoir la clé des Archives, se pourrait-il qu'il en ait fait une copie ?

Le visage de Petrini se tordit de colère.

— Je ne vois pas d'autre explication, Michael, surtout à la lumière des récents événements. Je crains que tu n'aies raison. Votre Sainteté, je suis terriblement désolé. Nous ferons en sorte de retrouver le voile.

— Oh, très cher Enrico, ne soyez pas désolé, sympathisa le Saint-Père. Je suis sûr que le voile reviendra en notre possession. Toutefois, je pense qu'il faut prendre des mesures immédiates concernant le cardinal Dante. Si nos soupçons sont fondés, il est allé trop loin, cette fois.

— Merci, Votre Sainteté, concéda Petrini. Puis-je vous demander la permission de passer un coup de fil avant de passer à table ?

— Absolument. Et n'hésitez pas à mentionner mon nom, si cela peut vous aider, ajouta le pape en le fixant droit dans les yeux très sérieusement.

Les deux hommes esquissèrent chacun un bref sourire, puis Petrini sortit de la pièce pour se rendre dans le bureau privé du Saint-Père. Il s'empara du combiné blanc et composa le numéro du commandant de la Garde suisse pontificale.

— Allô ? C'est le cardinal Petrini à l'appareil. Le Saint-Père vous ordonne de trouver et d'arrêter le cardinal Dante immédiatement. Confinez-le dans ses appartements sous étroite surveillance.

SOIXANTE

Karl Dengler et Dieter Koehl étaient en train de monter la garde devant la porte de l'appartement de Dante, dans la résidence hôtelière Domus Santa Marta, lorsque le père Michael Dominic se présenta pour rendre visite au futur ex-cardinal.

— Salut, Karl. Comment se porte ton prisonnier ? demanda Dominic en affichant un sourire satisfait.

Malgré le sérieux du devoir qui leur incombait, Karl Dengler et Dieter Koehl souriaient jusqu'aux oreilles, heureux de voir que Dante recevait enfin ce qu'il méritait.

— Il est d'une humeur de chien, Michael, répondit Karl. Ça lui déplaît de se retrouver confiné dans ses quartiers.

— Tu m'étonnes ! Il faut que je lui parle. Ça ne prendra pas plus de dix minutes.

Karl ouvrit la porte et laissa passer Dominic, puis referma derrière lui.

Dante se tenait debout les bras croisés devant le grand

balcon ouvert, sa silhouette sombre se détachant devant les rideaux transparents blancs. Il tourna la tête.

— Dominic ! cracha-t-il d'un ton accusateur. Tout ce qu'il m'arrive, c'est à cause de vous et de vos amis. Vous ne pouviez pas vous empêcher de mettre votre nez dans les affaires des autres. Comment osez-vous vous en prendre à moi qui vous suis supérieur en tous points ?

— Du calme, Votre Éminence. Je suis simplement venu vous demander où vous avez caché le voile. Votre petit jeu est fini. Le Saint-Père sait que vous ne faites qu'attirer les problèmes par ici, sans parler de vous acoquiner avec ce nid de vipères en Argentine. Mais ce voile est sacré et ne doit pas être utilisé comme monnaie d'échange. Vos obligations prennent le dessus, ici. Qu'en avez-vous fait ?

Dante se tourna entièrement pour faire face à Dominic, les yeux brûlant de haine.

— Je n'ai aucune idée de quoi vous parlez, jeune homme, mentit-il.

— Ne faites pas l'innocent, Dante. Cela n'arrangera rien. Tout le monde sait que vous avez fait faire un double de la clé de la *Riserva*. Et étant donné que les comptes en banque de votre frère ont été gelés, vous êtes à court de fonds. C'est pour cela que vous avez volé le voile, n'est-ce pas ? Pour le vendre au marché noir ?

Dante eut un mouvement de recul, surpris tout d'abord par la mention de la clé, mais surtout par celle des comptes en banque suisses de Johann.

— Comment diable avez-vous appris le gel des comptes de mon frère ?

Son visage visiblement médusé se transforma bien vite en un air de compréhension.

— Ah, je vois. C'est cette Sinclair. Son grand-père a

volé ce qui me revient de droit. Nous verrons bien ce que le juge en dira. Vous savez, poursuivit-il désormais ouvertement hostile en ouvrant grand les bras comme s'il se trouvait sur scène, vous êtes vraiment un insupportable bâtard ! C'est vrai, non ? Un bâtard, un vrai de vrai ! Vous ne savez même pas qui est votre père !

L'insulte du cardinal prit Dominic de court. C'était bien la dernière chose à laquelle il s'était attendu de la part de cet homme.

— C'est Petrini, imbécile ! C'est lui, votre père ! J'ai fait faire des tests ADN sur vous deux, l'année dernière, et les résultats sont concluants. Vous l'ignoriez, hein, espèce de bâtard ? Tout à fait, cet hypocrite de Petrini !

Choqué, Dominic resta planté là, les bras ballants, refusant de croire aux propos diffamatoires d'un menteur avéré comme Dante. Il ne faisait que le provoquer pour le blesser parce qu'il était acculé, le dos au mur.

Et pourtant, la gorge de Dominic se serra, comme si une once de vérité, une boule factuelle, s'était logée dans son gosier à ces mots, au moment où il s'y attendait le moins. Son esprit passa en revue l'intégralité de sa vie : sa mère, Grace, qui avait toujours affirmé que son père était mort et détournait constamment la conversation quand il abordait le sujet ; Petrini, affectueusement surnommé l'oncle Rico, qui avait toujours été là pour lui, finançant son éducation et le guidant sur la voie qui l'avait mené à l'Église. Toutes les pièces du puzzle s'imbriquaient. Évidemment, Petrini n'aurait jamais pu avouer publiquement avoir engendré un enfant. Un tel aveu aurait ruiné sa vie.

Et moi, alors ? Est-ce que je méritais de rester dans l'ombre pendant toutes ces années ? Dominic sentit un goût amer lui remonter dans la bouche.

— Je vois que j'ai ouvert une page de vérité évangélique sur votre vie, dit Dante d'un ton mielleux empreint de méchanceté.

Dominic s'ébroua pour revenir à la réalité.

— Où est le voile ? cria-t-il, désormais en colère pour de multiples raisons.

Il ne se sentait pas à l'aise en présence de cet individu menaçant.

— Je ne vois pas de quoi vous parlez, marmonna Dante en croisant les bras dans les manches de sa soutane avant de reporter son attention sur le balcon. À présent, cessez de m'importuner. Je n'ai rien d'autre à dire.

Dominic tourna les talons, ouvrit brusquement la porte et sortit de la pièce à grands pas sans même un regard pour Karl et Dieter.

CHAPITRE

SOIXANTE-ET-UN

Le colonel Benito Scarpelli de la *Tutela Patrimonio culturale*, l'unité spéciale des *carabinieri* italiens dédiée à la protection du patrimoine culturel, surnommée la brigade de l'art, était en train de déguster une demi-tasse d'expresso bien fort quand son aide-de-camp frappa à la porte.

— *Si, entrare,* dit Scarpelli.

— Colonel, on a intercepté quelque chose sur la ligne de Vincenzo Tucci qui nous semble important. Tucci y décrit un certain artefact à un collectionneur russe du nom de Zharkov, celui-là même qui avait été impliqué dans l'affaire du reliquaire du Vatican, l'année dernière. À en juger par sa description, il pourrait s'agir du même objet.

Elle tendit à Scarpelli la transcription de la conversation et lui transmit les informations sur le voile de Madeleine que Tucci avait confiées à Zharkov.

Ancien curateur d'antiquités pour le compte de Sotheby, Benny Scarpelli, la soixantaine, savait que si

Zharkov était impliqué, cela signifiait que l'article offert par Tucci revêtait une importance toute particulière. Et si son expérience lui avait appris quelque chose, c'était bien qu'il y avait de fortes chances qu'il s'agisse d'une transaction douteuse, voire illégale. Après tout, le rôle que Tucci jouait auprès des *tambaroli* sur le marché noir ne lui était pas étranger.

Il leva les yeux vers son assistante.

— Savez-vous comment s'appelle le préfet des Archives apostoliques ?

— Oui, mon colonel. C'est le père Michael Dominic. Il a pris la suite du frère Calvino Mendoza qui est parti à la retraite. Voulez-vous que je le contacte de votre part ?

— Ah, oui, je me souviens de Dominic. Ce ne sera pas nécessaire, je l'appellerai moi-même, *grazie*.

Scarpelli parcourut le tableau de commutation et composa le numéro du Vatican. L'une des six sœurs qui réceptionnaient les appels ce matin-là le salua d'un agréable « *Pronto, Vaticano* » et le colonel demanda à parler au père Dominic. La religieuse lui communiqua le numéro direct du prêtre pour le joindre plus rapidement à l'avenir et transféra l'appel. Dominic décrocha.

— Allô, Père Dominic ? C'est le colonel Benito Scarpelli de la brigade de l'art des *carabinieri*. On a travaillé ensemble l'année dernière sur l'affaire du reliquaire de Madeleine. Je ne sais pas si vous vous souvenez de moi.

— Bien sûr que je me souviens de vous, colonel. Que puis-je pour vous ?

Scarpelli lui expliqua qu'ils avaient intercepté une communication entre Vincenzo Tucci et le collectionneur russe Dmitry Zharkov au sujet d'un artefact qu'ils nommaient « le voile ».

À la mention du mot « voile » et du nom de Zharkov, Dominic se redressa brusquement sur son siège. Scarpelli avait désormais toute son attention.

— Non seulement je connais bien Zharkov parce que j'ai eu affaire avec lui par le passé, répondit-il d'une voix inquiète, mais ce voile a été volé dans les Archives apostoliques il y a quelques jours à peine et doit absolument retourner entre les mains du Vatican.

— C'est tout ce que je voulais savoir, *Padre*, répondit Scarpelli avec professionnalisme. J'enverrai l'équipe de recouvrement sur le lieu de travail du *signor* Tucci dans la journée. Je vous tiendrai au courant.

La clochette de la boutique de Vincenzo Tucci tinta et le propriétaire des lieux sortit de l'arrière-boutique pour accueillir les nouveaux arrivants : une grande femme à l'allure impressionnante et deux hommes qui avaient tout l'air d'être ses gardes du corps. Le visage pâle de Tucci s'éclaircit d'un grand sourire quand il reconnut la femme.

— *Signorina* Véronique ! Quel plaisir de vous revoir ! *Signor* Zharkov m'a dit que vous deviez passer, mais je ne m'attendais pas à vous voir si vite. Venez, je vais vous montrer cette petite merveille. Je suis sûr qu'elle va vous plaire.

Tucci conduisit Véronique jusqu'à son bureau où il ouvrit le coffre-fort pour en sortir l'étui en bois que Dante lui avait confié. Il le posa sur la table et enfila des gants de conservation blancs, en tendit une paire à sa cliente, puis souleva le couvercle pour extraire le voile de byssus de la boîte.

Véronique accepta l'artefact que lui tendait le vieil

homme avec révérence. Aussi stoïque et endurcie soit-elle par son passé professionnel, elle ne put s'empêcher d'être émue face à l'image spectrale de Jésus-Christ sur le tissu de soie transparente, dont le visage paisible malgré les traces évidentes de coups semblait plonger dans l'âme de quiconque posait les yeux sur lui.

— Vincenzo, puis-je me permettre de passer un coup de téléphone en privé depuis votre bureau ? demanda-t-elle.

— Bien sûr, *signorina*. Je reviendrai lorsque vous aurez terminé.

Quand Tucci eut quitté la pièce et refermé la porte derrière lui, Véronique composa le numéro de Zharkov.

— Dmitry, il faut absolument que tu achètes cet artefact. Il est incroyable. Les photos que Tucci t'a envoyées ne sont rien en comparaison du véritable objet. Il y a quelque chose de... de spécial au sujet de cet article. Rien que de le regarder, j'ai l'impression d'avoir littéralement touché le visage de Dieu.

— Donne-lui le prix qu'il t'en demande et ramène-le avec toi.

CHAPITRE

SOIXANTE-DEUX

Quatre voitures de *carabinieri*, gyrophares bleus et sirènes tonitruantes allumés, bloquèrent l'intégralité de la Via del Governo Vecchio pour venir se garer devant la petite boutique d'antiquités de Vincenzo Tucci. Une douzaine d'officiers se déversèrent des véhicules, arme à la main, et prirent le magasin d'assaut par la porte principale.

Pensant qu'il s'agissait des pompiers, Tucci sortit de l'arrière-boutique à la hâte, terrifié à l'idée que ses biens puissent partir en fumée.

Mais la réalité était encore pire. C'était la brigade de l'art, comprit-il en reconnaissant le colonel Scarpelli qu'il avait déjà rencontré par le passé.

— Vincenzo Tucci, déclara Scarpelli, vous faites l'objet d'un mandat de perquisition qui nous autorise à fouiller votre magasin et ses registres dans les moindres détails. Toutefois, il vaudrait mieux pour vous que vous nous disiez dès le départ où se trouve le voile sacré du Vatican.

Les mains en l'air, Tucci se figea sur place.

— Le cardinal Dante n'a jamais mentionné qu'il appartenait au Vatican ! Vous devez me croire ! plaida-t-il. Ma boutique est en règle, colonel, vous devriez le savoir.

Scarpelli leva les yeux au ciel et laissa échapper un profond soupir.

— *Signor* Tucci, que savez-vous au sujet de ce voile ? Vous dites que c'est le cardinal Dante qui vous l'a apporté ? Où se trouve l'artefact, en ce moment ?

— Oui, c'est bien le cardinal Dante, admit Tucci. Malheureusement, je l'ai vendu ce matin-même ! J'ignorais qu'il avait été volé, sinon je n'aurais jamais accepté.

Il décocha au colonel un regard qu'il voulut convaincant.

— *Vendu ?* répéta Scarpelli. Vendu à qui ? Au Russe ?

— Euh, oui, c'est... Attendez, comment savez-vous que mon client était russe ? s'exclama Tucci, perplexe.

— Où est le Russe ? Dites-le-moi, tout de suite !

— Ce n'est pas lui qui l'a acheté en personne. Il a envoyé sa représentante, une certaine *signorina* Dupont. J'ai cru comprendre qu'ils avaient fait le chemin jusqu'à Rome à bord du jet privé du *signor* Zharkov. Peut-être pourriez-vous chercher de ce côté ?

Tucci finit par baisser les mains, non sans se demander comment la brigade de l'art avait appris que son acheteur était russe.

Scarpelli tourna les talons et retourna à sa voiture de service où il s'empara du micro de la radio pour appeler la centrale.

— Ici Scarpelli. Faites cesser tout le trafic aérien en partance des aéroports de Fiumicino et Ciampino. On cherche un jet privé enregistré au nom de Dmitry Zharkov ou de l'une de ses entreprises. Rappelez-moi dès que vous l'aurez trouvé et envoyez une escouade pour intercepter les passagers avant le décollage. Terminé.

CHAPITRE

SOIXANTE-TROIS

Sur le tarmac de l'aéroport de Ciampino, au sud-est de Rome, un cortège de dix voitures de patrouille des *carabinieri* fonça à toute allure, sirènes et gyrophares allumés, pour encercler le jet privé de l'oligarque russe Dmitry Zharkov.

Après avoir obtenu l'autorisation de décoller, ses passagers à bord et ses moteurs prêts à s'allumer pour avancer sur la piste, l'avion avait reçu l'ordre de la part de la tour de contrôle de maintenir sa position.

La passerelle avait été replacée devant la porte de l'avion et le colonel Benito Scarpelli avançait dans le tunnel en direction de l'appareil.

— Je cherche mademoiselle Dupont, dit-il à la première personne qu'il croisa, visiblement un garde du corps russe à en juger par son apparence et sa stature.

Véronique sortit de la cabine pour venir à la rencontre de l'agent.

— C'est moi. Que se passe-t-il ? demanda-t-elle avec

assurance. Puis-je savoir pourquoi vous nous empêchez de décoller ?

Scarpelli se présenta et lui expliqua la raison de sa présence.

— *Signorina*, j'ai cru comprendre que vous étiez en possession d'un artefact sacré dont vous avez fait l'acquisition auprès de Vincenzo Tucci. C'est exact ?

— Je ne vois pas en quoi cela vous concerne, colonel. Cet achat était tout ce qu'il y a de plus légitime.

— Ah, mais c'est là que vous vous trompez, madame, rétorqua-t-il avec satisfaction sans se défaire de son ton officiel. Cet objet a été volé au Vatican et l'Église exige qu'il lui soit restitué sans attendre. Le préfet des Archives apostolique, le père Dominic, me l'a affirmé en personne.

Dominic ! Cet enfoiré ! Elle se souvenait bien de lui, après leur rencontre à Chamonix, l'année passée.

— Je suis l'avocate de M. Zharkov, colonel. Le père Dominic a-t-il des preuves pour appuyer les revendications de l'Église ?

— Avez-vous, vous ou *signor* Tucci, des preuves que l'acquisition de ce bien a été faite en toute légalité ?

Ne laissant rien transparaître malgré la position désavantageuse dans laquelle elle se trouvait, Véronique réfléchit à un moyen de retourner la situation à son avantage. Elle dévisagea une à une chacune des personnes présentes.

— Colonel, pourrais-je vous parler en privé, un moment ?

Le colonel accepta la requête et Véronique le conduisit à l'écart, à l'arrière de la cabine luxueuse.

— Mon employeur est un homme très généreux, colonel, roucoula-t-elle d'un ton séducteur. Y aurait-il une contribution qu'il pourrait faire envers une cause qui vous tient particulièrement à cœur, afin que nous puissions résoudre cette affaire à l'amiable ?

— Oh, je vois, répondit Scarpelli d'un air entendu en hochant la tête avec assurance. Il s'avère que oui, il y en a bien une qui me vient à l'esprit.

Il tendit la main dans son dos pour saisir une paire de menottes et les referma sur les poignets de l'avocate en un geste rapide et efficace.

— Il peut contribuer à votre fond de défense pour tentative de corruption d'un fonctionnaire de l'État, déclara-t-il. Maintenant, montrez-moi où se trouve le voile ou je veillerai personnellement à ce qu'il n'y ait pas d'audience de mise en liberté sous caution.

Choquée, Véronique s'empourpra, rien qu'à l'idée de mettre le pied dans une prison italienne. Elle avait mal jugé cet homme. Très mal.

SOIXANTE-QUATRE

Assis à son bureau de préfet, Dominic tapotait nerveusement la gomme à l'extrémité de son crayon à papier sur le tapis de bureau en cuir rouge.

Après deux jours passés à se torturer les méninges au sujet des révélations de Dante, Dominic était à bout de nerfs. Il avait à peine mangé et dormi mais savait qu'il ne pouvait pas rester sans rien faire. Il allait devoir confronter Petrini pour connaître la vérité.

Il s'empara de son téléphone portable et écrivit un énième message à l'intention du cardinal : **On peut se voir un soir dans la semaine quand ça t'arrange à ton appartement ? Le plus tôt étant le mieux.**

Il était préférable de discuter avec son mentor, son père, dans un lieu calme et confortable plutôt qu'en public.

Quelques minutes plus tard, la réponse lui parvint : **Ce soir, ça te va ?**

Dominic confirma le rendez-vous. Tant mieux, plus

vite il entendrait la vérité de la bouche de Rico, mieux il se porterait. Il ne pouvait plus supporter cette torture.

Alors qu'il imaginait comment se passerait la soirée, il eut une pensée pour la seule personne à qui il avait envie de parler de cette affaire. Hana. Il prit son téléphone et l'appela à Paris.

— Hé, salut ! dit-elle en décrochant d'un ton joyeux. Félicitations ! J'ai entendu dire que tu avais récupéré le voile ! Désolée, je n'ai pas eu le temps de t'appeler. Je suis en plein dans la rédaction de mon article. Comment ça va ?

Dominic laissa le silence s'installer un moment avant de répondre.

— Je viens d'apprendre qu'Enrico Petrini est mon père.

Hana aussi laissa un temps s'écouler sans un mot pour digérer la nouvelle.

— Oh, Michael..., chuchota-t-elle à voix basse. Comment tu te sens ?

— Partagé, pour tout te dire, dit-il d'une voix craquante. Je le vois ce soir. Il ne sait pas encore que je suis au courant.

— Comment tu l'as su ?

— C'est Dante qui me l'a dit ! Qui l'eût cru, hein ? Il me l'a avoué sous le coup de la colère, après avoir été arrêté. Il affirme avoir fait des tests ADN, l'année dernière ; ça expliquerait la disparition des brosses, tu te souviens ? Je sais qu'il ment sur tout mais je le crois. Je ne vois pas d'autre explication, de toute manière.

— Si ça peut te consoler, tu n'aurais pas pu trouver meilleur père, Michael. Enrico a toujours été là pour toi. Il t'a protégé, il a pris soin de ta mère et de toi. C'est vrai que quand j'y pense, vous vous ressemblez un peu. Si tu veux mon avis, c'est une nouvelle formidable !

— Ce qui me blesse surtout, c'est la manière dont je l'ai appris. J'aurais préféré que Rico me le dise lui-même, plutôt que de l'entendre de la bouche de ce bâtard de Dante. C'est ça qu'il a dit : que j'étais un bâtard.

— N'écoute pas ce qu'il te raconte, cet idiot. Tout ce qu'il veut, c'est te faire du mal. Et d'après ce que je vois, tu le laisses faire. Ne lui accorde pas cette victoire, Michael. Il n'en vaut pas la peine.

De grosses larmes roulaient sur les joues de Dominic tandis qu'il écoutait les mots de soutien de son amie. Il les laissa couler librement et se sentit soulagé.

— Tu as raison, Hana, dit-il en reniflant. Rico est un homme bien et je suis fier d'être son fils.

Les vannes s'ouvrirent et toute son émotion se déversa.

— J'aimerais être avec toi en ce moment pour te serrer dans mes bras, avoua-t-elle. Mais je suis contente que tu m'aies appelé. Je t'aime, Michael, et je t'aimerai toujours. Je pense que tu le sais.

Il sécha ses larmes et se reprit.

— Oui, je sais. Le sentiment est réciproque et je pense que tu le sais également. Je t'ai déjà dit que si les choses avaient été différentes...

— Je comprends, répondit Hana d'une voix qui commençait à se briser sous l'effet de ses propres émotions. Quand tu le verras ce soir, ne sois pas trop dur avec lui. Imagine ce qu'il a dû traverser. Il a porté ce fardeau sur ses épaules toute sa vie, au risque d'abandonner ses vœux sacrés. Et pour être honnête, il ne lui reste plus beaucoup d'années, en ce bas-monde. Tu es un homme merveilleux, doux et attentionné. Il doit certainement être très fier de toi en voyant tout ce que tu as accompli sans jamais te défaire de tes principes.

Hana renifla en même temps que Dominic, ce qui les fit rire tous les deux.

— Regarde un peu dans quel état on est ! pouffa Hana.

Dominic se ressaisit.

— Merci d'être là pour moi, Hana. Tu n'imagines pas à quel point c'est important à mes yeux. Je te tiendrai au courant de la suite des événements.

— J'attendrai ton retour avec impatience, Michael. Prends soin de toi et transmets mes amitiés à Enrico de ma part.

Surplombant les jardins de la place Santa Marta, les appartements du secrétaire d'État dans le palais San Carlo se trouvaient à deux pas des Archives apostoliques.

Tout en s'y rendant, Dominic ne put s'empêcher de remarquer qu'il se sentait beaucoup mieux après sa conversation avec Hana, revigoré par le soutien confiant de son amie et prêt à « rencontrer » son père.

Quelques instants après qu'il eut toqué à la porte, une religieuse vint lui ouvrir. Elle l'invita à l'intérieur, puis l'escorta jusqu'au salon du cardinal Petrini. Ce dernier était en train de siroter un brandy, confortablement installé dans un fauteuil bordeaux de style Queen Anne.

— Michael, quel plaisir de te voir, dit-il chaleureusement en se levant. Entre donc.

Dominic s'approcha de Petrini pour lui serrer la main, puis l'enlaça sur un coup de tête et le serra très fort dans ses bras pendant un long moment.

Soudain, il se mit à sangloter sans prévenir

Après quelques instants, Petrini le repoussa gentiment, les mains sur ses épaules, et le regarda droit dans les yeux. Les larmes ne cessèrent de couler sur les joues du jeune prêtre tandis qu'il plongeait en retour dans le regard profond de son père.

— Je vois que tu es déjà au courant, dit paisiblement le cardinal dont les yeux commencèrent à s'embuer également.

Dominic le dévisagea avec ferveur, un mélange de tendresse et d'affection dans les yeux, puis hocha la tête.

— Oui. Je suis au courant. Je ne dirai pas comment pour l'instant, mais le fait est que je sais que tu es mon père. Et sache que je suis on ne peut plus fier d'être ton fils.

Ce fut au tour de Petrini de fondre en larmes à présent. Après trente-deux années passées à porter un si lourd fardeau, la libération le submergeait.

Dominic s'éloigna pour aller refermer les portes donnant sur le séjour. Personne d'autre n'avait besoin de savoir. Ce genre de nouvelle se répandrait telle une traînée de poudre au sein du Vatican.

Il s'empara de la bouteille en cristal sur la table pour se servir un verre de brandy et prit place dans le fauteuil en face de Petrini.

Le cardinal, qui avait retrouvé son sang-froid, avala une autre gorgée de liquide ambré et regarda de nouveau son fils.

— Je t'ai vu grandir avec tellement de fierté, Michael. Je suis sûr que tu comprends pourquoi ta mère et moi n'avons pas pu te révéler la vérité, ni à toi ni à personne d'autre, d'ailleurs. Les mœurs étaient très différentes à l'époque, non pas que ce soit désormais autorisé, pas du tout. Grace et moi, nous nous aimions très fort, mais notre passion devait rester cachée. Sa grossesse imprévue fut une surprise, bien sûr, et nous n'avions ni la possibilité ni l'envie d'avoir recours à l'avortement. Alors, on a trouvé une excuse, une couverture, afin de vous protéger, toi et ta mère, et moi, aussi, bien que je me sois souvent senti lâche d'avoir agi ainsi.

— Est-ce que quelqu'un d'autre est au courant ? demanda Dominic.

— Oui, le Saint-Père est au courant. Et puis Dant...

Petrini ne termina pas sa phrase. Il venait de comprendre.

— C'est Dante qui te l'a dit, pas vrai ?

— Oui. Je lui ai rendu visite, il y a quelques jours, pour lui demander ce qu'il avait fait du voile, et il a semblé se délecter de cet aveu, comme s'il m'éviscérait par ses mots. Ainsi, Sa Sainteté est au courant ?

— Oui. Dante a tenté de me faire chanter, l'année dernière, pour parvenir à ses fins ; son mode opératoire habituel, je suppose. Cherchant l'absolution de mon propre chef, je suis allé voir le pape et lui ai confessé mon péché. C'est un homme bon, notre pape, et il a été dur avec Dante, lui disant de se replier et de ne jamais en parler à qui que ce soit, surtout pas à toi. J'imagine que Fabrizio n'a plus rien à perdre, à présent. C'est une âme damnée, celui-là.

— Que va-t-il advenir de lui ?

— Selon le droit canonique de l'Église, il devra faire face à un Tribunal suprême qui le déclarera assurément coupable de tentative de meurtre avec préméditation, entre autres crimes, après quoi il sera très probablement condamné à une peine d'emprisonnement. Et une fois que le pape l'aura laïcisé, il ne pourra plus exercer en tant que prêtre.

Les personnes condamnées à l'emprisonnement par le Vatican purgeaient leur peine dans des prisons italiennes, les frais étant couverts par le Vatican.

— Eh bien, il ne fait que récolter ce qu'il a semé. Je n'ai aucune compassion pour cet homme. Mais ne gaspillons pas notre salive à parler de Dante. Parle-moi plutôt de toi et de ma mère…

Les deux hommes passèrent les quelques heures qui suivirent à se remémorer la femme qui avait tenu une place si centrale dans leur vie, et Petrini lui révéla de nombreuses confidences que Dominic ignorait, étant enfant. Apprendre ces nouveaux détails sur ses parents lui donna un sens accru de la famille, un lien qui lui avait manqué depuis aussi longtemps qu'il s'en souvenait.

Dominic ne quitta pas Petrini du regard tandis que ce dernier parlait, assimilant le discours et les manières de son père sous un nouveau jour… Un nouveau jour qui avait le goût de renouveau et lui permettrait de tourner la page.

Il était chez lui, à présent, il le savait au plus profond de son être.

ÉPILOGUE

Non loin du Vatican, sur les rives boueuses du Tibre dans le quartier de Trastevere, se trouvait un immense complexe connu sous le nom de Regina Coeli, autrement dit, la prison de « la Reine du Paradis ». À l'origine un couvent catholique bâti en 1654, il abritait désormais un millier de criminels parmi les plus endurcis de Rome.

Au moment de son admission, on remit au détenu une combinaison en coton, une serviette, une savonnette rugueuse, une brosse à dents avec du dentifrice et une paire de chaussons. Tous ces objets sur les bras, le prisonnier fut escorté par un garde jusqu'à sa nouvelle cellule au quatrième étage, qui, non sans une certaine ironie au vu de son ancien poste, offrait une vue sur le dôme de la basilique Saint-Pierre au loin.

Fabrizio Dante, désormais connu sous sa nouvelle identité de détenu numéro 45 789, posa ses affaires sur le piètre lit de camp de son nouveau logis avant de s'asseoir.

Il avait écopé d'une peine de cinq ans, mais serait en mesure de sortir bien plus tôt que cela, sous couvert de bonne conduite.

Sous le titre « Un réseau nazi d'expérimentations génétiques mis à jour », l'histoire d'Hana Sinclair faisait la une du *Monde* et avait été acclamée par tous, particulièrement par les organisations juives du monde entier, reconnaissantes de la mise en lumière que la journaliste avait apportée sur la communauté néonazie grandissante en Argentine. Le président argentin avait veillé à la destruction de la *Kinderklinik* et à la dissolution de l'Ahnenerbe, arrêté ses principaux membres et installé de nouvelles brigades de police à Bariloche.

Hilda Fischbein s'était remariée rapidement avec un homme bon qui travaillait au sein d'une organisation d'aide internationale basée en Patagonie. Son fils, qu'ils décidèrent d'appeler Michael, fut mis au monde dans un hôpital catholique local.

À Rome, Karl Dengler, Lukas Bischoff et Marco Picard furent récompensés au cours d'une cérémonie discrète arrangée par le Mossad, pour les féliciter d'avoir aidé l'unité Shayetet 13 en Argentine et d'avoir ainsi contribué à anéantir l'Ahnenerbe fasciste. Le commandant de la Garde suisse pontificale était présent à la remise des prix, tout comme Hana, la cousine de Karl, venue de Paris pour l'événement.

· · ·

Au cours d'une autre cérémonie discrète, le pape consacra le voile de Madeleine comme étant désormais définitivement dédié au sacré, lui ôtant ainsi son état séculier. Sa Sainteté approuva l'examen du voile de byssus par une petite équipe de scientifiques et de chercheurs respectés, un travail qui allait sûrement durer des années.

Entre-temps, on donna au voile une place de premier plan puisqu'il fut exposé publiquement au musée du Vatican pour que les fidèles puissent admirer et vénérer ce véritable joyau parmi la multitude d'artefacts sacrés que le musée offrait à voir pour la postérité historique et religieuse.

Le père Michael Dominic, plus en paix avec lui-même que jamais auparavant, garda l'identité de son père secrète au su de tous, à l'exception, bien sûr, d'Hana Sinclair, la seule personne à qui il l'avait déjà annoncée.

Bras dessus, bras dessous, Hana et lui étaient en train de déambuler dans les jardins pontificaux du Vatican par une belle journée de printemps, sous les rayons du soleil qui s'infiltraient à travers les pommiers bordant la Viale dell'Osservatorio, tout en se remémorant leurs aventures de ces dernières années.

— On fait une bonne équipe, tu ne trouves pas ? lança Hana, ses cheveux châtains flottant légèrement dans la brise. Où crois-tu que l'on va atterrir, la prochaine fois ?

— Oh, c'est difficile à dire, observa Dominic en levant les yeux vers le ciel tout en prenant une grande inspiration. Mais j'ai le sentiment que l'on ne va pas tarder à le découvrir, et que tu auras assurément besoin d'un ou deux articles supplémentaires d'ici peu. On verra ce que la vie nous réserve. En attendant, je suis simplement heureux d'être ici avec toi, sain et sauf, et libre de toute influence. La vie est belle, Hana. La vie est belle.

369

NOTES DE L'AUTEUR

Traiter de problèmes de théologie, de croyances religieuses et aborder des événements bibliques sous l'angle de la fiction peut parfois être terrifiant.

J'aimerais demander aux lecteurs de considérer cette histoire pour ce qu'elle est : un travail de pure fiction, créé à partir des graines de nombreuses traditions orales et de l'Histoire, du moins ce que nous en savons aujourd'hui.

En dehors de raconter une histoire captivante, je n'ai aucune arrière-pensée et je respecte toutes les croyances, de l'agnosticisme au zoroastrisme, en passant par toutes les lettres de l'alphabet.

De nombreux lecteurs des Chroniques de Madeleine m'ont demandé de faire la part des choses entre les faits et la fiction dans mes livres. En général, j'aime bien partir d'événements réels et de personnages historiques et construire de façon créative à partir de là – mais la majeure partie de ce que j'écris est historiquement exact. Dans cette note, je vais passer en revue certains chapitres qui pourraient soulever des questions en espérant que cela puisse aider ceux qui s'interrogent.

PROLOGUE

Le SS nazi Reichsführer Heinrich Himmler, l'un des généraux supérieurs d'Hitler, était en effet obsédé par l'occulte et a organisé des activités qui ont eu lieu dans le château de Wewelsburg (un lieu réel, même aujourd'hui en tant que musée et auberge de jeunesse) y compris d'étranges rituels surnaturels dans la salle des généraux. Himmler a envoyé Otto Rahn faire des expéditions archéologiques au milieu des années 1930, et Rahn était réputé pour avoir soi-disant ramené « quelque chose » à Himmler de ses découvertes dans le sud de la France. Nous ne savons pas ce que c'était, ni même si c'est réellement arrivé.

Le voile de Véronique est, autant que l'on sache, une véritable légende, une tradition orale ayant traversé les siècles. J'ai cependant pris des libertés fictives avec le voile transmis de Berenikē à Madeleine.

CHAPITRE 1

Je me suis appuyé sur des figures historiques réelles afin de créer deux personnages, mais pour des raisons juridiques évidentes, il m'a été conseillé de changer leurs noms dans le livre. Malgré ces changements, le passé et les actions de ces deux derniers en particulier sont, pour la majeure partie, basés sur des faits historiques réels. Leurs familles décrites dans le livre sont quant à elles entièrement fictives.

Pour plus de renseignements

https://fr.wikipedia.org/wiki/Walter_Rauff
https://fr.wikipedia.org/wiki/Erich_Priebke

CHAPITRE 4

La société Thulé, l'Ahnenerbe et les « Douze » furent tous des groupes authentiques de l'époque nazie. La mission de l'Ahnenerbe était, en réalité, de justifier l'Holocauste et sa brutale extermination des Juifs et autres « indésirables » avant et pendant la guerre. L'évêque Alois Hudal était un personnage réel qui a supervisé les réseaux d'exfiltration nazis du Vatican en tant que collaborateur nazi. Plus d'informations à son sujet sont disponibles sur https://fr.wikipedia.org/wiki/Alois_Hudal.

L'énigme à trois fragments est purement le fruit de mon imagination.

CHAPITRE 6

Le livre *Journaux de Rome* de l'évêque Hudal a en effet été publié treize ans après sa mort. Dans celui-ci, vous trouverez le véritable passage, tel qu'inscrit dans ce livre, mentionnant sa visite dans les camps de détention des Alliés, où il a senti que les nazis se faisaient maltraiter.

La mosaïque *Schwarze Sonne*, ou Soleil noir, est authentique et se trouve encore aujourd'hui sur le sol de la salle des généraux du château de Wewelsburg à Büren, en Allemagne.

CHAPITRE 7

La *Riserva* du Vatican est, en réalité, la salle d'archives la plus sensible du Vatican, même si je n'ai aucune idée de ce à quoi elle ressemble, j'ai donc dû improviser pour la décrire.

Le journal d'Himmler et la lettre d'Hudal au pape sont tous deux fictifs.

CHAPITRE 8

Heinrich Himmler tenait des journaux intimes depuis l'âge de dix ans et le dernier à avoir été trouvé a été confisqué par l'Armée Rouge Russe à la fin de la guerre. Les annotations à propos de la vision préternaturelle d'Himmler sur les Juifs dans les camps de concentration et les « chiens de garde capables de déchirer les gens en lambeaux » sont toutes vraies, tirées de ses propres journaux.

Le passage biblique que je cite ici, Jean 20-3:7, est correct et conforme à celui utilisé dans la Bible (malgré mon utilisation fictive qui l'entoure). La terminologie peut varier selon les différentes éditions.

CHAPITRE 9

La description par Simon Ginzberg des voiles existants dans les divers endroits mentionnés est exacte et factuelle, tout comme la discussion sur le nom Véronique (*vera icon* en latin).

CHAPITRE 14

L'opération *Oriente Cercano* mentionnée par Javier Batista est un événement réel : une descente de police au cours de laquelle une multitude d'artefacts et de souvenirs nazis ont été découverts cachés dans une pièce secrète derrière une étagère de livres, dans une maison à Béccar, en Argentine, en 2017.

CHAPITRE 29

La fascinante image du visage du Christ est en fait une superposition existante du véritable voile de Manoppello et du visage dépeint sur le suaire de Turin, deux images qui, une fois combinées, se sont avérées identiques, une découverte faite par une religieuse trappiste allemande, la sœur Blandina Paschalis Schlomer.

L'utilisation de l'image de voile de Manoppello et du suaire Turin, décrite de manière fictive dans le présent document et légèrement modifiée, est autorisée sous licence Creative Commons — Attribution - Partage dans les Mêmes Conditions 3.0. Avec l'aimable autorisation du frère Benno, accordée le 6 août 2006.

CHAPITRE 32

La *Kinderklinik* est le fruit de mon imagination, bien que Bariloche soit effectivement un peuplement allemand établi dans la région patagonienne d'Argentine. Neuf mille nazis y ont émigré après la guerre et leurs familles peuplent encore la région.

Le programme *Lebensborn* était un véritable programme allemand initié par les SS avec pour objectif d'augmenter le taux de natalité d'enfants aryens nés de parents considérés comme « sains » et « racialement purs », conformément aux idéologies nazies relatives à l'hygiène et la santé raciales.

Les Faucons rouges étaient l'équivalent nazi des scouts et des guides, mais avec des objectifs différents et un haut niveau d'endoctrinement.

CHAPITRE 33

Le document autrefois classé secret et désormais déclassifié de la CIA est entièrement authentique et aisément disponible sur Internet. Par pure coïncidence, il aborde mot pour mot la situation décrite dans ce livre et correspond parfaitement à ce dont j'avais besoin pour cette histoire.

NOTES DIVERSES

Les descriptions des bâtiments et des routes sont toutes exactes grâce aux merveilles de Google Earth, entre autres ressources.

Les hôtels, les restaurants (jusqu'à leurs menus), les compagnies aériennes et les horaires de vols mentionnés sont également tous avérés. En tenant compte des laps de temps vérifiés et présumés, y compris les voyages, l'histoire du livre se déroule sur une période de 41 jours.

Merci d'avoir lu *Le voile de Madeleine*. J'espère de tout cœur que vous avez apprécié ce roman et, si vous ne l'avez pas déjà fait, je vous suggère de reprendre le cours de l'histoire dans les autres livres de cette série, *Le secret Madeleine* et *Le Reliquaire de Madeleine*, en attendant la sortie des prochains livres mettant en vedette les mêmes personnages — ainsi que quelques nouveaux — dans la série de thrillers *Les Archives secrètes du Vatican*.

Lorsque vous aurez un moment, je vous encourage vivement à laisser un commentaire sur Amazon et autres sites d'évaluation. Les critiques sont cruciales pour le succès d'un livre, et j'espère que la série *Les chroniques de Madeleine* vivra et divertira les lecteurs pendant encore longtemps.

Pour laisser un avis sur Amazon, il vous suffit de vous rendre sur la page du livre.

Si vous souhaitez me contacter pour quelque raison que ce soit, n'hésitez pas à m'envoyer un courriel à gary@garymcavoy.com. Pour en savoir plus sur mon compte et sur mes autres livres, rendez-vous sur mon site Web www.garymcavoy.com.

J'invite tous mes lecteurs à rejoindre ma liste de diffusion privée pour découvrir en avant-première les nouveaux livres à venir, événements, opportunités promotionnelles spéciales, cadeaux et autres informations qui pourraient vous intéresser. Je vous promets de ne pas écrire souvent et de ne pas encombrer votre boîte de réception de messages inutiles. Votre adresse courriel ne sera jamais vendue ni prêtée, et personne n'y aura accès à part moi.

Avec toute mon amitié,

REMERCIEMENTS

Tout au long de la rédaction de cette série, j'ai reçu le soutien de nombreux amis et collègues, sans qui ce projet aurait été bien plus ardu qu'il ne l'a été, et je leur en suis éternellement reconnaissant.

Pour la réalisation de ce livre, je tiens à remercier plusieurs contributeurs d'avoir généreusement donné de leur temps, de leur réflexion éditoriale rigoureuse et de leur inestimable ingéniosité, en particulier Greg McDonald, Yale Lewis, Michelle Harden, Jeanne Jabour et Fran Libra Koenigsdorf, sans oublier ma brillante éditrice Sandra Haven. Un grand merci à Kathleen Costello pour ses talents de relecture logiques et intuitifs.

Je suis également extrêmement reconnaissant envers les nombreux lecteurs de mon travail pour leurs critiques positives. J'écris pour vous faire plaisir et je suis ravi que vous m'accompagniez dans ces aventures.

CRÉDITS

L'utilisation de l'image de voile de Manoppello et du suaire Turin, décrite de manière fictive dans le présent document et légèrement modifiée, est autorisée sous licence Creative Commons — Attribution - Partage dans les Mêmes Conditions 3.0. Avec l'aimable autorisation du frère Benno, accordée le 6 août 2006.

COUVERTURE

Cette œuvre (le sanctuaire de Sainte Véronique dans la basilique Saint-Pierre de la cité du Vatican de Use the Force), identifiée par Gary McAvoy, ne présente pas de restrictions de droits d'auteur connues.